거인의 탄생 4

거인의 탄생 4

초판1쇄 발행 | 2018년 12월 28일

지은이 | 이원호
펴낸이 | 박연
펴낸곳 | 한결미디어

등록일자 | 2006년 7월 24일
등록번호 | 제25100-2006-152호
주소 | 서울시 마포구 모래내로 83 한올빌딩 6층
전화번호 | 02·704·3331
팩스번호 | 02·704·3360

ISBN 979-11-5916-107-0 979-11-5916-103-2(set) 04810

거인의 탄생 4

거인의 탄생

차례

1장
대마도 전쟁

"백춘국 씨, 전화."

시즈코가 소리쳐 불렀기 때문에 백춘국이 머리를 들었다. 이곳은 대마도 남쪽 이즈하라항의 시내, 콘비라 신사 근처의 저택 안이다.

"누구야?"

마당에서 운동 겸 장작을 쪼개던 백춘국이 도끼를 내던지고 물었다.

"한국."

시즈코가 전화기를 내밀면서 무표정한 얼굴로 대답했다.

"여자야."

"여자?"

다가간 백춘국이 전화기를 귀에 붙였다.

"여보세요."

"백 선생님?"

여자의 목소리가 귀를 울렸다.

"누구세요"

"저, 서울의 서미아예요."

"아."

저도 모르게 주위를 둘러본 백춘국이 눈을 가늘게 떴다.

"서 마담, 무슨 일이오?"

"저도 지금 숨어 있어요."

"그런 것 같은데, 왜?"

"이번에 일 터졌지만 먹고 살아야죠, 안 그래요?"

"지금?"

"지금 공급이 뚝 끊겨서 가격이 두 배로 뛰었어요, 세 배 주고도 팔아요."

"당신 미쳤어?"

"진즉 미쳤죠, 그러니까 이 일을 했지."

"홍금성이, 윤지철이 다 구속되었더만, 당신은 어떻게 빠졌지?"

"도망친 거죠, 홍 지배인이 날 빼놓았어요."

"소매상들이 다 숨었는데 어떻게 장사를 한다는 거야?"

"내가 몇 명을 알아요, 그놈들은 10배 물량을 줘도 소진시키겠다고 했어요, 가격을 2배로 준다는데 서둘러야겠어요."

"왜?"

"중국에서 서해안으로 들어오는 물량이 있어요, 이번에 공급이 끊기니까 중국 조직이 직접 들고 오는 것 같아요."

"이런 빌어먹을."

"내가 대마도로 갈까요?"

"이 여자가 간덩이가 부었구만."

눈을 치켜떴던 백춘국이 잠시 숨을 돌리고 나서 대답했다.

"오늘 저녁 때 다시 연락해, 7시쯤."

"잘했어."

박한철이 칭찬했다.

"그 정도면 앞뒤가 맞는다."

"저녁 때 연락을 하라는데 그동안 조사를 하고 상의를 하겠군."

임태용이 말했다.

"야마구치 놈들하고 말야."

그때 강정규가 물었다.

"백춘국에 대해서 조사했나?"

"예, 팀장."

임태용이 바로 대답했다.

"38세, 부산에서 전자제품 대리점을 합니다. 일제 전자제품을 밀수로 들여오다가 야마구치조하고 연결이 되었는데 장사 수단이 좋아서 재산이 많습니다."

"가족관계는?"

"처자식이 있습니다. 아들 하나, 딸 하나, 집에 부모까지 모시고 살지요."

그때 서미아가 말했다.

"조금 전에 전화를 했을 때 여자가 받던데요? 일본 여자였어요."

"대마도에 자주 들락거렸으니까 현지처라도 만들어 놓았겠지."

박한철이 대신 대답했다. 오전 8시 반, 소공동 안가 응접실에 모인 인원은 넷, 어젯밤에 왔던 정장선은 부산으로 먼저 내려갔다. 강정규가 셋을 둘러보았다.

"자, 그럼 떠나기로 하지."

부산행이다.

오전 9시 반, 백춘국이 이즈하라 시내 다카시 커피숍에 들어서자 기다리고 있던 두 사내가 맞았다. 커피숍에는 손님이 그들 둘뿐이었다. 백춘국이 앞쪽 자리에 앉았을 때 사내 하나가 물었다.

"그 여자, 이번에 잡히지 않은 건 홍금성이가 자백하지 않았기 때문이라는 거야?"

"그렇습니다. 하시모토 씨."

백춘국이 공손하게 대답했다.

"하지만 믿을 수는 없습니다."

"여기로 와서 물건을 가져가겠다고?"

사내가 다시 물었다. 말끔한 양복 차림에 육중한 체격의 사내다. 머리도 짧게 깎았고 손이 커서 쥐고 있는 커피잔이 보이지 않을 정도다. 백춘국이 머리를 끄덕였다.

"예, 급하답니다. 서해 쪽에서 중국 물건이 흘러들어 온다는데요, 소매상들이 살아 있어서 2배 가격으로 내줄 수가 있다는 겁니다."

"하긴 2주간 공급이 끊겼으니까."

옆에 앉은 사내가 거들었다.

"가격이 뛸 만하지."

"함정이 아닐까?"

하시모토라고 불린 사내가 옆에 앉은 마른 체격의 사내에게 물었다.

"그럴 가능성도 있지요, 형님."

마른 체격의 얼굴에 웃음이 떠올랐다.

"경찰이 그 여자를 미끼로 놔뒀을지도 모릅니다. 그게 경찰이 옛날부터 써오던 작전 아닙니까?"

"그럼 그 여자를 대마도로 불러야겠군."

10

하시모토가 결정을 했다.

"돈을 가져오라고 하고 말야, 가격은 지난번보다 50퍼센트만 올리기로 하지. 두 배가 뛰었다고 하니까."

"얼마를 주실 겁니까?"

백춘국이 묻자 하시모토가 마른 사내와 시선을 마주치고 나서 말했다.

"500그램."

백춘국이 숨을 들이켰다. 지금까지 거래량보다 3배는 많다.

백춘국이 커피숍을 나갔을 때 하시모토가 에구치에게 말했다.

"나까노 경감한테 이야기해서 그 여자 감시를 부탁해."

"예, 형님."

"그 여자가 한국 경찰을 끌고 올 리는 없어, 끌고 온다면 리스타 놈들이야."

"그렇겠지요."

"하지만 여긴 우리 땅이다. 우리 마당에서 까불 수는 없지. 이 기회에 리스타 놈들을 박살을 낼 거다."

"야마구치 본부의 원한을 갚는 셈이 되겠군요."

"우리야 피해 본 것은 없지만 야마구치라는 이름에 상처를 입었지."

그때 에구치가 쓴웃음을 짓고 말했다.

"만일 여자가 혼자 들어온다면 헛고생을 한 셈이 되지 않겠습니까?"

하시모토는 대답하지 않았다.

고베 야마구치조 조장 이노우에 구니오는 신중한 인물이다. 지난 2

년 동안 야마구치조에 대변혁이 일어나 조장이 계속해서 피살되고 지금은 47개 조직으로 나누어졌지만 고베는 건재했다. 오히려 고베 야마구치조의 위상이 더 빛났다고 봐도 될 것이다. 고베 야마구치조는 야마구치조가 발흥한 곳이다. 고베에서 야마구치조가 탄생한 것이다. 회원 수도 3,500명으로 가장 많다. 야마구치조 47개 지부 전체 회원이 1만 3,300명인데 고베가 3,500명인 것이다.

오후 3시, 이노우에가 저택의 청에 들어섰을 때 기다리고 있던 비서실장 요시다와 고문 아사히, 오야붕이라고 불리는 두목 혼다가 자리에서 일어섰다. 이노우에는 62세, 고베 야마구치를 맡은 지 18년, 그동안 야마구치 전체 회장을 맡으라는 제의가 여러 번 있었지만 사양했다. 골프가 프로 수준으로 70타를 치며 유도 3단, 아직도 군살이 없는 체격에 눈빛이 날카롭다.

이노우에가 자리에 앉자 넷은 일제히 자리에 앉았다. 마치 영주 앞의 가신들 같다. 이노우에가 비서실장 요시다에게 물었다.

"하시모토한테서 연락이 왔어?"

"예, 혼다가 연락을 받았다고 합니다."

이노우에의 시선이 혼다에게로 옮겨졌다.

"뭐라더냐?"

"예, 서울에서 중간 공급자가 연락을 했는데 물건을 가지러 대마도로 온다는 겁니다. 그래서 지시를 기다린다고 했습니다."

"중간공급자가 믿을 만해?"

"여자인데 이번에 잡히지 않았다고 합니다. 소매상들이 물건 내달라고 난리라고 했습니다."

"하긴 공급이 끊겼으니 가격이 폭등했겠지."

"예, 중국에서 들어온 물건이 2배 가격으로 팔린다는데요."

"리스타 놈들의 계략이 아닐까?"

이노우에의 시선이 아사히에게로 옮겨졌다. 아사히는 58세, 이노우에와 30년 가깝게 손발을 맞춰온 측근이다. 작은 체격에 얼굴도 쥐처럼 생겨서 쥐라고 불리지만 모략의 전문가다. 아사히가 입을 열었다.

"그럴 가능성이 있습니다. 대마도로 온다는 것이 우리를 안심시키려는 수작 같은데요."

"어떻게 하는 것이 낫겠나?"

"조장님의 의지에 달렸습니다."

"무슨 말이냐?"

"이번 물품 공급망이 전멸되다시피 하고 우리 매출에 피해가 온 것도 리스타 때문이 아닙니까?"

"그래서?"

"이번에 그 여자가 대마도로 오는 배후에 리스타가 있을 가능성이 있습니다."

"계속해."

"대마도에서 그놈들을 전멸시키면 리스타와 전면전이 시작되는 것이지요."

"……."

"그래서 조장님의 의지에 달렸다고 말씀드리는 것입니다."

"그렇군."

이노우에가 머리를 끄덕이며 물었다.

"그년 뒤에 리스타가 없다면?"

"장사를 하면 되는 것이지요."

이노우에가 입을 다물었기 때문에 청에는 정적이 덮여졌다.

잠깐 잠이 들었던 강정규가 눈을 떴다. 비행기는 하늘에 멈춰서 있는 것처럼 떠 있다. 손목시계를 보았더니 오후 3시 반이다. 강정규가 머리를 돌려 옆자리의 서미아를 보았다. 창밖을 내다보던 서미아가 강정규 쪽으로 머리를 돌렸다.

"대마도에 가게 된다면 내가 수당을 미리 줄 테니까 네 부모한테 보내주도록 해."

서미아는 시선만 주었고 강정규가 말을 이었다.

"현영준이는 앞으로 네 앞에 나타나지 않을 거다."

"살인자."

서미아가 낮게 말했지만 강정규에게는 선명하게 들렸다. 그러나 강정규는 표정 없는 얼굴로 바라만 보았다. 그때 서미아의 눈에 눈물이 고였다.

"피도 눈물도 없는 놈, 개새끼."

"……."

"네가 뭔데 마음대로 사람을 죽여? 신이라도 되냐?"

"……."

"그놈도 나쁜 놈이지만 사람이야, 네가 마음대로 죽일 권리가 없어."

"……."

"도살자 같은 놈."

그때 강정규가 목젖이 다 드러나도록 하품을 하더니 의자에 머리를 붙이고는 눈을 감았다. 서미아가 그 얼굴을 잡아먹을 것처럼 노려보았지만 눈을 뜨지 않았기 때문에 별수 없이 시선을 돌렸다.

"연락이 오면 대마도로 오라고 해."

혼다의 목소리가 수화구를 울렸다.

"물품 준비를 해야 될 테니까 모레쯤 오라고, 알았나?"

"예, 오야붕."

하시모토가 긴장해서 심호흡을 했다.

"얼마를 준비할까요? 저는 500그램 정도를 준비했는데요."

"1kg."

숨을 들이켰던 하시모토가 곧 대답했다.

"알겠습니다."

"그리고 너, 나까노 경감한테 이야기했지?"

"예, 아무래도 물건 갖고 나갈 때 위험해서요, 걸리면 우리도 문제가되지 않겠습니까?"

"우리가 갈 테니까 나까노는 내가 나중에 이야기하도록 하지."

"알겠습니다, 오야붕."

"여자한테서 연락이 오면 돈은 현찰로 가져오라고 해, 우린 현찰만받는다고."

"알겠습니다, 오야붕."

그러고는 통화가 끊겼기 때문에 하시모토가 길게 숨을 뱉었다.

"오야붕이 여기 올 모양이다."

"오야붕은 여자 따라서 리스타 놈들이 온다고 믿는군요?"

에구치가 묻자 하시모토는 머리를 끄덕였다.

"이건 오야붕이 결정한 것이 아냐. 그 윗선, 조장님의 지시다."

두목격인 혼다 혼자서 이런 일을 결정할 수는 없는 것이다. 하시모토가 에구치에게 지시했다.

"백춘국이한테 여자에게 모레 오도록 하게 해, 물품은 1kg 준비해놓겠다고. 그리고 현금을 받아야 물품 준다고 전해."

부산, 해운대 끝쪽의 바닷가는 바위가 많고 모래사장이 없어서 사람이 거의 오지 않는다. 민가도 없어서 밤이 되면 주위는 짙은 어둠에 덮여진다. 그 바위 골짜기에 시멘트로 지은 2층 집 한 채가 세워졌는데 오래되었다. 그곳에 강정규 일행 넷이 입주한 것이다.

오후 6시, 임태용과 박한철이 서미아를 데리고 방에 들어섰을 때 강정규가 읽고 있던 책을 덮었다. 이미 밖은 어두워져서 방의 불을 켜놓았다. 강정규의 앞쪽에 앉은 서미아가 전화기를 들고 버튼을 눌렀다. 방안에 버튼 누르는 소리만 들렸다. 모두 입을 다물고 서미아에게 시선만 준다. 서미아가 스피커 버튼을 눌렀기 때문에 곧 신호음 소리가 울리더니 끊기고 사내가 응답했다. 목소리가 방안에 울린다.

"여보세요."

"전데요."

"아, 기다리고 있었어요."

백춘국이다. 백춘국이 대뜸 물었다.

"서 마담, 여기 올 수 있지요?"

"내가 간다고 했잖아요?"

"간덩이가 크구만."

"배 밖으로 나왔죠."

"현금 거래여야 돼."

"돈 가져갈게요, 여기선 배를 빌려서 밀항할 수는 있는데 그쪽이 불안해요."

"여긴 걱정 말고, 출발할 때 우리가 도착할 장소를 알려줄 테니까."

"얼마 준비할 수 있죠?"

"1킬로."

"많네요."

"현금이 없어?"

"준비할게요, 그램당 30만 원이죠?"

"50만 원."

"그러실 건가요? 여기서 가격이 뛰었다니까 거기서도 두 배 가깝게 올려요?"

"거기서도 중국산 싸구려를 40만 원씩 받더구만그래, 우리도 다 알아보았어."

"40으로 해요, 50은 장사 못 해요."

"그럼 45."

"40 아니면 힘들어요."

"아, 그럽시다. 40으로."

"그럼 4억이네."

"현찰로 가져와요."

"알았어요, 출발하기 전에 다시 전화 드릴게요."

"언제쯤 출발할 수 있을 것 같소?"

그때 임태용이 손가락 3개를 펴 보였다. 그것을 본 서미아가 차분한 목소리로 말했다.

"사흘쯤 후에요, 현금 준비하려면 그 정도 시간은 있어야 되겠어요."

"알았어요, 사흘 후에 다시 연락해요."

저쪽에서 먼저 통화가 끊겼고 서미아가 전화기를 정확하게 내려놓았다.

"잘했어."

임태용이 칭찬했을 때 서미아가 자리에서 일어섰다.

"가도 되죠?"

이 방에는 있기 싫다는 기색을 노골적으로 보이고 있다.

서미아가 방을 나갔을 때 강정규가 임태용과 박한철을 번갈아 보았다.

"대마도는 내가 잘 아니까 상황판은 필요 없고 지금부터 서둘러 준비를 해야겠다."

"야마구치가 배후에 있을까요?"

박한철이 묻자 강정규의 얼굴에 웃음이 떠올랐다.

"대마도에서 만나게 된다면 의미가 있을 거야."

"무슨 말씀입니까?"

"너, 내가 일본에서 태어나서 자랐다는 거 알고 있지?"

"예, 팀장."

박한철의 시선을 받은 강정규가 빙그레 웃었다.

"내가 어렸을 때 아버지한테 자주 들었다. 아버지는 할아버지한테서 들으셨다더군."

이제는 임태용까지 시선을 주었고 강정규가 말을 이었다.

"대마도는 한국령이라는 거야, 그것을 일본이 역사를 왜곡해서 일본 영토로 만들어 놓았다는군."

"대마도가 말입니까?"

놀란 박한철이 묻자 강정규는 정색했다.

"그래서 내가 일본군 시절에도 대마도에 갔을 때 지형도 유심히 살펴보고 했어, 내가 이번에 그 덕을 볼 것 같다."

박한철과 임태용은 서로의 얼굴만 보았다.

리스타 일본법인 사장 김필성이 오금봉의 전화를 받았을 때는 오후 7시가 되어갈 무렵이다.

"예, 사장님."

긴장한 김필성이 응답했을 때 오금봉이 말했다.

"고베 야마구치가 한국에 마약을 공급했는데 이번에 대마도에서 거래를 할 예정이야."

숨을 죽인 김필성의 귀에 오금봉의 말이 파고들었다.

"지금까지 한국에 공급하던 마약 루트가 우리 때문에 끊겼거든, 그 보복을 할 가능성이 있어."

"예, 사장님."

"고베 야마구치의 동태를 살펴서 즉시 보고하도록."

김필성은 온몸에 차가운 기운이 덮여지는 것을 느꼈다. 이제 다시 시작인가?

다음날 오전 10시가 되었을 때 강정규는 응접실에서 전화를 받았다. 전화를 받은 사람은 박한철이었는데 강정규에게 넘겨준 것이다.

"조백진 사장이라고 합니다."

강정규가 머리를 기울였지만 전화기를 받고 귀에 붙였다.

"예, 강정규입니다."

"나, 리비아 법인장인데 오금봉 사장님 연락을 받고 전화를 하는 거야.”

대뜸 사내가 그렇게 말했다. 놀란 강정규가 상반신을 똑바로 세웠다.

“예, 말씀하십시오.”

“곧 대마도로 간다면서?”

“예, 사장님.”

“자네, 내가 누군지 모르지?”

“예, 사장님.”

“리비아법인에서는 리비아 정부하고 용병 계약을 하고 용병을 운용하고 있어.”

놀란 강정규가 숨만 들이켰을 때 조백진이 말을 이었다.

“월남전이 끝나고 한국에도 전투 전문가들이 넘쳐났기 때문이지, 지금 리비아에 용병이 1천 명 가깝게 일하고 있어, 거기서 벌어들이는 돈이 엄청나다네.”

그러더니 조백진이 깜박 잊었다는 듯이 말을 이었다.

“참, 그래서 부산으로 3개 팀이 갈 거네.”

“혼다, 네가 해결해라.”

마침내 이노우에가 입을 열었다. 저택의 청 안이다. 오늘도 비서실장 요시다, 고문 아사히까지 둘러앉아 있었고 말석에 앉은 혼다가 이노우에의 말을 듣더니 두 손을 다다미 바닥에 짚고 절반 엎드린 자세가 되었다. 영락없이 사극에서 영주의 명(命)을 받는 무장(武將) 시늉이다.

“예, 조장님.”

혼다가 힘찬 목소리로 대답했다.

“전력을 다해서 해결하겠습니다.”

"네 조직을 다 가동시키도록."

"알겠습니다."

"리스타가 배후에 있다는 생각으로 대응을 해라."

"알겠습니다."

"여기 있는 아사히 고문과 요시다하고 전략을 짜도록."

"예, 조장님."

"리스타 놈들을 전멸시키고 나서 그놈들이 어떻게 나올 것인지는 우리가 검토를 할 테니까 넌 대마도에서의 일만 끝내면 돼."

"예, 조장님."

그때 이노우에가 자리에서 일어섰다. 영주는 세세한 작전에는 관여하지 않는 것이다.

서울, 성북동의 이광 자택, 응접실에 이광과 안학태, 최국진, 그리고 상사 사장 곽영훈까지 둘러앉아 있다. 그리고 그 중심에 한국대 교수 엄상문이 앉아 있었는데 부드러운 분위기다. 엄상문은 70세, 한국대 석좌교수로 역사학의 권위자다. 근래에 엄상문이 쓴 저서를 읽은 이광이 자택으로 초청하여 측근들과 함께 강의를 듣는 것이다. 오늘이 세 번째, 지난주에는 해외법인연합회 사장 진남철이 귀국했다가 듣고 갔다. 그때 엄상문이 입을 열었다.

"한민족은 서기 663년에 백제가 백강전투에서 왜군과 함께 나·당 연합군에게 패배한 후부터 이 좁은 반도에서 벗어나지 못했습니다."

엄상문이 정색한 얼굴로 둘러앉은 리스타의 간부들을 훑어보았다.

"당시까지 왜국은 백제의 식민지나 다름이 없었고 백제는 대륙에 22개의 담로라고 불리는 대영지를 소유한 대국(大國)이었지요."

엄상문의 목소리가 응접실을 울렸다.

"신라 화랑도의 기백도 밖으로 뻗어 나가지 못했고 고구려는 당에 멸망한 후에 유민이 흩어져 뿌리를 잃었습니다."

"……."

"요동반도, 산동반도까지 당, 백제, 신라가 영유했던 기록이 있습니다. 지금도 중국 대륙에 가면 한국의 지명이 무수하게 나타납니다. 이것은 반도에서 건너온 유민이 그쪽에 지명을 붙였겠습니까? 그건 말이 안 되지요, 그쪽 대륙에서 한반도로 이주한 신라, 백제 유민이 이곳에 옛 고향의 지명을 붙인 것이지요."

책을 읽은 이광은 잠자코 들었지만 안학태 등은 머리를 끄덕였다. 엄상문이 말을 잇는다.

"패망한 민족, 왕국의 역사는 소멸되고 조작됩니다. 세계 역사가 다 그렇습니다. 그렇게 흔적도 없이 사라져버린 민족, 왕국이 부지기수입니다. 그래서 역사는 승자의 기록이라는 것입니다."

엄상문의 목소리에 열기가 띠워졌다.

"고구려, 백제, 신라는 같은 민족이었습니다. 광대했던 한민족 영토가 지금은 38선으로 한반도까지 반 토막이 나서 통일신라 당시보다 적어졌지만 우리는 이제 다시 희망을 품습니다."

눈을 크게 뜬 엄상문이 이광부터 최국진까지를 차례로 보았다.

"그것은 리스타 같은 상사가 있기 때문입니다. 리스타는 1,600년 전 백제가 대선단을 이끌고 인도, 아라비아 반도까지 진출한 그 개척력과 해상왕 장보고의 기백까지 이어가야 합니다."

이광은 머릿속에 그 당시의 대선단을 떠올려 보았다. 그러자 함성이 울리는 것 같았다. 1,600년 전의 함성이다. 조상의 함성, 지금의 한민족보다 더 스케일이 컸던 조상의 함성이다. 우리는 1,600년 동안 한반도에 갇혀 있었다.

"김태규입니다."

사내가 부동자세로 서서 머리를 숙였다. 군인 같다. 그 옆에 두 사내가 서 있었는데 그들도 마찬가지다.

"홍만준입니다."

"윤석입니다."

둘도 인사를 한다. 강정규가 다가가 그들과 악수를 했다. 오후 3시 반, 어제 오전 10시에 조백진의 전화를 받고 만 하루가 지났을 때 병력이 충원된 것이다.

조백진은 3개 팀을 충원시켜 준다고 했는데 김태규가 총 지휘자로 인솔해온 3개 팀은 30명, 선임 김태규가 제1팀장이고 홍만준, 윤석도 각각 10명씩 이끌고 있다. 강정규가 임태용과 박한철까지 그들에게 소개하고 나서 여섯이 응접실의 소파에 둘러앉았다. 이것이 대마도에 파견될 리스타의 간부진이다. 총원은 33명, 그때 김태규가 입을 열었다.

"제가 한국군 대위로 제대했습니다. 이쪽 둘은 중위 제대구요, 우리 셋은 모두 월남전과 리비아에서 용병으로도 싸웠습니다."

"실전 경험이 풍부하군."

강정규가 솔직히 시인했다.

"나도 미군 소속으로 베트남에서 1년 반 근무했어."

"아, 그렇습니까?"

셋의 얼굴에 반가운 기색이 떠올랐다.

"반갑습니다, 대장님."

김태규가 말했을 때 윤석이 물었다.

"실례지만 미군 어느 부대였습니까?"

"제714부대였어, 거기서 대위로 근무했지."

"아, 압니다."

윤석이 이를 드러내고 웃었다.

"레인저였군요, 대장."

"잘 아는구나."

"제가 그 근처 맹호부대 특공대였지요."

"그럼 343부대인가?"

"잘 아시는군요."

"그때 부대장이 최 대위였지? 최원만 대위?"

"맞습니다. 난 그때 소위였습니다."

"전 청룡부대였습니다."

그때 김태규가 나섰고 홍만준이 거들었다.

"전 맹호부대 소대장이었습니다."

"이런."

임태용이 혀를 찼다.

"난 상사 달고 제대했지만 군 경력은 우리 대장 다음이 될 겁니다."

그러자 박한철이 혀를 찼다.

"난 조폭 경력이 11년이오, 학교도 두 번이나 다녀왔고, 2년 반 동안 말요, 거기가 나한테는 전장이 되겠구만……."

박한철이 어깨를 부풀렸을 때 강정규가 헛기침을 했다.

"자, 소개는 됐고 작전부터 짜자."

24

대마도에 상륙한 혼다의 부하는 70명, 혼다 조직의 400여 명 중에서 정예만 추려온 것이다. 비밀리에 선발하고 대마도에 올 적에도 제각기 셋씩, 넷씩, 여행자, 낚시꾼 차림으로 왔지만 대마도 전체 인구가 3만 명도 안 된다. 한국 관광객이 하루에도 3, 4백 명씩 오가지만 일본인이 단시간에 이렇게 늘어난 건 드문 일이다. 그래서 혼다는 미리 이즈하라 경찰서의 나까노 경감한테 귀띔을 해놓았다.

"뒷일은 윗선에다 맡기는 거다."

혼다가 이즈하라의 숙소에서 소두목들을 모아놓고 훈시했다.

"리스타 놈들이 그 여자 뒤를 따라온다고 믿고 시작하는 거야, 대마도에 온 놈들은 한 놈도 빠져나가지 못한다."

"오야붕."

소두목 하나가 입을 열었다.

"리스타 놈들도 우리가 여기서 대기하고 있을 줄 알 겁니다."

"맞다."

혼다의 얼굴에 웃음이 떠올랐다.

"아마 고베에서부터 정보가 새 나갔을 수도 있어, 그놈들 정보력이 CIA 수준이라는 말도 있으니까."

"그렇다면 우리하고 전쟁을 하려고 오는 것 아니겠습니까?"

"맞다."

허리를 편 혼다의 시선이 말석에 앉은 하시모토에게로 옮겨졌다.

"하시모토, 그놈, 조센징 놈은 지금 집에 박혀 있지?"

"예, 오야붕."

하시모토가 두 손을 방바닥에 짚고 혼다를 보았다.

"제가 나다니지 말라고 했습니다."

"그놈도 우리가 온 것을 눈치 채지 못하도록 해야 돼."

"알고 있습니다, 오야붕."

혼다가 둘러앉은 소두목들을 훑어보았다. 모두 6명, 하시모토까지 7명이다. 혼다는 38세, 고베 야마구치조의 오야붕 10명 중 서열이 6번째이지만 조장 이노우에의 직할령 관리를 맡고 있어서 자주 불려 들어가는 편이다.

165 정도의 키에 몸무게가 80킬로가 넘어서 별명이 작은 곰인데 머리 회전이 빨라서 오야붕들 사이에서는 돼지 여우로 불린다. 머리는 여우이고 몸은 돼지라는 뜻일 것이다. 그때 혼다가 옆에 앉은 구보키에게 말했다.

"그럼 무기를 나눠줘라."

이번에 가져온 무기를 나눠주라는 것이다.

"대장은 자?"

김태규가 묻자 임태용이 머리를 끄덕였다.

"예, 그런 것 같습니다."

"이봐, 우리 말 놓자고."

"그럴 수가 있습니까? 형님이 나보다 연상인 데다 장교 출신인데요."

임태용이 웃음 띤 얼굴로 김태규를 보았다.

"내가 형님으로 모시지요."

"사회 나와서 장교라고 다 존대한다면 사병이나 하사관 출신들은 반란을 일으킬걸?"

"하긴 그렇죠."

"제대하면 군 시절 계급은 싹 잊고 다시 시작해야 돼."

"형님 말씀이 맞습니다."

"내가 사관학교 시절까지 합하면 3년쯤 빠르지?"

"그런 것 같습니다."

"홍만준이하고 윤석이는 비슷하니까 너희들은 동료로 쳐."

"알겠습니다."

그때 안쪽 방문이 열리더니 강정규가 응접실로 나왔다. 밤 11시 반이다.

"무슨 이야기들을 하나?"

강정규가 묻자 김태규가 대답했다.

"예, 서열을 정했습니다."

"서열?"

"예, 우리 다섯이 어슷비슷해서요."

"어슷비슷이 뭔데?"

"비슷하다는 말입니다, 대장님."

"그렇구나, 그래서?"

"제가 연상이고 해서 태용이 형님 하기로 했습니다."

"잘했다."

"홍만준, 윤석이는 태용이, 박한철이하고 동료로 하는 것이 낫겠는데 대장님 생각은 어떠십니까?"

"잘했어."

강정규의 얼굴에 웃음이 떠올랐다.

"나도 그럴 생각이었다."

"대장님, 무기는 내일 인수받기로 했는데 대마도를 떠날 때는 모두 바다 속에 버리고 와야겠지요?"

"한국으로 가져올 수는 없지."

강정규가 머리를 끄덕였다. 총원 33명이 필요한 무기를 내일 공급받을 예정이다. 무기는 대구 미군기지에서 가져올 예정이었는데 해밀턴이 손을 쓴 것이다. 미군기지 측에서는 요르단 기지에서 전달받은 화물을 인계해주는 입장이어서 내용을 모른다. 그때 강정규가 말했다.

"조금 전에 일본 법인장님 연락을 받았는데 고베 야마구치에서 70명 정도가 대마도로 떠났다는 거야."

둘의 시선을 받은 강정규가 빙그레 웃었다.

"고베 야마구치에서는 혼다 마사오라는 오야붕한테 이번 작전을 맡겼는데 극비로 추진한다고 했지만 야마구치조뿐만 아니라 다른 야쿠자 조직, 경찰까지 모두 알고 있다는 거다."

"그러면 이번 전쟁을 모두 주시하고 있다는 말이군요."

김태규가 말하자 강정규는 머리를 끄덕였다.

"야마구치 대 리스타의 전초전이라는 소문이 났다는군, 전면전이 시작되기 전의 전초전 말야."

"일본 경찰이 방관하고 있는 것이 아니라 지원하는 것이 아닙니까?"

"대마도 경찰하고 통하고 있다고 들었어, 고베 경찰도 은근히 야마구치를 돕겠지, 이건 일본대 한국 간의 감정싸움으로 비약되는 것 같다."

"마약을 한국으로 들여와 떼돈을 챙기던 놈들이 무슨 복수를 하겠다는 건지 알 수 없네요, 이놈들이 아직도 한국을 깔보고 있는 겁니다."

어깨를 부풀린 김태규가 말했을 때 강정규도 정색했다.

"그래서 이번에 우리 책임이 크다."

강정규가 말을 이었다.

"야마구치 놈들을 전멸시켜도 일본 정부는 내막이 밝혀지면 할 말이 없을 거야, 지금 이 시점에 말리지 않으면 후회하게 될 거다."

"이번 야마구치조의 대마도 출정은 고베 경찰 간부 몇 명만 알고 있겠지."

이광이 안학태와 최국진에게 말했다. 자택의 응접실 안, 오후 3시, 이광은 방금 안학태로부터 대마도 출정 준비를 갖춘 강정규에 대한 보고를 들은 것이다. 이광이 말을 이었다.

"하지만 강정규의 대마도 상륙은 일본 정부 입장에서 보면 외세 침략이나 같을 거야, 그 이유가 무엇이 되었건 간에 말야."

둘은 시선만 주었다. 이광이 말하려는 의도를 아직 모르고 있었기 때문이다. 벽시계를 본 이광이 말했다.

"야마구치가 경찰이나 정부 측에 이 일을 공식적으로 보고했을 리는 없지."

"그렇습니다."

안학태가 겨우 말꼬리를 잡았다.

"야쿠자 조직이 뭘 보고 할 수는 없지요, 더구나 마약 때문에 일어난 일 아닙니까?"

"하지만 우리는 다르지, 그렇지 않나?"

"그렇습니다."

안학태의 눈빛이 강해졌다. 이광의 의도를 깨닫기 시작한 것 같다.

"우리 입장은 다르지요, 정당하게 마약 사업의 근거지를 부수려는 것입니다."

"물론 공식적인 허가를 받을 수는 없겠지만."

이광이 말을 받았다.

"비공식으로라도 알려 주는 것이 좋을 거야."

"그렇습니다."

커다랗게 머리를 끄덕인 안학태가 입맛을 다셨다.

"저희들이 그 생각을 못 했습니다."

"비밀리에 진행시키는 일은 극소수만 알고 있기 때문에 그래."

그때 최국진이 말했다.

"정부 측 누구한테 귀띔을 해주는 것이 낫겠습니까? 제 생각에는 내무장관쯤이 적당하다는 생각이 드는데요."

안학태가 머리를 기울였다가 이광을 보았다.

"내무장관한테 말하면 바로 윗선에 보고가 되지 않겠습니까? 그러면……."

"청와대 비서실장한테 연락해, 대통령께 보고하라고 말야."

"예."

대답은 했지만 안학태의 얼굴이 굳어졌다. 입 안의 침을 삼킨 안학태가 이광을 보았다.

"회장님께선 대통령께 보고하실 예정이셨습니까?"

"그래야지, 난 처음에는 강정규가 대마도에 투입되고 나서 보고할 예정이었지만 지금 하는 것이 낫겠어."

"그, 그렇게 되면……."

안학태가 말을 그쳤다. 이것은 이웃 나라에 들어가 전쟁을 벌이는 것이나 같은 것이다. 그것을 그대로 통치자인 대통령에게 보고를 한다면 엄청난 부담을 줄 것이었다. 차라리 모르는 척 하도록 내무장관한테만 보고 하는 것이 나을지도 모른다. 당연히 내무장관은 대통령에게 보고를 할 테니까, 그때 이광이 말했다.

"이 일은 대통령께 직접 보고를 해야 돼, 만일 하지 말라고 한다면 중지시킬 거야."

이것이 이광의 결심이다. 결국 대통령과 이광 둘이서 결정하겠다는 말이다. 안학태와 최국진은 동시에 머리를 끄덕였다.

"들어오시라는데요."

오후 4시 반, 안학태가 다가와 말했는데 눈동자의 초점이 흐려져 있다. 흥분했기 때문이다. 안학태가 청와대 비서실장 유상근에게 보고했을 때가 4시 정각이었다. 그런데 30분 안에 대통령과의 면담이 성사가 된 것이다.

"오후 6시에 이곳으로 모시러 오겠답니다."

"뭐? 이곳으로?"

이번에는 이광이 초점이 흐려진 눈으로 안학태를 보았다. 안학태가 보고했다.

"예, 준비하고 계셔야겠습니다."

파격이다. 대통령 김원국은 작년의 대선에서 대통령에 당선되었는데 군(軍) 출신이다. 이광과는 아직 한 번도 만난 적이 없었지만 서로 상대방에 대해서 잘 알고 있는 것이다. 이광의 시선을 받은 안학태가 말을 이었다.

"이렇게 빨리, 대통령이 만나자고 할지는 몰랐습니다."

"잘 된 거야."

"회장님은 낙관적이십니다."

"그럼 불안할 이유가 있나?"

이광이 웃음 띤 얼굴로 안학태를 보았다.

"정부가 해야 할 일을 대신 해주는 것 아닌가? 마치 효자손으로 손이 안 닿는 등을 긁어주는 것 같지 않을까?"

"효자손입니까?"

마침내 안학태의 얼굴에도 웃음이 떠올랐다.

"통치자하고 그렇게 호흡을 맞춘다면 더 바랄 것이 없지요."

그리고 오후 6시 55분, 이광이 청와대 영빈관의 밀실에서 대통령 김원국과 마주앉아 있다. 배석자는 양측 비서실장 유상근과 안학태, 넷이 원탁에 둘러앉은 것이다. 6시 정각에 이광의 성북동 저택에서 출발한 승용차 2대는 30분 만에 청와대 영빈관에 도착했는데 비공식, 비밀회동이다. 대통령의 웃음 띤 얼굴을 이광은 보았다. 대통령 김원국은 63세, 이광보다 20년 가깝게 연상이다.

"이 회장님, 대마도가 본래 한국령이었다는 거 아시오?"

"저도 자료를 읽었습니다."

바로 이광이 대답했다.

"일제 식민지 시절에 조선총독부에서 그 자료를 철저하게 파기시켰다고 했습니다."

김원국이 머리를 끄덕였다.

"조선이 일본제국에 합방되고 나서 초대 총독 데라우치 마사타케가 가장 먼저 한 일이 조선사편찬위원회를 만든 것이었지요."

이광이 긴장했고 김원국의 말이 이어졌다.

"이건 자료에도 남아 있습니다. 조선사 편찬위원회의 촉탁 구로이타 가쓰미는 대마도주의 저택 창고에 보관되고 있던 자료를 모두 소각시켰다는 겁니다."

김원국이 앞에 놓인 서류를 집고 읽었다. 미리 준비해놓은 것이다.

"고문서 6만 6,469매, 고(古) 기록류 문서 5만 3,576책, 고지도 36매, 기타 다수의 문서를 모두 소각시켰다고 일본 자료에 남아 있지요."

서류를 내려놓은 김원국이 정색했다.

"대마도가 조선의 부속도서라는 자료겠지요, 그러니까 조선 총독이 조선사편찬위원회를 시켜 대마도 창고를 뒤진 것 아닙니까? 일본령이라면 왜 조선 총독이 나섭니까?"

그러고는 김원국이 의자에 등에 붙였다.

"리스타 요원들은 대한민국 영토인 대마도로 가는 겁니다. 이 회장, 나는 그렇게 알고 있을 게요."

"이즈하라항 위쪽에 세잔지가 있어요, 찾기가 쉬우니까 거기서 봅시다."

백춘국이 말을 이었다.

"밤 9시에서 10시 사이에 만나기로 합시다."

"이봐요, 백 선생."

서미아가 백춘국을 불렀다.

"현금을 가져가려니까 아무래도 세관이 걸려서 어선을 타고 가야겠어요."

"그래서?"

"몇 군데 알아보았더니 믿을 수도 없고 불안하단 말예요, 내가 동생하나하고 이 일을 같이하고 있는데 동생도 밀항 경험이 없대요."

"동생이 누구요?"

스피커 폰이어서 옆에 앉은 임태용과 박한철, 김태규까지 다 듣고 있다. 그때 임태용이 손에 쥔 종이를 서미아 앞에 보였다. 그러자 서미아가 읽는다.

"윤기섭이라고 나이아가라 웨이터를 했던 애인데 지금은 소매상 일만 하고 있지요, 이번에 걸리지 않았어요."

"그럼 내가 어선을 알아볼 테니까 내일 오후 7시쯤 다시 연락을 해요."

"고맙습니다."

"돈은 다 준비가 되었소?"

"되어가요."

"모레 저녁에 출발할 수 있나? 배가 준비되면 말요?"

"늦어도 내일 오후에는 돼요."

"하루 늦춰지는군, 그럼 모레 출발하는 것으로 합시다."

그러더니 백춘국이 혀를 찼다.

"배 준비도 못 하고, 내가 어디까지 해줘야 되는 거야?"

"미안해요, 내가 처음이라……."

"내일 다시 연락합시다."

통화를 끝낸 서미아가 전화기를 내려놓았을 때 임태용이 말했다.

"서툴게 보이는 것이 의심을 덜 받을 수도 있지."

그러자 박한철이 거들었다.

"서툰 척하면 더 의심을 받겠지만 진짜 버벅거리는군."

당연한 일이다. 서미아가 혼자서는 죽었다가 깨어나도 대마도를 왔다갔다 못 한다. 그것을 백춘국도 알고 있을 것이었다.

"서미아와 함께 미끼를 보내는 것이 낫겠습니다."

응접실에서 김태규가 강정규에게 말했다.

"다섯 명을 추려서 같은 배에 태우고 그것만으로는 좀 뻔한 것 같으니까 미리 세잔지 근처에 다섯 명을 보내는 것입니다."

둘러앉은 팀장들이 머리를 끄덕였다. 강정규가 말했다.

"일본 순시선의 감시가 철저해서 밀항선이 적발되면 바다 위에서는 빠져나갈 길이 없어, 서미아는 야마구치가 손을 써서 배를 들어오게 하겠지만 나머지 인원은 관광단에 섞여 들어가는 수밖에 없다."

"제 생각도 그렇습니다."

임태용이 말했다.

"하지만 무기 들여가는 것이 문제입니다."

"그건 조금 전에 방법이 생겼어."

강정규가 웃음 띤 얼굴로 말을 이었다.

"내일 밤에 부산에서 출항하는 근대해운의 시에라호가 이즈하라항에서 농산물을 하역할 거야, 시에라호가 우리 무기를 싣고 가기로 했으니까 우리가 이즈하라항에서 찾으면 된다."

"잘 됐습니다."

감태규가 반색을 했다.

"그것이 가장 큰 문제였습니다. 하지만 시에라호에서 무기를 꺼내올 때 조심해야겠군요."

"내가 이즈하라항을 잘 알아, 먼저 간 미끼팀이 찾으면 돼."

강정규가 말하고는 김태규를 보았다.

"미끼팀은 누가 맡는 게 낫겠냐?"

"예, 제가 맡겠습니다."

윤석이 바로 나섰다. 그러자 김태규가 머리를 끄덕이며 강정규에게 말했다.

"팀원 절반은 서미아하고 함께 배를 타고 가는 것이 낫겠습니다. 팀원 절반은 무기를 찾고 세잔지로 가지요."

"그럼 그렇게 하고."

강정규의 시선이 박한철에게 옮겨졌다.

"네가 서미아 동생 윤기섭이 행세를 하고 옆에서 감시해."

"예, 대장님."

이렇게 팀 배치가 끝났다.

강정규가 안학태의 전화를 받았을 때는 오후 10시가 되었을 때다. 아직 응접실에서 김태규와 회의 중이던 강정규가 긴장했다.

"예, 실장님."

"이번 야마구치 건은 전쟁이라고 생각해도 된다."

대뜸 말한 안학태가 잠깐 뜸을 들였을 때 강정규는 숨을 죽였다. 이런 작전은 고위층에서 모른 척하는 것이 정상인 것이다. 자위대에 있을 때는 거의 모든 비공식 작전이 실무 책임자 선에서 끝났다. 그때 안학태가 말했다.

"대마도는 한국령이야, 그것이 이번 작전에 큰 의미가 있다."

"예, 실장님."

"회장님이 이번 작전을 대통령께 보고했단 말이다."

순간 숨을 들이켠 강정규에게 안학태가 쏟아붓듯이 말했다.

"그랬더니 대통령께서 대마도가 한국령이라는 말씀을 하신 거다. 나도 옆에서 들었는데 감동했다."

"……."

"너는 일본이 탈취한 한국령 대마도에 들어가 작전을 하는 거야, 무슨 말인지 이해가 되나?"

"예, 실장님."

"대통령께서 주시하고 계신다. 난 너한테 사명감을 주려고 이 내막을 털어놓는 거다. 물론 회장님의 허락을 받았지만 말이야."

"감사합니다, 실장님."

"뒷일은 우리한테 맡기고 임무를 완수해."

"예, 실장님."

가슴이 벅차오른 강정규가 전화기를 내려놓고는 심호흡부터 했다. 김태규가 바라보고 있었기 때문에 잠깐 망설이던 강정규가 입을 열었다. 김태규도 이 상황을 알아야 한다.

"방금 실장님이 말씀하셨는데……."

그 시간에 고베 야마구치 조장 이노우에 구니오가 총리 비서실장 오무라의 전화를 받는다. 오무라는 1년 가깝게 잠적해 있다가 다시 비서실장으로 기용되었는데 전후(前後) 최장수 비서실장이 될 것이다.

"예, 실장님."

이노우에가 정중하게 응답했다. 예고도 없이 걸려온 전화다. 더구나 밤 10시가 넘은 시간이다. 오무라하고는 3년쯤 전에 인사를 한 번 했을 뿐인데 다까노가 인사를 시켜줬기 때문이다. 그때 오무라가 말했다.

"이노우에 씨, 지금 대마도로 행동대를 보내셨지요?"

"예? 그, 그것은……."

산전수전 다 겪은 이노우에였지만 그 순간은 당황했다. 말까지 더듬었던 이노우에가 곧 정신을 수습했다.

"예, 실장님, 맞습니다."

이노우에는 오무라의 역할을 아는 것이다. 일본 내외의 모든 정보가 오무라에게 집합이 된다. 그때 오무라가 말을 이었다.

"저쪽도 대비를 하고 있을 텐데, 알고 계시지요?"

"예, 실장님."

"D-데이는 언제가 될 것 같습니까?"

"제가 보고를 받기에는 모레 밤입니다."

"그때 거래를 하는가요?"

"그렇습니다, 실장님."

"이번에 좀 많이 보내셨던데, 혼다 마사오가 대장이지요?"

"그렇습니다, 실장님."

그러자 잠깐 침묵했던 오무라가 말을 이었다.

"30분쯤 후에 저택 앞에서 내가 보낸 모리 군이 연락을 할 겁니다. 모리 군한테 이야기를 들으시지요."

"예? 예."

다시 놀란 이노우에가 대답만 했을 때 통화가 끊겼다.

30분 후, 저택의 청에서 이노우에가 정식으로 앞에 앉은 모리 사다케하고 인사를 나눈다. 이노우에는 비스듬한 뒤쪽에 비서실장 요시다, 고문 아사히를 배석시켰는데 마치 막부시대의 지방 영주가 장군의 밀사를 맞는 것처럼 예의를 갖추고 있다.

모리 사다케는 오무라의 보좌관으로 40대쯤 되었다. 보통 체격에 양복 차림인데 평범한 용모다. 그러나 격식을 차리는 이노우에와는 달리 방석 위에 책상다리를 하고 앉아서 거침없이 말을 뱉는다.

"예, 또, 제가 급하게 지시를 받고 와서요. 거기, 혼다 씨가 몇 명을 데리고 대마도에 갔지요?"

"예, 70명입니다."

이노우에가 정중하게 대답했다.

"두목급 6명까지 포함해서 그렇습니다."

"무기는요?"

"예, 밀매되는 AK-47 자동소총을 30정쯤 구입했고 권총이 약 40정, 수류탄이 10발 정도, 탄약은 충분하다고 들었습니다."

"내가 그것 때문에 온 건데요."

모리가 어깨를 펴고 이노우에를 보았다.

"이노우에 씨는 저쪽 리스타를 너무 깔보시는 것 아닙니까?"

"무슨 말씀이신지……?"

당황한 이노우에 씨의 얼굴이 붉어졌고 뒤쪽의 아사히와 요시다는 좌불안석이 되었다. 조장이 꾸지람을 듣는 분위기다. 그때 모리가 말을 이었다.

"저쪽은 전쟁하는 자세입니다. 병력도 군 출신으로 베트남, 리비아에서 실전을 겪은 용병들로 채워졌고 그 대장이 누군지 아십니까?"

알 리가 없는 이노우에가 눈만 껌벅였고 모리가 말을 이었다.

"자위대 기동군 특수부대 소속이었던 이또만 소좌가 지휘합니다."

어안이 벙벙한 표정의 이노우에가 듣기만 한다.

"이또만은 조센징이어서 지금은 강정규라고 조선 이름으로 불리지요, 강정규가 지휘하는 조선군 팀은 30명 정도, 그런데 무기는 중동전에서 사용하는 신제품이라 아마 혼다 씨보다 화력이 월등할 것입니다."

"모리 씨."

마침내 이노우에가 입을 열었다.

"어떻게 그렇게 잘 아십니까?"

"한국에 우리 정보원이 없는 것 같습니까? 한국은 우리 우방국이오."

"그, 그렇지요."

"우리 일본과 미국은 동맹국이고 한국과 미국도 동맹국이지요, 우리는 한국에 주둔해 있는 동맹군 미군 기지를 얼마든지 활용할 수 있고 정보도 얻을 수가 있단 말입니다."

"그렇군요."

"리스타는 엄청난 물량의 무기를 판매하는 중개상이지요. 미제, 소련제 무기를 중개하는데 거기서 몇 박스씩 빼내는 건 일도 아닙니다."

"……."

"필요하면 미사일까지, 탱크나 헬리콥터도 문제가 아닙니다."

"설, 설마……."

"물론 대마도에 가져간다는 건 아니죠."

어깨를 늘어뜨린 모리가 흐린 눈으로 이노우에를 보았다.

"그래서요, 이노우에 씨, 지금 대마도에 가있는 70명 중 혼다 씨하고 간부 몇 명만 빼고 모두 불러들이시지요."

"예?"

당황한 이노우에의 얼굴이 이번에는 누렇게 굳어졌다. 나이 60이 넘도록 이렇게 몰리는 건 처음 겪는 터라 이노우에는 대응하지 못하고 있다. 뒤에 배석한 아사히와 요시다는 그야말로 독약을 먹고 죽고 싶은 심정이지만 어쩔 수 없다. 조장이 당하는 꼴을 볼 수밖에 없다. 그때 모리가 말을 이었다.

"그 대신 우리가 특공대를 투입시킬 겁니다. 리스타의 용병과 대적하려면 우리도 군을 투입해야지요.”

“아아.”

그때서야 이노우에가 어깨를 늘어뜨렸을 때 모리의 말이 이어졌다.

“이또만, 아니, 강정규가 있던 339부대와 라이벌이었던 574부대에서 70명을 선발했습니다. 그들을 혼다 씨 부하들로 위장시켜 리스타 놈들을 몰사시키는 겁니다.”

모리의 두 눈이 번들거렸다.

“이놈들이 우리 영토에서 군 작전을 벌인다는 건 용납할 수가 없습니다.”

“알겠습니다.”

이노우에가 두 손을 방바닥에 짚고 모리를 우러러보았다.

“그렇게 도와주신다니, 이 이노우에가 은혜를 갚겠습니다.”

“이건 일본대 한국의 싸움이나 마찬가지입니다. 이미 총리 각하께 보고도 되어 있어요.”

다시 이노우에가 숨을 들이켰다. 총리도 허락했다는 말이다.

해운대의 바닷가 횟집 안, 오후 8시 반, 안쪽 자리에 앉아 있던 서미아와 박한철은 횟집으로 들어서는 두 사내를 보았다. 50대쯤으로 보이는 두 사내는 후줄근한 추리닝 차림에 장화를 신었다. 검게 탄 얼굴, 둘 다 눈동자가 자주 흔들렸다.

손님이 두 테이블밖에 없었기 때문에 둘은 곧장 다가와 앞쪽 의자에 앉았다. 백춘국이 소개시켜준 밀항선 선장이다. 그때 왼쪽에 앉은 사내가 서미아에게 말했다.

“배 타시려는 분 맞죠?”

"네."

오후 7시 20분쯤에 통화를 했기 때문에 서미아는 이 사내의 목소리가 귀에 익다. 그러나 서로 이름도 밝히지 않았다. 그저 선장과 손님 관계다. 머리를 끄덕인 사내가 다시 물었다.

"언제 출발이죠?"

"내일 밤요."

"손님은 거기 두 분뿐인가요?"

"아뇨, 저까지 일곱요."

"아니, 일곱이나?"

놀란 사내가 옆에 앉은 일행과 눈을 마주쳤다.

"아니, 5톤짜리 어선에 우리 둘까지 아홉 명이 타고 간단 말요?"

그때 박한철이 되물었다.

"그럼 배가 뒤집혀요?"

"아니, 그보다⋯⋯."

"정원 초과라고 교통경찰이 잡아요?"

"아니, 이보쇼."

"여보쇼."

박한철이 사내의 말을 막았다. 눈을 부릅뜬 박한철이 어깨까지 부풀렸다. 조폭은 금방 본색이 드러난다. 박한철은 전형적인 조폭이라 0.5초도 안 되어서 본색을 보일 수가 있다.

"우리가 배를 전세 낸 것이 아뇨?"

"아니, 그것이⋯⋯."

"전세를 냈으면 몇 명을 태우든지 우리 맘 아뇨? 우리 일곱 명을 못 태우는 배라면 빌릴 필요도 없지, 안 그렇소?"

"그거야……."

하고 옆쪽 사내가 나섰다.

"맞는 말이지만 우리는 두 사람이 간다는 이야기를 들어서요."

"일곱이오."

"그럼 돈을 좀 더 받아야겠는데."

먼저 나섰던 사내가 선장인 것 같다. 선장이 말하자 박한철이 눈을 가늘게 떴다.

"우리가 지금 비행기표 사는 거요?"

"아니, 다섯 사람이 늘어나니까……."

"안 타."

박한철이 벌떡 일어섰다.

"시발, 다른 배를 빌리든지 사든지 할 거야, 당신 배는 기분 나빠서 안 타."

"잠깐만."

서미아가 말렸다.

"가만있어, 내가 이 아저씨하고 흥정을 할 테니까."

서미아가 달래듯이 말하고는 선장을 보았다.

"도대체 얼마를 더 내라는 거죠? 우리가 왕복요금 5백만 원 드리기로 했죠? 그런데 얼마 더 내요?"

"8백은 받아야겠습니다."

선장이 말했을 때 박한철이 앉았다가 다시 일어섰다.

"에라이, 거기다 얼마 보태서 배 한 척 사겠다. 날강도 같으니."

오후 10시, 서미아가 다시 백춘국한테 전화를 했더니 기다리고 있었던지 바로 전화를 받았다.

"아니, 어떻게 된 거요?"

백춘국이 물었다.

"힘들게 배 소개시켜 줬더니 돈 더 못 주겠다고 쫓아버리다니?"

"그 사람 도둑놈이에요."

서미아도 목소리를 높였다. 응접실 안에는 강정규와 박한철, 김태규까지 모여 있었는데 스피커폰이라 다 듣는다. 그때 백춘국이 말했다.

"아니, 근데 동생하고 둘이 오는 줄 알았더니 일곱 명이나 온단 말요? 누구요?"

"동생 친구 세 명하고 둘은 소매상이에요, 앞으로 내 대신 받을 사람들."

"어쨌든 배는 그 장 사장 배를 타요, 다른 배를 빌리기도 힘드니까. 가격은 내가 7백 정도로 조정해 줄 테니까."

"돈 없는데 650으로 해주세요."

"앗따, 그나저나 4억은 준비했소?"

"겨우 그 돈 만들어서 돈이 모자라요."

"알았습니다. 내일 아침에 장 사장한테 다시 연락해서 내일 밤에는 여기 도착하도록 해요."

"알았습니다."

전화기를 내려놓은 서미아가 강정규를 보았지만 입을 열지는 않았다. 아직 현영준을 처치한 것에 대한 감정이 풀리지 않은 것이다. 그때 강정규가 박한철에게 말했다.

"내일 만났을 때 650으로 결정하고 올 때 시간 맞춰주면 50 정도 더 준다고 해."

"알겠습니다."

쓴웃음을 지은 박한철이 머리를 끄덕였다.

"돈 욕심 부리는 놈은 꼭 돈으로 망하더구만요, 그놈이 살아서 집으로 돌아갈지 저 하기 나름이지요."

하시모토한테서 서미아가 사내 6명을 데리고 온다는 보고를 받은 혼다가 이를 드러내고 웃었다.

"아예 병력을 싣고 오는구나."

"오야붕, 6명뿐이겠습니까?"

구보키가 묻자 방안의 시선이 모여졌다. 혼다가 웃음 띤 얼굴로 머리를 저었다.

"내일 밤에 만나는 장소까지 정해주었으니까 아마 지금쯤 선봉대가 이곳에 와 있을 거다."

그때 안쪽에 앉아 있던 사내가 혼다를 보았다. 30대쯤의 건장한 체격이다.

"혼다 씨, 오늘 오후에 한국 관광객에 섞여서 7명이 대마도에 입국했습니다. 지금 이즈하라의 우에노 여인숙에 묵고 있는데 그놈들이 리스타 일당 같습니다."

"7명이오?"

혼다의 목소리가 갈라져 있다.

"그럼 내일 6명하고 13명인가?"

"그것뿐이겠소?"

사내의 얼굴에 웃음이 떠올랐다.

"우리가 파악하지 못한 인원도 있을 것이고 내일 오후까지 입국한

놈들도 있을 테니까요."

"어쨌든."

어깨를 부풀렸다가 내린 혼다가 사내를 보았다. 눈동자의 초점이 흐려져 있다.

"나카사토 씨, 당신한테 맡기겠소."

나카사토는 쓴웃음만 지었다. 방안에 둘러앉은 7명 중 5명이 나카사토와 그의 간부급 부하들이다.

2장
전멸

"그놈들이 무기는 어떻게 공급받을까요?"

부관 하세가와 일위가 물었다. 하세가와는 일위니 위관급 장교로 한국군 대위에 해당된다. 자위대 계급이 대좌는 일등육좌, 중좌가 이등육좌, 소좌가 삼등육좌, 대위가 일위, 중위가 이위 등으로 바뀌었지만 장교들은 예전 계급에 익숙해서 섞어서 쓰기도 한다. 나카사토 삼등육좌, 즉 소좌가 담배 연기를 길게 뿜어내고 대답했다.

"그놈들도 정부 지원을 받고 있어, 하세가와, 아마 지금쯤 들여왔는지도 몰라."

"세관, 화물선, 여객선까지 샅샅이 검색을 하는데도 들여올 수 있을까요?"

"지금 이즈하라 항구 안과 밖에만 해도 각국 화물선, 어선이 3백여 척이나 정박하고 있다. 그 배를 다 검색하려면 대마도의 전 경찰력을 동원해도 모자라."

"그렇습니다."

"전쟁이다, 하세가와. 소규모지만."

"전과는 기록이 됩니까?"

"비공식이 되겠지만 경력에 참조는 되겠지."

"그럼 목숨을 바칠 만합니다. 흔적도 남기지 않고 사라지는 건 좀 그렇거든요."

나카사토가 지그시 하세가와를 보았다. 하세가와는 29세, 대부분의 574부대 장교처럼 동맹국인 미군 부대에 파견되어 미군 신분으로 전쟁도 치렀고 훈련도 받았다. 하세가와는 레인저 교육을 받고 아프리카에서 1년간 게릴라전에 참가한 경험이 있다.

"하세가와, 내일 세잔지의 거래 장소는 함정이 될 거다. 우리가 만든 덫과 저놈들이 만든 덫이 서로 엉키게 될 거라구."

"그렇습니다. 하지만 보기만 할 수는 없지 않습니까?"

하세가와의 시선을 받은 나카사토가 머리를 끄덕였다. 이곳은 이즈라하 북쪽 국도 328호 선에서 내륙 쪽으로 1킬로쯤 떨어진 골짜기의 저택 안이다. 골짜기에 묻힌 것처럼 밖에서 보이지 않는 이 저택이 나카사토의 특공대 본부가 되어 있다.

나카사토가 힐끗 벽시계를 보았다. 밤 11시 반이다. 하세가와가 말했다.

"내일 밤 10시에 일·한 특공대 간 첫 전투가 벌어지겠군요."

"그놈들은 용병 출신인 데다 전투 경험, 군 경력이 우리보다 나은 놈들이야."

"압니다. 월남전, 리비아에서 카다피 용병 경험까지 갖춘 놈들이죠?"

"더구나 이또만이 그놈들을 지휘하고 있어, 이 배신자 놈을 대마도에서 만나게 되었단 말이다."

48

하세가와가 입을 다물었다. 나카사토는 33세, 이또만보다 한 살 위이지만 소좌는 같이 진급했다. 기동군 소속의 양대(兩大) 특수군인 339, 574부대에 소속되어 있으면서 서로 경쟁 관계였던 사이다. 그때 나카사토가 말을 이었다.

"그놈이 조센징인 것을 알고 있지?"

"예, 알고 있었습니다. 대장."

"조센징이 결국은 배신한다는 말이 사실이라는 것을 그놈이 증명한 거야."

"그런 셈입니다."

"내가 그놈 인생을 이곳에서 끝내줘야 될 것 같다."

나카사토가 웃음 띤 얼굴로 하세가와를 보았다.

"그래야 일본군의 체면이 서게 돼."

"됐습니다."

고무보트 안에 실린 고무 가방은 모두 8개, 길이가 10미터 가까운 튼튼한 고무보트였지만 엄청난 중량감이 느껴졌다. 고무 가방을 확인한 윤석이 손을 들어 인사를 했다.

"수고하셨습니다."

"자, 그럼, 조심히 가십쇼."

시에라호의 항해사가 거수경례로 윤석의 인사에 답하더니 화물선에 매달린 계단으로 올라갔다.

"자, 가자."

윤석이 지시하자 고무보트의 엔진이 걸렸고 곧 머리를 틀고 움직이기 시작했다. 깊은 밤, 시에라호에서 떨어진 모터보트가 해안을 향해 달려가기 시작했다. 오른쪽 해안에 이즈하라항의 불빛이 반짝이고 있다. 고무보트가 속력을 내자 물보라가 얼굴에 뿌려졌다. 손바닥으로 얼굴을 닦으면서 윤석이 뒤쪽 부하들에게 소리쳤다.

"됐다. 무기를 받았다."

"내일 오후에 서미아가 출발합니다."

안학태가 말했다.

"하지만 강정규와 팀원은 오늘 밤 오전 1시에 출발하는 파나마 국적의 화물선으로 대마도 옆을 지나다가 고무보트로 옮겨와 대마도에 상륙합니다."

이광이 머리만 끄덕였고 안학태가 말을 이었다.

"강정규가 보낸 1개 조는 이미 대마도에 관광객으로 들어가서 조금 전에 무기를 인수했습니다."

"저쪽 병력은 어떻게 되지?"

이광이 묻자 안학태가 서류를 펼쳤다.

"자위대 기동군소속 574부대에서 차출된 70명입니다. 3개 조로 편성이 되었는데 특공 3개 소대 구조입니다."

안학태가 정색한 얼굴로 이광을 보았다.

"574부대는 자위대 기동군의 최강 부대입니다. 대테러진압, 테러공격용으로 만들어졌는데 화력도 대단합니다."

"……."

"지휘관은 한국군 소령 계급인 나카사토 소좌인데 현재 이즈하라에 와 있습니다."

"강정규가 당해낼 수 있을까?"

"강정규한테 정보를 주었는데 지원 요청이 없습니다. 30명으로 해보려는 것 같습니다."

"야마구치조는 이제 일본 정부가 대신해서 전쟁을 치러주는 셈이구만."

"그렇습니다."

"일본 정부는 절대로 지면 안 되는 싸움을 시작했고 말야."

"그렇습니다."

정색한 이광이 안학태를 보았다.

"이번 전쟁에서 그, 나카사토 소좌가 지휘하는 부대가 패배한다면 어떻게 될 것 같나?"

순간 안학태가 이맛살을 모으면서 침묵했다. 그때 이광이 말을 이었다.

"또, 만일 강정규 부대가 전멸당했을 때 우리는 어떻게 해야 되지?"

"……"

"오늘까지 그 대처 방법을 만들어봐, 이것으로 끝나는 싸움이 아니니까 말이야. 세상이 그것으로 끝나는 게 아니라고."

이광의 말은 단호했고 표정도 엄격했다.

배는 잘 달렸다. 5톤짜리 어선이었는데 어구는 보이지 않았고 배에 등도 켜지 않았다. 엔진이 2개 부착되어서 보통 어선 속력의 2배를 낸다. 배가 속력을 내었을 때 옆에선 박한철이 얼굴을 펴고 웃었다.

"돈값을 하는군."

서미아가 힐끗 박한철을 보았지만 조타실 벽에 등을 붙이고 쪼그리고 앉은 채 입을 열지 않는다. 배가 속력을 내면서 앞뒤로 흔들리기 시작했다. 허공에 뱃머리가 떠 있는 것 같았다가 쿵, 소리를 내며 바다 위로 떨어진다. 그때마다 숨을 들이켰던 서미아가 결국 머리를 들고 선장에게 소리쳤다.

"좀 천천히 갈 수 없어요?"

"이 아줌마 좀 봐."

선장 장 씨가 머리만 돌려 서미아를 보았다.

"여기서 어물어물하다가 해경한테 잡히면 책임질 거여? 15분 후에 해경순시선이 이 앞으로 지나간다고!"

배는 더 속력을 내었다. 조타실 안은 어두워서 계기판만 겨우 들여다 볼 수 있을 뿐이다. 그때 서미아가 옆에 선 박한철에게 물었다.

"오늘 일 끝내면 내일 돌아와요?"

"아, 그럼."

건성으로 대답한 박한철이 선장 옆으로 다가가 섰다.

"몇 시쯤 도착할 것 같소?"

"한 시간 반쯤 걸릴 겁니다. 밤 9시 반쯤이 되겠소."

소리쳐 대답한 선장이 배에 더 속력을 높였다. 배는 이즈하라 북방의 바위투성이 해안에 붙여질 것이다. 10여 년간 밀수를 해온 선장은 대마도 지형을 두르르 꿰고 있어서 지형만 보아도 어딘지를 알아맞힌다.

조타실에서 나온 박한철이 뱃전에 기대앉아 있는 고윤성에게 다가갔다. 고윤성이 배에 탄 5명의 리더다.

"고 형, 한 시간 반쯤 걸린다는데."

고윤성의 옆에 쪼그리고 앉은 박한철이 말을 이었다.

"우리가 도착하면서부터 전쟁이 시작되는군."

"불안하쇼?"

고윤성이 묻자 박한철이 이를 드러내고 웃었다.

"당연하지, 이럴 때 태연한 척하는 놈은 사람이 아냐."

"총 쏴본 적이 없다고 했지요?"

"아, 장난감 총 쏴봤다고 했잖아?"

지금 박한철의 가슴에는 미군용 권총 베레타 92F가 매어져 있는데 아예 권총 홀더에 채워졌다. 배에 탄 작전요원 6명은 모두 부산에서 무기를 지급 받은 것이다. 고윤성을 포함한 5명은 신형 M-16과 20발들이 탄창 5개씩을 지급 받았고 각각 권총 1정에 14발 탄창 2개, 수류탄 2개, 대검 1개에다 비상식량, 의약품까지 든 배낭을 메고 있다.

군복만 입지 않았을 뿐이지 완전무장한 상태다. 그들을 본 선장과 기관사는 숨을 들이켰지만 프로답게 아무 말도 하지 않았다. 그때 손목시계를 본 고윤성이 말했다.

"지금쯤 모두 이즈하라에 모였을 겁니다. 대장이 탄 화물선이 두 시간쯤 전에 대마도를 지나갔으니까요."

특공대는 3개 조로 분산되어 대마도에 상륙한 것이다. 감시를 피하려고 각각 분산되어 입국했는데 이제 서미아를 태운 이 밀수선만 도착하면 된다.

이즈하라 남쪽 쓰쓰 근처의 민가, 이곳은 빈집이 많은 데다 깨끗해서 바로 사용할 수가 있다. 집을 놔두고 내륙으로 떠난 사람들이 많기 때문이다. 강정규는 대마도에 상륙하고 나서 바로 이곳으로 옮겨왔는데 조금 전에 무기 지급까지 마쳤다. 윤석이 가져온 무기가 모두 지급되었기 때문이다. 방안에서 촛불을 켜놓고 둘러앉은 특공대원은 모두

7명, 간부들이다.

창문에 담요를 둘러쳐서 불빛이 나가지 않도록 했지만 이곳은 국도에서 2백 미터쯤 떨어진 산기슭이다. 국도에서도 보이지 않았지만 조심하는 것이다. 강정규가 손으로 이즈하라 지도의 세잔지를 짚었다. 관광지도라 이즈하라시의 세탁소까지 다 나와 있다.

"여기서 세잔지까지는 10킬로, 지름길로 가면 1시간 반이 걸린다."

강정규의 손끝이 328호 국도를 피해 산길을 훑고 올라갔다. 이곳 산길은 잘 닦아져서 주민들이 이웃 마을을 갈 때 국도를 이용하지 않고 걷는다. 사람 둘이 나란히 걸을 만한 길이기 때문이다. 강정규가 말을 이었다.

"세잔지에서 백춘국이 야마구치 담당자를 데리고 나오겠지만 주위는 나카사토의 특공대가 포위하고 있을 거야."

그때 김태규가 지도 한 장을 펴 놓았다. 세잔지 주변을 확대한 지도다. 세잔지는 길가에 위치해 있는 데다 돌담으로 앞쪽이 둘러싸였다. 김태규가 세잔지 뒤쪽을 손가락으로 짚었다.

"여기 본채 뒤쪽에 윤석의 조원 4명을 잠복시켰습니다."

김태규의 손가락이 왼쪽을 짚었다. 옆쪽의 불당 건물이다.

"이곳에서 거래를 할 겁니다. 본채는 밤에 문을 닫기 때문에 들어갈 수 있는 곳은 이곳뿐이거든요."

모두의 시선이 불당으로 옮겨졌다. 그때 김태규가 얼굴을 찌푸리며 웃었다.

"불당의 신관(神官) 2명이 오늘 오후부터 바뀌었습니다. 나카사토의 부하들이지요, 오늘 오전까지 있던 놈들이 사라지고 다른 놈들로 교체된 것을 본채 뒤쪽에 잠복했던 요원이 망원렌즈로 잡아냈습니다."

"본채 요원들이 놈들한테 발각되었을 수도 있어."

강정규가 말하자 김태규는 물론이고 홍만준도 머리를 끄덕였다. 오후 8시 반이다. 지금쯤 서미아를 태운 밀항선은 이즈하라 근처로 다가오고 있을 것이다. 그때 강정규가 말했다.

"나카사토도 지금 우리를 찾고 있을 거다. 이건 누가 먼저 상대방 본부를 찾느냐로 승부가 나."

"그렇습니다. 세잔지에서 충돌이 일어나기 전에 찾아야지요."

뻔히 노출된 세잔지로 전력(戰力)을 투입시키는 것은 하수(下手)다. 상대방의 입장이 되어서도 생각해봐야 한다. 그때 강정규가 말했다.

"서미아한테 연락을 하라고 해."

모두 긴장하고 강정규를 보았다.

"이 근처에 있어."

나카사토가 지도를 손으로 짚으면서 말했다. 이즈하라를 중심으로 손바닥을 덮은 것이다. 328국도변의 저택 안, 출동 준비를 마친 2개조 40여 명이 밖에서 대기 중이고 1개 조는 이미 이즈하라로 출동한 상태다.

"30여 명이라니까 지금 오는 중인 여자하고 6명 외에 20명 정도가 대기 중일 거야."

그리고 4명에서 5명 정도가 세잔지 본당 위쪽에 잠복하고 있는 것이 발견되었다. 오후 9시 40분, 잠깐 벽시계의 초침소리가 방안을 울렸다.

"자, 출동해볼까?"

정적을 깬 나카사토가 몸을 일으켰을 때다. 전화벨이 울렸기 때문에 방안의 모든 시선이 탁자 위의 전화기로 모여졌다. 전화기 옆에 있던 간부 하나가 전화기를 들고 귀에 붙였다. 그러더니 나카사토에게 전화기를 내밀었다.

"혼다 씨입니다."

나카사토가 전화기를 받아 귀에 붙였다.

"예, 혼다 씨."

"나카사토 씨, 연기되었어."

혼다가 대뜸 말하자 나카사토가 이맛살을 찌푸렸다.

"무슨 말입니까?"

"그 여자한테서 전화가 왔는데요, 일이 생겨서 시간을 연기하자고 합니다."

"아니, 그 여자, 지금 어딘데요?"

나카사토의 목소리가 높아졌다.

"지금쯤 이즈하라 근처에 도착했을 것 아닙니까?"

"도착해서 전화한다는 거요."

"아니, 왜요?"

"뱃멀미를 심하게 해서 움직일 수도 없다는 겁니다. 말도 겨우 합니다."

"이런 개 같은……."

"일단 대마도에 온 거라 내가 뭐라고 할 수 없었소, 그렇지 않소?"

맞는 말이다. 이쪽은 작전을 다 짜고 출동 준비까지 갖췄는데 왜 연기하느냐고 할 수는 없다.

"그럼 언제 만나자는 겁니까?"

"내일 밤."

"그년 숙소는 어딥니까?"

"그건 왜 묻소?"

혼다도 추궁하듯 묻는 나카사토에게 화가 나는 것 같다. 나카사토가 호흡을 고르고 나서 말했다.

"알아둬야 할 것 아닙니까?"

"이즈하라에 들어왔다고 합니다."

"이즈하라 어디요? 물어보았어요?"

"이봐요, 나카사토 씨."

마침내 혼다가 잇사이로 말했다.

"당신 말투가 뭐야? 이 새끼야."

"뭐요?"

"이건 순 호로자식이네."

"뭐?"

"얻다 대고 명령조야? 내가 네 부하냐?"

"아니, 이것 봐요."

그때서야 나카사토는 자신이 오버했다는 것을 깨달았다. 그러나 주위에 7쌍의 시선과 7쌍의 귀가 이쪽에 쏠려져 있다. 나카사토가 잇사이로 말했다.

"다시 연락합시다."

전화기를 내려놓은 나카사토가 주위를 둘러보았다. 그러나 시선을 마주치는 부하는 한 사람도 없다. 모두 들은 것이다. 그래서 혼잣말처럼 말했다.

"여자가 내일 만나자는군."

오전 8시, 후버가 출근 준비를 하다가 전화를 받는다. 넥타이를 목에

늘어뜨린 채 후버가 소파에 앉아 전화기를 귀에 붙였다. 해외작전국장 겸 부장보 윌슨이다.

"뭐냐, 윌슨?"

"한국에서 문제가 생겼습니다."

"또 뭐야? 데모야?"

"아닙니다. 리스타 관련 문제입니다."

"뭔데?"

후버의 이맛살이 찌푸려졌다.

"나쁜 일이면 사무실에 출근했을 때 보고해라. 나, 좋은 기분으로 집에서 나가고 싶으니까."

"나쁜 일도 아니지만 좋은 일도 아닙니다."

"골치 아픈 일이겠구만, 그럼 사무실에서 보고해."

"예, 부장님."

"그럼 끊는다."

했다가 후버가 전화기를 고쳐 쥐었다.

"갓댐, 말해라, 윌슨."

"예, 한국과 일본 사이의 대마도란 섬에서 한국과 일본의 용병끼리 전쟁이 일어날 것 같습니다."

"뭐? 전쟁?"

후버가 어깨를 부풀렸다가 내렸다.

"그거 재밌군, 누가 먼저 시비를 건 거냐? 윌슨."

"일본인 것 같습니다, 부장님."

"같습니다?"

"일본입니다, 부장님."

"그 새끼들이 진주만 기습처럼 덤빈 거야?"

"아닙니다. 이건 야마구치가……."

"야마구치가 덤볐어?"

"그게, 마약을 팔다가……."

"이 병신아, 처음부터 차근차근 말해."

"예, 부장님."

한숨을 쉰 윌슨이 고베 야마구치가 한국에 마약을 팔다가 리스타와 연결되어 상황이 이렇게까지 진전이 되었다는 것을 보고했다. 보고에 걸린 시간은 한 10분쯤 되었다. 보고가 끝났을 때 후버가 먼저 물었다.

"이 정보, 해외사업부에서 모은 정보냐?"

"예?"

"솔직하게 말해, 병신아."

"예, 그것은……."

"어차피 기분 좋게 출근하기는 글렀으니까 속 시원하게 말해, 더 짜증나게 만들지 말고."

"해밀턴이 알려주었습니다."

"옳지, 알려준 이유가 있을 텐데? 그 빌어먹을 놈이 말이다."

"예, 그것이……."

"너야 그놈이 갖고 노는 걸 내가 다 아니까 있는 그대로 말해."

"이번 기회에 자위대가 기고만장하도록 만들면 안 되지 않겠느냐고 말했습니다."

"옳지, 다 말해, 그놈이 말한 대로."

"예, 2차 대전이 끝났지만 일본은 전쟁을 일으킨 것에 대한 사죄나 배상은커녕 반성도 하지 않고 이제는 자위대가 으스대고 이곳저곳 돌아다닌다는 것입니다."

"해밀턴, 지가 유엔사무총장이라도 되냐? 리스타연합 사장이 되더
니 이 자식이……."

"그래서 이번에 대마도에 온 자위대 놈들을 리스타가 대신해서 혼을
내주는데 도와달라고 하는데요."

후버는 한동안 숨만 쉬었다.

오전 1시 반, 강정규가 김태규한테서 수신기를 건네받는다. 군용무
전기로 통신거리는 32km, 중대용 RT246VRC인데 이곳은 산악지대라
20킬로 정도밖에 되지 않는다. 그러나 대마도는 남북 72km 동서 18km
의 섬이다. 연락을 해온 상대는 15km쯤 떨어진 북쪽 바닷가의 통신원
이다.

"나요, 찰리."

상대는 찰리로 불리지만 아직 얼굴도 모른다. 강정규는 1시간 전에
야 찰리하고 접선을 한 것이다. 그때 찰리가 말했다.

"이즈하라 북쪽 국도 328호 선에서 안쪽으로 1킬로 지점이오, 골짜
기 안에 위치한 통나무집인데 현재 50명가량이 모여 있습니다. 미팅이
연기되어서 다시 모인 것인데 20명 정도는 흩어져 있어요."

"정확한 좌표는?"

"2245.227 지점."

"알았다, 찰리."

지도를 내려다본 강정규가 말을 이었다.

"다시 연락하겠다, 찰리."

무전을 끝낸 강정규가 둘러앉은 간부들에게 말했다.

"됐다. 여기서 산길로 두 시간 거리다."

손으로 지도를 짚은 강정규의 두 눈이 번들거렸다. 직선거리는 5킬로밖에 되지 않는다. 차로는 10분도 안 걸린다.

서미아는 쓰쓰 근처의 민가에 있는 강정규와 합류했다. 강정규는 보기는 했지만 시선도 마주치기 전에 피했기 때문에 인사도 나누지 않았다. 이곳은 전쟁 분위기여서 서미아한테 말 걸어 오는 사람도 없었기 때문에 구석방을 배정받자 문을 딱 걸어 잠그고는 바로 잠이 들었다.

백춘국과 만나는 것이 연기되었다는 말을 들었지만 남의 일이나 같았다. 만나서 실제로 마약을 살 것도 아니었기 때문이다. 마약대금 4억 원도 같이 온 박한철이 준비했는지 어쩐지 묻지도 않았다. 문에서 노크 소리가 들렸을 때는 오전 3시 5분 전이었다.

"누구세요?"

침대에서 몸을 일으킨 서미아가 물었을 때 대답 대신 노크 소리가 더 크게 울렸다. 문으로 다가간 서미아가 문을 열자 서 있던 박한철이 말했다.

"오늘은 이곳에서 나가지 말고 있어, 곧 일이 끝날 테니까."

문 앞에 선 채 박한철이 말을 이었다.

"이곳이 조금 후부터 빈집이 될 거야, 그러니까 주방에서 밥 해먹고……."

"그럼 거래는 안 한단 말이죠?"

"우리가 여기 들어오려고 거래하는 시늉을 낸 것이지."

"알았어요, 잠이나 잘 테니까."

문 손잡이를 쥔 서미아가 표정 없는 얼굴로 머리를 끄덕였다.

"여기서 며칠 기다려요?"

"이삼일이면 되겠지만 내가 연락을 할게, 집 전화가 없으니까 말야."

머리를 끄덕인 서미아는 저택 안 분위기가 활기에 차 있는 것을 느꼈다.

오전 4시 15분, 골짜기 입구의 바위틈에 쪼그리고 앉아 잠깐 잠이 들었던 이에모리는 인기척에 눈을 떴다. 그러나 그가 의식을 찾은 시간은 1초 정도밖에 안 되었다. 쇠뭉치를 낀 주먹에 뒷머리가 부서진 이에모리는 흰 뇌수를 사방에 뿌리며 엎어졌다. 그 다음 순간 이에모리의 뒤쪽 바위틈에 반듯이 누워 있던 다나까는 잠이 든 채로 머리가 부서졌다. 위에서 머리통만 한 바위를 얼굴로 던졌기 때문이다.

"잠이 들었습니다."

김태규가 낮게 말하더니 어둠 속에서 흰 이를 드러내고 웃었다.

"안에 47명이 있습니다."

강정규가 머리만 끄덕였다. 골짜기 3면에 배치시켰던 감시 6명을 방금 처치한 것이다. 깊은 밤, 오전 4시면 가장 깊게 잠이 든 시간이다. 저택을 포위한 지 한 시간 만에 감시 3개 팀을 없애고 이제 3면에서 포위한 상태다.

저택과의 거리는 150미터, 3면에 배치된 저격수의 조준경 안에는 밖에 나와 있는 574 부대원의 얼굴이 동전만 하게 드러나 있다. 10발 10중의 표적이다. 옆에 엎드린 김태규가 강정규를 보았다.

"대장, 준비되었습니다."

강정규가 손목시계를 보았다. 야광침이 오전 4시 3분을 가리키고 있다. 시간은 별 의미가 없다. 포위되었으면 언제든 강정규가 지시를 내리면 된다. 그때 강정규가 명령했다.

"공격!"

"꽝!"

폭음과 함께 지붕이 무너져 내렸기 때문에 나카사토는 깜짝 놀랐다. 혼비백산을 했다고 해야 맞는 표현이 될 것이다. 방안에 있던 간부들이 벌떡 일어났지만 이미 몇 명은 무너진 기둥에 맞아 부상을 입었고 나카사토의 몸도 흙먼지로 뒤덮였다. 그 다음 순간, 2초쯤 후다.

"꾸꽈꽝!"

또 한 번의 폭발음과 함께 나카사토는 자신의 몸이 날아가 벽에 부딪히는 것을 의식했다. 몸이 부딪혔을 뿐 아직 통증은 느끼지 못한다.

"으아악!"

옆에서 몸이 기둥에 깔린 하세가와가 처절한 비명을 질렀다. 방에 불길이 번지고 있어서 하세가와의 몸이 드러났다. 하세가와의 하반신이 없다. 기둥에 깔린 것이 아니다. 폭발에 배꼽 아래쪽이 몽땅 달아났다. 그런데 상반신과 머리는 멀쩡하다.

"으악!"

제 몸을 내려다본 하세가와가 다시 소리쳤을 때 나카사토가 벽에 붙여진 몸을 떼면서 소리쳤다.

"시끄럽다! 하세가와!"

"대장님! 습격입니다!"

누군가 소리쳤을 때 또다시 폭발이 일어났다. 이제는 총성과 함께 한꺼번에 여러 발의 폭발, 총성은 3, 40정이다.

"꽝! 꽝! 꽝!"

이쪽에서 대응사격은 5, 6정밖에 되지 않는다. 나카사토가 얼굴을 일그러뜨리며 웃었다.

"당했구나."

"으악!"

하세가와가 다시 비명을 질러서 나카사토가 야단을 쳤다.

"품위를 지켜라! 하세가와!"

"대장님! 몸이!"

하세가와가 멀쩡한 손으로 나카사토의 몸을 가리켰다. 나카사토는 하세가와의 손이 가리킨 자신의 배를 보았다. 창자가 한 무더기 배 밖으로 쏟아져 나오고 있다. 내 창자가 이렇게 많았던가? 나카사토가 다시 소리를 지르려고 입을 벌렸지만 목구멍이 막혔다. 소리가 나오지 않는다.

"무슨 일이야?"

전화기를 귀에 붙인 오무라가 벽시계를 보았다. 오전 5시 15분, 도쿄 시부야의 저택 안이다. 침대에서 나온 오무라가 힐끗 아내 사다코를 보고 나서 창가로 다가가 섰다. 유선전화여서 선이 그곳까지 닿았기 때문이다. 그때 아오모리가 대답했다.

"실장님, 문제가 생겼습니다."

아오모리는 이번에 대마도에 파견된 총리실 소속 직원이다. 오무라는 아오모리를 통해 이번 작전을 보고받고 있는 것이다. 불길한 예감이 든 오무라가 침묵했고 아오모리가 말을 이었다.

"나카사토가 당했습니다. 본부가 기습을 당해 40여 명이 전사, 아니,

사망했습니다. 조금 전에 생존자인 사또라는 이조가 보고를 해왔습니다."

"……."

"4시 반 경에 갑자기 3면에서 공격을 해왔다는 것입니다. 미처 손을 쓸 사이도 없이 로켓포를 쏴서 저택을 무너뜨렸고 사방에서……."

"나카사토가 죽은 것 확인했어?"

오무라는 자신의 목소리가 갈라져 있는 것을 들었다. 어느새 사다코가 침대에서 일어나 있었지만 오무라는 이제 상관하지 않았다.

"확인했느냐구?"

"예, 실장님. 나카사토, 하세가와 등 간부 대부분이 죽고 외부에 나가 있던 신따로 중위 하나만 생존했습니다."

"……."

"사또가 본부에 있다가 당한 인원 파악을 다시 해줄 것입니다. 사또도 어깨와 다리에 총상을 입고 병원에 입원해 있으니까요."

"지리멸렬되었구만."

오무라가 혼잣소리처럼 말했기 때문에 아오모리는 알아듣지 못했다.

"예? 뭐라고 하셨습니까?"

"전쟁에서 패했다고 말했다."

아오모리는 입을 다물었고 오무라가 말을 이었다.

"사건을 덮어라! 이즈하라 경찰서, 군부대에 연락해서 사건을 덮으라고 해!"

"예, 실장님."

"나도 연락을 할 테니까, 서둘러!"

전화기를 내려놓은 오무라가 침대에 걸터앉아 있는 사다코에게 말했다.

"왜 일어났어? 그냥 자지."

"전쟁에서 졌어요?"

사다코가 묻자 오무라는 길게 숨을 뱉었다.

"덮으면 돼, 신경 쓰지 마."

이즈하라 북쪽에서는 총소리, 폭음이 들렸다. 그래서 경찰에 신고를 한 주민이 넷이나 되었다. 오전 5시 반, 이즈하라 경찰서장 오카모도는 수사과장 간토로부터 사건 보고를 받았다.

"서장님, 328국도 안쪽에서 총성, 폭음이 10분 가깝게 울렸다고 합니다."

오카모도는 침대에서 전화를 받는데 어젯밤 마신 술이 덜 깨었다. 그래서 이맛살을 찌푸리고 듣기만 했다. 50세인 오카모도는 3년 전에 이혼을 하고 이즈하라에 부임했다. 그래서 관사에서 혼자 산다. 간토가 말을 이었다.

"신고를 받고 제가 현장으로 가는 중입니다. 서장님, 곧 보고 드리겠습니다."

"관광객들이 불꽃놀이 하는 거 아냐?"

"예, 술 취한 한국 관광객일 수도 있습니다만 신고가 네 건이나 들어와서요."

"알았어."

전화기를 내려놓은 오카모도는 문득 간토의 진급심사가 다음달이라는 것을 떠올렸다. 오카모도의 평점에 따라 간토의 진급이 결정되는 것이다.

히타카스 남쪽의 제414부대는 자위대 중좌 가라쓰가 지휘하고 있다. 414부대 병력은 약 400명, 그중 1개 중대 150명 정도가 육상자위대 소속으로 기지 경비를 맡고 나머지 2백 명은 해군통신대 소속이며 50여 명은 대마도 내부첩보 업무를 맡는다. 따라서 414부대는 육군, 해군의 합성부대인 셈이다.

오전 5시 40분, 가라쓰는 부대 안 숙소에서 전화로 보고를 받는다. 보고자는 하사관인 조장 다카하시, 첩보 업무 담당으로 실무책임자다.

"응, 다카하시, 무슨 일이냐?"

잠에서 깨어났지만 가라쓰가 차분한 목소리로 묻자 다카하시가 서두르듯 보고했다.

"부대장님, 574부대가 전멸했습니다."

가라쓰는 듣기만 했고 다카하시의 보고가 이어졌다.

"제가 방금 현장을 목격했습니다. 나카사토 삼좌 이하 40여 명 전사, 생존자 10여 명은 모두 중경상입니다. 기습을 받은 것입니다."

"……."

"생존자 사또 이조한테서 직접 들었는데 4시 반 경에 3면으로부터 공격을 받았다는 것입니다. 로켓포와 기관총, 저격총으로 조준사격을 해서 빠져나갈 수가 없었다고 합니다."

"이또만이 이끈 한국군인가?"

"예, 부대장님."

"그놈들이 나카사토 삼좌의 위치를 어떻게 알았을까?"

"그것이 저도 의문입니다."

"우리가 도로 경계를 해주고 있었지 않나?"

"산을 뚫고 다가온 것 같습니다."

"진지를 알고 산을 뚫고 온 것이지."

말문이 막힌 다카하시가 한숨을 뱉었다. 그렇다. 알아야 자로 선과 선을 긋듯이 찾아온다. 이곳은 산이 험할 뿐만 아니라 숲이 짙고 거칠어서 열대 밀림보다도 더 전진하기 어렵다. 그때 가라쓰가 말을 이었다.

"그 정도로 쏘았다면 신고가 들어갔을 것이고 경찰이 움직일 거다."

"예, 부대장님."

"나한테도 연락이 오겠지."

그러고는 가라쓰가 엄격하게 말했다.

"비상이다. 20분대로 간부급을 집합시켜라."

보고를 받은 이광이 앞에 선 안학태를 보았다. 성북동 저택 안, 본관 옆 비서동에 머물고 있던 안학태가 대마도 사건을 보고한 것이다. 오전 5시 50분, 이광이 머리를 끄덕이며 말했다.

"이제부터 다시 시작되겠는데."

안학태는 당연하다는 얼굴로 대답하지 않았다.

오전 6시 반, 눈을 뜬 백춘국이 머리맡에 놓인 전화기를 집어 들었다.

"여보세요."

백춘국이 응답하자 곧 귀에 익은 에구치의 소리가 울렸다.

"나야."

"아, 에구치 씨, 무슨 일이오?"

상반신을 일으킨 백춘국이 이맛살을 찌푸렸다. 어젯밤 만남이 연기되자 백춘국은 숙소로 돌아와 소주를 3병이나 마셨다. 에구치는 고베에서 오야붕이 온 후부터 백춘국과 함께 있지 못했다. 그때 에구치가 말했다.

"당신, 그 여자한테서 연락 받았어?"

"누구, 나?"

백춘국이 되물었다.

"아니? 못 받았는데?"

"그 여자가 연락해 오면 전화 끊어. 받지 말란 말야."

"무슨 말인지 모르겠네, 그럼 장사 안 한다는 건가?"

"총소리 못 들었어? 폭발 소리는?"

갑자기 에구치가 묻자 백춘국이 숨을 들이켰다.

"아니? 무슨 일 있어?"

"전쟁이야, 당했다구."

뱉듯이 말한 에구치가 잠깐 뜸을 들이더니 말을 이었다.

"우리가 나섰다면 큰일 날 뻔했어."

"왜?"

"아냐, 어쨌든 장사는 끝난 것이니까 전화 코드를 아예 빼놓으라고. 무슨 일 있으면 내가 찾아갈 테니까, 알았지?"

"알았어."

통화가 끊기자 백춘국이 먼저 전화선 코드부터 뽑아 놓고 전화기를 내려놓았다. 이곳은 이즈하라 항구 근처의 민가다. 방 3칸짜리 민가에는 감시역으로 에구치가 부하 2명을 보내주었는데 같이 숙식을 하고 있다. 잠이 달아났기 때문에 백춘국이 트림을 하고 나서 투덜거렸다.

"무슨 일이 난 거야? 젠장!"

그때 방문이 열렸기 때문에 백춘국이 머리를 들었다. 다음 순간 백춘국이 숨을 들이켰다. 사내 둘이 들어서고 있는 것이다. 그런데 둘 다

손에 권총을 쥐고 있다. 총신에 소음기를 끼워서 길고 뭉툭했다.

"누구야?"

야마구치 조원들이 들으라고 제법 크게 소리쳤지만 목소리가 떨렸다. 그 순간 둔탁한 발사음이 울렸다.

"탁! 탁!"

가슴에 충격을 받은 백춘국의 상반신이 뒤로 밀려가 벽에 부딪혔다. 그때 밖에서도 장작을 뽀개는 것 같은 소음이 울렸다. 발사음이다.

"나, 사령관인데."

수화구에서 약간 날카롭고 높은 목소리가 울렸다. 사령관 하시바 육장보다. 육장보는 구 일본군 계급으로 소장이다. 숨을 들이켠 가라쓰가 전화기를 고쳐 쥐었다. 414부대는 후쿠오카의 제4해안방위군 소속이다.

"예, 사령관님, 가라쓰 중좌입니다."

"부대원은 모두 비상대기 상태인가?"

"예, 사령관님."

벽시계가 오전 6시 40분을 가리키고 있다. 이미 전 부대원은 비상출동 대기 중이고 사령부 당직사관에게 보고도 마쳤다. 그래서 지시를 기다리는 중이다. 부대장실에는 장교들이 7, 8명이나 모여 있었지만 모두 숨을 죽이고 있다.

스피커폰으로 돌리지 않았지만 사령관의 목소리는 다 들릴 것이다. 그때 하시바의 목소리가 울렸다.

"즉시 현장으로 출동해서 시신과 부상자를 인수할 것, 시신은 별도 지시가 있을 때까지 영내에 보관하고 부상자는 여기서 헬기를 보낼 테니까 부대에서 대기시켜라."

"예, 사령관님."

"지금 즉시 출동하라."

"예, 사령관님."

"그리고."

하시바가 잠깐 말을 멈췄다가 이었다.

"이 작전은 1급 비밀이다. 외부에 이 사건이 누출되지 않도록 부대원 전원에게 지시할 것. 알았나?"

"예, 사령관님."

통신이 끊기자 가라쓰는 머리를 들었다. 장교들은 이미 일어나 있었는데 하시바의 말을 다 들었기 때문이다.

7시 정각이 되었을 때 총리 관저의 응접실로 오무라가 들어섰다. 커피잔을 들고 있던 하시모토 총리가 머리를 들고 오무라를 보았다. 눈두덩이 부어 있고 찌푸린 표정이다. 하시모토는 오전 6시에 오무라한테서 대마도 사건을 보고받았던 것이다. 자다가 깬 하시모토는 건성으로 대답했지만 시간이 지날수록 사건의 심각성을 깨닫고 있다. 앞에 선 오무라가 조심스럽게 말했다.

"414부대로 시신을 옮기고 부상자도 응급처치만 하고 옮기도록 했습니다."

하시모토는 커피만 한 모금 삼키고는 외면했다. 오무라가 하시모토의 옆얼굴에 대고 말을 이었다.

"후쿠오카 제4해안방위군에서 헬기 3대를 띄우도록 했습니다. 부상자는 후쿠오카 제17야전병원으로 옮겨서 외부와의 접촉을 막도록 하겠습니다."

"……."

"사망자는 전사자로 처리해줘야 되지 않겠습니까?"

"어떻게 말인가?"

하시모토가 되물었는데 목소리가 잔뜩 가라앉았다. 커피잔을 내려
놓은 하시모토가 눈을 가늘게 떴다.

"오무라 군, 전사하는 방법을 말해보게."

"예, 그것은……."

"시신을 지금 내전 중인 앙고라의 유엔군에 보낼까? 그래서 거기서
전사했다고 할까?"

"……."

"44명이 죽었지? 그것만으로도 앙고라 내전에서 엄청난 유엔군 손
실이 되겠군."

"각하, 언론을 통제하고 유가족들에게는 차량사고나 기지 내 폭발물
사고 등으로 위장시켜 통보하는 것이……."

하시모토가 어깨를 부풀리더니 오무라를 보았다. 시선이 마주치자
오무라가 머리를 숙였다. 이번 작전의 최종 승인자는 하시모토 자신인
것이다. 오무라가 기안했다지만 하시모토는 적극적으로 찬성했다. '그
놈들'을 '아주' '단단히' 버릇을 가르쳐 줘야 한다고 강조했다. 그때 하
시모토가 잇사이로 말했다.

"이러다가 대마도를 빼앗기게 되겠구만, 전쟁에서 진 것 아냐?"

"전멸시킨 것이나 같습니다."

비서실장 유상근이 말하자 대통령 김원국이 시선만 주었다. 청와대

집무실 안, 오전 8시 10분, 오늘은 김원국이 평소보다 30분 빨리 출근했다. 정상적인 매뉴얼대로라면 최소한 지하 1층의 현황 보고실로 가 있든지 가야 한다. 그런데 이번 사건은 비공식, 비공개로 진행되고 있다. 시치미를 떼고 있어야 한다. 유상근이 말을 이었다.

"그런데 사건이 일어난 지 4시간이 지났지만 일본 정부는 물론이고 언론도 일절 반응하지 않고 있습니다. 사건을 덮은 것입니다."

"……."

"정보부의 보고에 의하면 이즈하라 북방의 전투 지역에서 하다카스 근처의 자위대 기지로 수십 대의 군 차량이 오갔고, 자위대 기지에서 헬기가 후쿠오카로 날아갔습니다. 사상자를 군에서 처리하는 것입니다."

"우리 측 사상자는?"

불쑥 김원국이 묻자 유상근의 눈빛이 강해졌다.

"없습니다."

"없어?"

"예, 기습했기 때문에 부상당한 사람도 없습니다."

"으음!"

"이것은 한·미 합동 작전이나 같습니다. 미국이 위성으로 574부대원의 본부를 찾아내고 좌표를 알려주었으니까요."

"일본도 알고 있겠지?"

"짐작은 하는지 모르지만 증거가 없으니까요."

김원국의 눈썹이 모아졌을 때 유상근의 말이 이어졌다.

"그리고 이즈하라 민가에 머물고 있던 한국인 마약 중개업자하고 보호하던 야쿠자 둘이 사살되었습니다. 이것도 리스타 용병들의 소행입니다.”

“그건 일본에서 어떻게 처리했나?”

“그것도 아직 발표하지 않았습니다.”

“허어!”

놀란 김원국이 눈을 둥그렇게 떴다.

“일본 정부가 그렇게까지 언론 통제를 하나? 경찰의 입도 막았다는 말 아닌가?”

“그렇습니다. 그것은 비서실장 오무라가 주도한 것입니다.”

“큰일 날 인간이군, 오무라가.”

“한국 입장에서 보면 오무라가 도와주는 상황이지요.”

“하시모토는 알고 있을까?”

“이즈하라 사건은 보고하지 않았을 것 같습니다.”

머리를 끄덕인 김원국이 이번에는 똑바로 유상근을 보았다.

“야쿠자의 마약 공급원을 분쇄하러 간 리스타의 출병은 명분이 있어. 그런데 앞으로 상황이 어떻게 전개될 것 같나?”

“리스타 용병의 행동은 전적으로 이광 씨의 결정에 의해 움직입니다.”

“당연하지.”

“제 생각입니다만.”

어깨를 부풀렸다가 내린 유상근이 김원국을 보았다.

“아직 한국에 마약을 팔았던 고베 야마구치의 몸통을 건드리지 않았습니다. 오무라가 경솔하게 야마구치 대신으로 자위대를 앞세웠다가 전멸을 당한 셈이 되었지요.”

“아직 싸움은 시작도 하지 않았다는 말인가?”

“이광 씨 입장에서 보면 그럴 것입니다.”

"자네는 어떻게 이광의 입장을 그렇게 잘 아나?"

그러자 유상근의 얼굴이 조금 상기되었다.

"실은 그 말씀을 먼저 드리려고 했습니다. 대통령님."

"그래, 말하게."

"이광 씨 측에서 저에게 연락을 해왔습니다. 각하께 폐를 끼치지 않으려고 직접 보고를 하지 못한다는 것입니다."

"말은 잘해."

"리스타 측은 일본 측에서 전멸한 574부대의 복수를 할 것이라고 합니다. 게다가 리스타 측도 몸통인 고베 야마구치를 아직 건드리지도 못했습니다. 조무래기 둘만 처단했을 뿐입니다."

"이러다가 진짜 전쟁 나겠다."

혀를 찬 김원국이 눈을 가늘게 뜨고 지그시 유상근의 가슴께를 보다가 마침내 입을 열었다.

"미국이 리스타를 도와주는 이유가 뭐라고 생각하나?"

"일본 견제입니다."

바로 대답한 유상근이 말을 이었다.

"그것을 이광 씨가 직감으로 느끼고 있는 것이지요. 일본은 그동안 미국의 보호 하에 방위비 부담이 거의 없는 상태에서 경제 성장을 했습니다. 그러다 지금은 그 경제력을 바탕으로 자위대를 급격히 증강하고 군사력을 과시하는 입장이지요."

"그것이 후버의 눈에 거슬렸군."

"대부분의 미국 지도자급 인사들의 의중(意中)이 그럴 것입니다."

"그렇다면."

김원국의 얼굴에 웃음이 떠올랐다.

"다음부터는 지하 1층에서 리스타 대마도 작전 본부를 운용하기로 하지. 물론 극비리에 말야."

서울 시간 오전 9시는 뉴욕 시간으로 오후 7시다. 브루클린의 맥퍼든 빌딩 10층에 위치한 후버의 뉴욕 사무실에는 세 명이 앉아 있다. 후버와 그의 심복이며 부장보인 해밀턴과 윌슨이다. 후버가 최근 들어 다시 피우기 시작한 파이프를 만지작거리고 있었지만 불을 붙이지는 않았다.

방안 분위기는 무겁다. 후버의 성품이 좋게 말해서 오리무중, 나쁘게 말한다면 천방지축이라 윌슨과 해밀턴 둘 다 10년이 넘도록 측근에서 지냈지만 감을 못 잡는다. 오늘의 과제는 대마도 사건이다.

한국의 리스타 용병대가 일본이 자랑하는 자위대 '574부대'를 박살낸 사건인 것이다. 물론 일부의 소규모 전투이긴 하다. 후버가 입맛부터 다셨다. 574부대를 전멸시킨 이유는 후버의 CIA가 본부 좌표를 알려주었기 때문인 것이다. 이윽고 불을 안 붙인 파이프를 입에 문 후버가 해밀턴을 보았다.

"지금쯤 한·일 양국 대통령이 이 문제에 내가 어떻게 나올 것인가 토의를 하고 있겠지?"

그때 해밀턴이 초를 쳤다.

"보스, 일본은 대통령이 아니고 총리입니다."

해밀턴은 가끔 기고만장한 후버의 '김'을 이런 식으로 뺐다. 그래서 출세가 늦었지만.

그때 후버가 파이프 담배에 불을 붙였다. 뻐끔대면서 불씨를 살리는 동안 윌슨이 힐끗 해밀턴을 보았다. 눈에 '당신 큰일 났다'라는 말이 씌어져 있다. 그때 구름 같은 연기를 해밀턴 앞으로 뿜어낸 후버가 입을 열었다.

"놔둬라."

"예?"

해밀턴과 후버가 동시에 물었을 때 후버가 다시 연기를 품어냈다. 이번에는 연기가 윌슨에게 덮어 씌워졌다.

"놔두란 말야, 둘이 싸우도록."

"부장님, 둘이 아니라 한국과 일본입니다. 한국 용병들하고 일본의 정규군이란 말입니다."

윌슨이 열심히 말했을 때 후버의 얼굴에 쓴웃음이 떠올랐다.

"이것도 전쟁이지, 50년쯤 후에는 역사에 제대로 기록이 되겠지만 말야."

"보스, 어느 선까지 놔둡니까?"

이번에는 정색한 해밀턴이 묻자 후버가 눈을 가늘게 떴다.

"고베 야마구치가 궤멸될 때까지."

"이번에 고베 야마구치가 나설까요?"

해밀턴이 바로 묻자 후버는 머리를 저었다.

"미쳤나? 일본 최정예 부대가 한 방에 날아갔는데 칼 들고 날뛰는 야쿠자들이 뭐 어쩌려고? 소리만 지르다가 다 뒈지려고?"

"그럼 이번에도 정규군을 보낸단 말씀입니까?"

"병신, 나한테 그걸 물으면 어떻게 하나? 오무라한테나 물어봐라."

"오무라가 결정할까요?"

이제는 윌슨이 묻자 후버가 둘을 둘러보면서 혀를 찼다.

"이 자식들 완전 초등학생 같구만."

"알려주십시오, 보스."

해밀턴이 대들 듯이 말하자 후버가 다시 연기를 내뿜었다.

"하시모토가 아마 오무라를 내세우겠지. 일이 잘못되면 이번에야말로 오무라가 할복해야 될 거다."

"그건 당연합니다."

윌슨이 말을 이었다.

"하지만 이번 전쟁은 숨길 수가 없을 것 같은데요, 부장님."

"그렇겠지."

"그럼 우리가 나서야 되지 않겠습니까?"

"맞다."

그 순간 해밀턴이 숨을 들이켰다. 그렇게 된다면 CIA의 도움은 받을 수가 없는 것이다. 이제는 CIA라는 심판관 앞에서 싸우는 전사(戰士)가 되는 셈이다. 그때 후버가 해밀턴을 보았다. 표정 없는 얼굴이다.

"해밀턴, 이번 전쟁으로 끝내야 돼."

"알겠습니다. 보스."

"이광의 꿍꿍이가 대마도는 한국령이라는 것을 부각시키려는 것 같은데, 어지간히 하라고 해."

"예, 보스."

"난 이제부터 중립이다."

"알겠습니다. 보스."

해밀턴이 어느새 번져 나온 이마의 땀을 손바닥으로 닦았다. 긴장하고 있었던 것이다.

그 시간의 도쿄, 이곳은 오전 9시 반, 신주쿠의 라멘 식당 안에서 오무라가 사내 하나와 마주 앉아 있다. 식탁에는 라멘이 놓여져 있지만 둘은 아직 젓가락도 들지 않았다. 오무라가 꺼칠해진 얼굴을 손바닥으로 쓸고는 앞에 앉은 사내를 보았다.

사복 차림의 사내는 기동군 사령관 마사에몬 중장이다. 앉은키가 커서 위압적인 모습이었지만 넓은 어깨는 굽혀졌고 얼굴의 주름은 더 늘어났다.

"마사에몬 중장, 이번 전투는 CIA가 나카사토의 본부 위치를 알려주는 바람에 순식간에 당한 거요. 나카사토 부대는 억울하게 된 겁니다."

마사에몬은 시선만 주었고 오무라의 말이 이어졌다.

"아직 그놈들은 대마도에 남아 있어요. 고베 야마구치의 뿌리를 뽑겠다는 것인데 안하무인이오. 마치 점령군 같은 자세 아닙니까?"

"……."

"총리께서도 격노하셨습니다. 이번 전투는 어쩔 수 없이 비밀 유지를 했지만 다음에는……."

"다음이 있습니까?"

말을 자른 마사에몬이 묻자 오무라가 머리를 끄덕였다.

"물론이오. 이번에는 공개가 될 겁니다. 대마도에 불법 침입한 한국 무장 테러 단체를 격멸시키는 것이니까요."

"그때 이번 전상자도 함께 처리하게 되겠군요."

"그렇습니다. 그래야 국가로부터 보상을 받게 되지요."

"내가 어떻게 해야 됩니까?"

마사에몬이 묻자 오무라가 길게 한숨부터 뱉었다.

"리스타 용병들은 339부대 출신의 이또만이 지휘하고 있습니다."

마사에몬이 그 이름을 듣기도 싫다는 듯이 외면했지만 오무라가 말을 이었다.

"부대원은 모두 월남전, 리비아 용병대를 겪은 전문가들입니다. 우리 기동군도 우수하지만 실전을 겪은 놈들이오."

"제대로 싸우지도 않고 당한 겁니다."

마사에몬의 목소리가 높아졌다.

"그것도 좌표를 불러준 미국놈들 때문에 말이오. 이번에는 몰살시킬 겁니다."

"그래서 사령관이 소탕반으로 2개 중대 정도의 병력을 선발해 주셨으면 좋겠습니다."

"그놈들은 30명으로 알고 있는데 1개 중대 120명이면 돼요."

"1개 중대는 예비 부대로 놔두더라도 2개 중대로 합시다."

"좋습니다."

어깨를 편 마사에몬의 두 눈이 번들거렸다.

"이번에는 우리가 명예롭게 싸우도록 해주시오, 오무라 씨."

"내가 책임지겠습니다."

마사에몬에게 손을 내밀면서 오무라가 씁쓸하게 웃었다.

돌아오는 차 안에서 오무라가 보좌관 난세이에게 말했다.

"슬슬 언론에다 대마도에 한국인 무장 괴한이 돌아다닌다는 정보를 흘려."

"예, 실장님."

난세이가 주머니에서 노트를 꺼내 메모하면서 물었다.

"어젯밤 죽은 야마구치 조원 둘도 한국인 무장 괴한에게 살해된 것으로 해야겠습니다."

"실제로 그렇지 않나?"

오무라가 쓴웃음을 짓고 말했다.

"잔혹하게 당한 것을 부각시켜."

"당신 한국 갈 테니까 준비해."

박한철이 말하고는 손목시계를 보았다.

"지금이 10시니까 1시에 위쪽 마을에서 어선이 떠날 거야. 그 어선을 타고 공해로 나가서 한국 어선으로 갈아타면 돼."

"오후 1시요?"

급해진 서미아가 자리에서 일어섰다.

"지금 가요?"

"그래, 지금."

"나 혼자 가요?"

"젠장!"

투덜거린 박한철이 한숨까지 쉬었다.

"내가 같이 가게 되었어."

서미아는 정리할 것도 없었지만 두리번거리면서 벽에 걸린 옷부터 집었다. 대마도에 온 지 만 하루도 안 되었지만 감옥보다도 더 압박감을 느끼는 곳이었다. 분위기도 흉흉해서 금방 주위에서 무슨 일이 일어날 것 같은 곳이다.

강정규는 대마도 하도(下島)의 중심부에 들어와 있었는데 이즈하라 항에서 10킬로쯤 떨어진 곳이다. 깊은 숲속에 바위도 많고 지형이 험악

81

해서 1백 미터 전진하는데 10분이 넘게 걸린다. 길도 없어서 표시를 해 놓았다. 길을 만든 셈이다.

이곳까지 오는데 3시간이 걸렸지만 강정규가 앞장서지 않았다면 아직 절반도 오지 못했을 것이다. 바위틈에 팀원 22명이 자리 잡고 앉았을 때 강정규가 김태규와 홍만준, 임태용을 불렀다.

"여기는 내가 6년 전에 산악훈련을 했던 곳이야. 그래서 익숙해."

주위를 둘러보면서 강정규가 말을 이었다.

"이곳을 전장(戰場)으로 삼자고. 배틀 필드야."

"놈들을 유인하자는 말입니까?"

김태규가 묻자 강정규는 쓴웃음을 지었다.

"기동군 사령관 마사에몬 중장은 나보다 나은 지휘관을 보낼 거야. 아마 병력도 몇 배로 보내겠지. 우리가 유인한다고 빠져들 놈들이 아냐."

"저는 여기서 죽기로 마음을 먹었습니다. 대마도에서 전사한다는 것이 영광입니다."

김태규가 말하자 강정규는 머리만 끄덕였다.

고필성 소장이 들어서자 조백진은 자리에서 일어섰다.

"어서 오십시오."

"아."

어설프게 대답한 고필성이 뒤를 따라 들어온 박기동 대령과 함께 앞쪽 자리에 앉았다. 이곳은 용산에 위치한 육군 제22부대, 육군본부 직할부대로 사령관이 고필성이다. 제22부대는 3개 특공연대를 보유하고 있었는데 각각 인천과 서울, 의정부에 배치되어 있다. 한국의 그린베레

부대인 셈이다.

고필성은 52세, 대위 시절부터 중령이 될 때까지 그린베레에서 미군과 함께 베트남전, 베이루트 내전, 아프리카 앙골라, 콩고 전쟁에도 참여한 전문가다. 고필성이 입을 열었다.

"장관님한테서 들었소. 지금 대마도에 있는 리스타 용병들을 지휘하라는 명령이었는데, 조 사장하고 같이 말이오."

고필성이 의자에 등을 붙이고는 눈을 가늘게 뜨고 조백진을 보았다.

"그 리스타 용병을 조 사장이 파견하신 겁니까?"

"예, 그렇습니다."

조백진이 주머니에서 명함을 꺼내 고필성에게 내밀었다. 전화상으로 인사를 했지만 이제 정식으로 예의를 차린 셈이다. 명함에는 리스타 리비아 법인장, 사장 조백진이라고 적혀져 있다. 명함에서 시선을 뗀 고필성이 조백진을 보았다.

"실례지만 군대 갔다 오셨지요?"

"예, 사령관님."

"계급이……."

"상사로 제대했습니다."

"그러시군요."

머리를 끄덕인 고필성이 헛기침을 했다.

"내가 어떻게 지휘해 드릴까요? 장관님 명령은 조 사장과 상의하라는 말씀이었는데 애매해서 말입니다."

조백진이 쳐다만 보았을 때 고필성의 말이 이어졌다.

"저쪽은 이번에 2개 중대를 파견했습니다. 시누크 8대가 히타카스의 자위대 414부대에 착륙했어요. 이건 미군 정찰기에서 포착된 사진을 받은 겁니다."

그때 조백진이 말했다.

"제가 1개 중대 병력인 150명을 대기시켜 놓았습니다."

고필성의 시선을 받은 조백진이 말을 이었다.

"무기도 어제 미군용기 편으로 오산 기지에 도착했습니다."

그 순간 숨을 들이켠 고필성이 헛기침부터 했다.

"무기를 들여왔다구요? 어디서?"

"그건 말씀드릴 수가 없는데요, 사령관님."

"아니, 그건……."

어깨를 부풀렸던 고필성이 그때서야 그것이 미군 소관이라는 것을 깨달았다. 무기는 미군 기지에 도착했고 미군용인 것이다. 조백진이 말을 이었다.

"사령관님께서는 이 작전의 지휘관이시니까 제가 제 부하 직원들을 보내 도와드리도록 하지요. 그리고,"

조백진이 고필성 앞에 쪽지를 내밀었다.

"이것은 현장 지휘관인 강정규 부장의 연락처입니다."

"강정규 부장?"

"예, 강정규가 자위대 소좌 출신이라는 것을 아시지요?"

"들었소."

"이제 리스타로 옮겨와서 저희들은 부장으로 부릅니다."

"그렇다면 이곳이 지휘본부가 될 텐데."

어깨를 부풀린 고필성이 조백진에게 물었다.

"조 사장 부하 직원들을 보내신다구요?"

"보고받으시고 지휘해주시지요."

조백진이 웃음 띤 얼굴로 고필성을 보았다.

"제가 회사 소속의 군 출신 참모 3명을 이곳에 보내겠습니다. 그들과 함께 지휘해주시지요."

"리비아 법인 소속 군 출신 참모라구요?"

"예, 리비아 용병단을 운용하다 보니까 한국군 출신 참모가 필요했습니다."

"그렇군, 계급은?"

"혹시 김학천 씨를 아시는지? 제 회사의 전무로 근무하고 있는데요?"

"김학천? 모르겠는데?"

했다가 고필성이 눈을 가늘게 떴다.

"특전단 사령관님이 김학천이었는데, 그분은 아닐 것이고……?"

"그분입니다."

조백진이 정색하고 고필성을 보았다.

"그분하고 박일수 상무를 보내지요."

고필성이 숨을 삼켰다. 박일수는 공수사단장을 지낸 고필성의 육사 동기다. 김학천은 3년 선배이고, 그들을 여기 앉은 상사 출신이 부하로 데리고 있단 말인가?

3장
합동작전

"누구?"

놀란 다까노의 얼굴빛이 달라졌다. 오전 11시 반, 회사의 회장실 안이다. 그때 다가선 비서실장 요시노가 전화기를 내밀었다.

"서울의 이광 회장입니다."

"아니, 왜?"

했다가 다까노는 상반신을 세우더니 전화기를 받았다. 이광과 직접 통화를 한 지도 오래되었다. 그동안 야마구치조 사건, 신(新)일본회 사건 등으로 이광과 거리를 두었지만 서로 내색은 하지 않는다. 다까노는 리스타연합의 일본 측 중심회원이기도 한 것이다. 다까노가 굳어진 목소리로 대답했다.

"예, 회장님."

"다까노 회장님, 오랜만입니다."

"예, 그동안 제가 적조했습니다."

다까노가 정중하게 말을 이었다.

"연락 자주 못 드려서 죄송합니다."

"서로 바빴으니까요."

이광의 목소리에 웃음기가 띄워져 있다.

"요즘도 바쁘시지요?"

"아닙니다. 요즘은 괜찮습니다."

다까노가 앞에 선 요시노를 보면서 말을 이었다.

"일본에 오시면 같이 식사나 하시지요. 언제든지 연락을 주시면 기다리겠습니다."

"알겠습니다. 그런데 요즘 고베 야마구치 조장을 만나십니까?"

"예?"

놀란 숨구멍에 침이 들어갔기 때문에 황급히 송화구를 손바닥으로 막은 다까노가 캑캑거리다가 겨우 숨을 쉬었다. 그러고는 입을 열었다.

"저기, 이노우에 말씀입니까?"

"이노우에라고 하더군요."

"저는 근래에 만난 적이 없습니다만, 몇년 된 것 같습니다."

"요즘 사건 아시지요?"

"저기, 무슨……?"

"대마도 사건 말입니다."

"아니, 저는……."

"오무라가 총리한테만 보고한 것 같군요. 기동군 사령관 마사에몬 중장하고 자주 만나는 줄로 알고 있습니다만."

"오무라가 말씀입니까?"

"어젯밤에 기동군 소속의 574부대원 50여 명이 대마도에서 전사했습니다. 대장은 나카사토 삼좌이고 하세가와 일위 등 장교 4명, 하사관까지 포함한 병사 44명 전사, 12명이 중경상을 입었지요."

"아니, 그런 일이……."

"전쟁은 더 확대될 겁니다. 오무라와 마사에몬 중장의 합의 하에 조금 전 시누크 편으로 2개 중대 300명 정도의 병력이 대마도 414부대로 공수되었으니까요."

"저는 모르고 있었는데요. 언론도……."

"언론을 통제한 것이죠. 대마도는 통제하기가 어렵지 않습니다. 오무라가 대마도 당국, 경찰, 군부대에 압력을 넣었을 것입니다."

가능한 일이었기 때문에 다까노가 숨을 들이켰다. 그렇다면, 정신을 차린 다까노가 물었다.

"회장님, 하시모토 총리의 허락 없이는 불가능한 일이 아닙니까?"

"그렇죠."

이광의 목소리에 웃음기가 섞여져 있다.

"이 전쟁은 고베 야마구치가 한국에 마약을 팔다가 리스타에 적발되면서 시작된 겁니다. 그래서 공개적으로 대결하기에는 명분이 없어요."

"이러다가……."

"전쟁이 커지겠지요. 우리도 지원군을 보낼 계획이니까요."

"회장님, 저한테 어떤 역할을 기대하십니까?"

마침내 다까노가 본론을 꺼내었다. 다까노도 수전산전 다 겪은 사업가인 것이다. 이광이 상황만 알려주려고 연락을 해왔을 리는 없다.

"하시모토 총리는 내색은 안 하고 있지만 요시다 쇼인을 존경하는 극우 인사입니다."

외교장관 고대철이 정색하고 김원국을 보았다.

"도쿄 태생이지만 정한론을 주장했던 요시다 쇼인을 가장 존경한다고 젊었을 때 말한 적이 있습니다."

김원국이 머리를 끄덕였다. 요시다 쇼인은 정한론의 원초다. 조슈번의 군사학 가문 출신인 요시다 쇼인은 메이지 유신 후 규슈 출신들이 정권을 잡자 조선과 중국을 정복해야 한다고 제자들에게 가르쳤다.

그 요시다의 제자가 바로 조선 식민지화의 선봉이었던 이또 히로부미, 명성황후를 시해한 미우라 고로, 그리고 초대 조선총독 데라우치 마사타케 등인 것이다. 고대철이 말을 이었다.

"그런 하시모토 총리가 이번 대마도의 자위대 궤멸을 견디지 못하는 것 같습니다. 오무라가 충동질을 했다고 해도 다시 지원병을 파병해서 전쟁을 확대시키다니요? 뒷감당을 어떻게 하려는지 알 수가 없습니다."

그때 김원국이 입을 열었다.

"처음부터 정상적인 작전은 아니었어, 이건 기(氣)싸움이야."

"오기 싸움 같습니다."

"우리한테는 손해 볼 것도 없어, 명분이 있는 데다 전장은 대마도야."

"후버도 레이건 대통령에게 보고했을 것입니다."

"후버하고 레이건 대통령은 호흡이 맞는 것 같구만, 가만있는 걸 보니까 말야."

"카터 같으면 어림도 없는 일이었지요."

지미 카터는 연임에 실패하고 보수층 저지를 받은 레이건이 대통령에 당선된 것이다. 레이건은 강한 미국을 표방하고 있다. 청와대 대통령 집무실 안이다. 김원국이 비서실장 유상근을 보았다.

"어때, 지휘부는 가동되었나?"

"예, 대통령님."

유상근이 바로 대답했다. 용산의 22부대를 말하는 것이다. 머리를 끄덕인 김원국이 혼잣소리처럼 말했다.

"양국 국민들만 아직 모르고 있지, 지금 세계 각국은 촉각을 곤두세우고 있을 거야."

"곧 알려질 것입니다. 대통령님."

고대철이 말하자 김원국이 정색했다.

"이번 2차전이 끝나자마자 언론에 전과를 발표하라구, 졌더라도 꾸밈없이 밝혀."

"우리는 마약의 뿌리를 뽑으려고 대마도에 소탕반을 보낸 거야, 그것도 민간인들로 말야. 그랬더니 일본은 정규군으로 대응하다가 이렇게 되었어."

김원국의 목소리에 열기가 띄워졌다.

제2차 파병단 지휘관은 공수특전단 출신의 오창도 중령, 43세, 베트남에서 3년에다 리비아 용병으로 2년까지 보냈으니 역전의 용사다. 강정규는 오창도의 지휘를 받게 되었다. 오후 6시 반, 오창도가 부산 해운대 아래쪽의 어선 수리소에 들어섰을 때 폐선의 부서진 난간에 걸터앉아 있던 사내가 자리에서 일어섰다.

수리소는 안쪽에 전등 하나만 켜 놓아서 어둡다. 불빛을 등에 받은 사내의 얼굴은 윤곽만 드러났지만 체격이 크다. 오창도는 부관 김현성 대위와 함께 들어왔는데 둘 다 점퍼에 운동화 차림이다.

"어서 오십시오, 제가 백문식입니다."

사내가 머리를 숙여 인사를 했는데 40대쯤의 얼굴이 드러났다.

"반갑습니다. 내가 오창도요."

오창도가 손을 내밀어 사내와 악수를 했다. 김현성과도 인사를 나눈 셋이 폐선의 난간 위에 앉았다. 넓은 수리소 안에 자재와 폐선이 이곳 저곳에 흩여져 있어서 어수선했다. 그때 백문식이 입을 열었다.

"오늘 밤 9시 반에 진해 제3함대 제5선착장에 정박하고 있던 미구축함 세리단호가 떠납니다."

백문식의 얼굴에 쓴웃음이 번져졌다.

"세리단호는 후쿠오카 제7부두에서 1박한 후에 하와이의 태평양 함대로 귀환할 예정인데 여러분은 후쿠오카 앞 해상에서 일본 선적의 하물선 이케다호로 갈아타셔야겠습니다."

"후쿠오카항에서 갈아타는 것이 아니요?"

오창도가 묻자 백문식이 머리를 끄덕였다.

"항구의 감시가 강화되어서 위험하다는 판단이 섰기 때문입니다."

"이케다호는 어떤 배요?"

"기름 운반선인데 한 달에 3번씩 후쿠오카와 이즈미야를 왕복합니다."

"선장 이하 선원은?"

"스즈끼라는 사람인데 조총련계지요. 선원 9명은 모두 믿을 만합니다."

오창도가 백문식을 바라보면서 머리를 끄덕였다. 백문식은 한국 주재 CIA 요원이다. 백문식 또한 재미동포인 것이다.

"백형, 만일 일이 잘못되면 150명 목숨이 사라지는 것뿐만 아니라 대마도에 남아 있는 30명, 그리고……."

숨을 고른 오창도가 말을 이었다.

"우리는 이번 전쟁이 끝나고 나서도 대마도에서 게릴라 활동을 할 겁니다."

"짐작하고 있습니다."

백문식이 머리를 끄덕였다.

"그래서 추가 탄약과 장비, 그리고 식량을 5톤이나 가져가는 것 아닙니까?"

"그럼 우린 진해로 출발하겠습니다."

자리에서 일어선 오창도가 말하자 백문식이 앞장을 섰다.

"제가 세리단호까지 안내해 드리지요."

마사무네가 작전참모 유마 대좌를 보았다. 오후 8시 10분, 이곳은 후쿠오카의 제16기동군 파견대 본부 안, 오후에 이곳에 도착한 마사무네 일행은 회의실을 작전 본부로 사용하고 있다.

"유마, 아직 놈들은 대마도에 도착하지 않았어. 가장 성공적인 작전은 놈들이 대마도에 상륙하기 전에 바다에서 수장시키는 것이야."

"예, 그렇습니다."

기운차게 대답은 했지만 유마의 시선이 상황판으로 옮겨졌다. 대마도를 확대한 영상이 상황판에 현재 시간으로 띄워져 있다. 그리고 주변에 수백 척의 어선, 상선, 화물선, 군함까지 떠 있는 것이다. 한반도 남부와 대마도 아래쪽의 이끼섬, 동쪽의 규슈까지 상황판에 떠 있어서 그쪽 배까지 합하면 수천 척이다.

배는 모두 붉은 점을 표시되어 있는데 움직이고 있다. 위성사진인 것이다. 유마가 입을 열었다.

"대마도에 접근하는 배는 순시선이 모두 체크할 것입니다. 해안경비대에 지시해서 단 1척도 빠뜨리지 말라고 명령했습니다."

그러나 해안경비대 순시선은 모두 12척, 대마도 전역을 맡기에는 턱없이 부족한 숫자다. 오후 8시 반 현재, 순시선 12척이 정선시킨 배는 모두 127척, 1척당 10척이 넘는 어선, 상선, 화물선, 여객선을 붙잡고 조사 중이다. 앞으로 정선시킬 배는 더 늘어날 것이고 항의도 폭주할 것이었다. 그때 장교 하나가 다가오더니 마사무네에게 무전기를 내밀었다.

"사령관 각하, 해안경비대장입니다."

입맛을 다신 마사무네가 무전기를 받아 수신기를 귀에 붙였다.

"나야, 말해라."

"사령관 각하, 민원이 폭주해서 해안경비대 본부 앞까지 주민들이 몰려와 항의하고 있습니다. 밀수품 수색을 한다는데도 듣지를 않습니다."

"계속해, 한 척도 빠뜨리면 안 돼."

"알겠습니다."

그때 장교 하나가 보고했다.

"미국함 마샬호가 오전 12시 반경에 히타카스 항에 도착한다는 연락이 왔습니다. 사령관 각하."

"알았어."

입맛을 다신 마사무네가 상황판을 보았다.

"바쁜데 오는군."

"진해에 있는 세리단호는 오늘밤에 대협을 지나 후쿠오카로 갑니다."

유마가 대답하자 마사무네가 진해와 후쿠오카 간 통로를 유심히 보았다.

"이번에 좌표 알려준 건 CIA야."

마사무네가 혼잣소리처럼 말하자 상황실 안이 조용해졌다. 다시 마사무네의 혼잣말이 이어졌다.

"미국놈들은 믿을 수가 없어."

"그래, 다까노 군, 무슨 이야기야?"

오후 8시 45분, 시부야의 요정 하루의 밀실 안, 둘 앞에는 회 요리와 술이 놓여져 있지만 게이샤는 부르지 않았다. 하시모토 총리는 물론이고 다까노도 일본식 게이샤는 싫어해서 하루에서는 둘이 오면 한국식 요정 스타일로 아가씨들을 앉히는 것이다.

게이샤는 얼굴의 회칠을 벗기면 끔찍한 본모습이 나타난다는 것인데 맞는 말이다. 하시모토의 시선을 받으면서 다까노가 잔에 술을 따랐다. 오늘은 다까노가 하시모토에게 직접 전화를 해서 극비 말씀을 드릴 것이 있다고 했던 것이다.

그것은 비서실장 오무라를 배제시키라는 뉘앙스를 풍겼기 때문에 하시모토는 경호실장만 대동하고 나왔다. 오무라는 하시모토가 공관에서 쉬는 줄 알 것이다. 하시모토의 잔에 술을 채워준 다까노가 불쑥 말했다.

"각하, 오무라 때문에 돌아가실 것 같네요

"무슨 말이야?"

하시모토의 눈빛이 험악해졌다. 그러나 목소리를 낮춘 하시모토가 다시 묻는다.

"오무라가 어쨌다는 거야?"

"대마도 사건을 오무라가 주도한 것 아닙니까?"

"나야."

하시모토가 어깨를 폈기 때문에 다까노는 숨을 들이켰다. 예상 밖의 반응이었기 때문이다. 그러나 하시모토를 쏘아보았다.

"각하, 어쩌시려고 그럽니까?"

"전쟁은 일어나지 않아."

하시모토가 술잔을 들더니 한 모금에 삼키고 나서 말을 이었다.

"이광은 그럴 만한 배짱이 없어."

"어떻게 아십니까?"

"그놈은 기업인이야, 한계가 있다고."

"이광 배후에 김원국이 있습니다."

"상의는 했겠지."

"김원국이 이광을 조종하고 있다면요?"

"당신은 어떻게 그렇게 잘 아나?"

"이광 연락을 받았기 때문입니다."

술잔을 내려놓은 하시모토의 얼굴에 쓴웃음이 번져졌다.

"참, 자네가 리스타연합 회원이었지?"

"이광은 대마도를 점령할 수도 있다고 했습니다."

"게릴라 전술로? '누구를 위하여 종을 울리나' 영화처럼?"

"각하, 가볍게 생각하시면 안 됩니다."

"용서할 수 없어."

정색한 하시모토가 다까노를 노려보았다.

"이광이 자네를 통해서 메시지를 보낸 것 같군. 야마구치 고베를 내놓지 않으면 대마도를 갖겠다고 말야."

"각하, 강아지 싸움이 집안 싸움으로 됩니다. 이 시점에서 휴전을 하시지요."

"이광이 그렇게 제의하던가?"

"각하께서 말씀하시면 제가 얼마든지 설득할 수 있습니다."

그때 하시모토가 다시 술잔을 들고 말했다.

"교활한 장사꾼놈 같으니. 미리 차선책, 차차선책을 만들어 놓으려는 수작인데 이미 늦었어. 일단 대마도의 한국군놈들을 몰살시키고 나서 보자고."

세리단호가 속력을 줄였을 때 오전 1시 반이었다. 진해에서 출항한 지 3시간 만이었다. 대마도 북쪽을 지나 동남쪽으로 남진하던 중이어서 오창도가 김현성에게 말했다.

"두 시간쯤 후에 이케다호를 만날 텐데 좀 늦겠다."

그때 대기실 안으로 부함장 고든 중령이 들어섰다. 곧장 오창도 앞으로 다가온 고든이 말했다.

"중령, 10분 내로 하선 준비하시오."

"지금 말입니까?"

놀란 오창도가 고든을 보았다. 주위에 모여 있던 장교, 대원들이 일제히 그들을 주목했다. 머리를 끄덕인 고든이 말을 이었다.

"보트 준비가 다 되었어요, 중령."

"이케다호가 가까워진 겁니까?"

"아니, 구축함 마샬호."

이제는 눈만 깜박이는 오창도에게 고든이 말했다.

"20분 후에 마샬호가 우측으로 지나가면서 군수품을 교환하지요. 그때 당신들도 마샬호로 옮겨타는 겁니다."

고든의 얼굴에 웃음이 떠올랐다.

"이케다호는 위장용이요. 당신들은 마샬호에 옮겨타고 히타카스항에 도착하는 겁니다."

오후 11시 45분, 후쿠오카의 상황실 안, 유마 대좌가 상황판을 보다가 옆에 선 아베 소좌에게 말했다.

"아베, 여기 붉은 점이 이케다호인가?"

"그렇습니다. 참모님."

아베가 부동자세로 서서 대답했다.

"30분 후에 이즈하라로 출항합니다."

"기름 운반선이군."

"예, 한 달에 3번씩 이즈하라 유류 창고에 기름을 대는데 이번에는 3천5백 톤을 가져갑니다."

"기름 운반선치고는 작군."

"연안용 기름 운반선이니까요. 6천톤급이라 작은 편도 아닙니다. 참모님."

"후쿠오카 항에서는 검문했나?"

"뭘 말씀입니까?"

"이케다호 말이야, 이즈하라로 가지 않나?"

"예, 이즈하라에서 검문하지 않겠습니까?"

"그럴까?"

"확인하겠습니다. 참모님."

"기름 운반선이라도 빼놓지 말라는 거야."

"예, 참모님."

아베가 전화기를 들었다.

도쿄, 서울 시간이 오후 11시 50분이면 워싱턴은 오전 9시 50분이다. 그 시간에 백악관의 대통령 집무실인 오벌룸에서 대통령 레이건이 CIA 부장 후버, 안보보좌관 카이슨과 셋이 둘러앉아 있다. 레이건은 웃음 띤 얼굴이다.

"이봐요, 후버. 당신은 우리 동맹국들 간의 싸움을 즐기는 것 같은데."

레이건이 눈을 가늘게 뜨고 후버를 보았다.

"지금 말하는 것을 보니까 말야, 내기 포커 치는 얼굴이야."

"아닙니다. 각하."

시치미를 뚝 뗀 얼굴로 후버가 말을 이었다.

"솔직히 말씀드리면 한일 양국을 약간 긴장시킬 필요가 있습니다. 각하, 그리고 또……."

"또 있어?"

"예, 두 동맹국이 미국에 대한 중요성을 인식시켜 줄 필요성도 있다는 생각이 듭니다. 각하."

"그래서 싸움을 붙인 건가?"

"제가 붙인 것이 아니라 저희들끼리 티격태격하다가 싸움이 붙은 것이지요."

"일본 자위대 정예 2개 중대 파병되었고 이제 마샬호로 옮겨 탄 한국군 용병 1개 중대가 대마도에 상륙하는가?"

"예, 각하."

"마샬호에 탄 것이 들통 나지 않을까?"

"안다고 해도 별일 없을 겁니다. 각하."

"하시모토를 한번 엿 먹이려는 작전이군, 당신이."

"비서실장 오무라란 놈이 괴물입니다. 그놈은 신일본회의 주역이었는데 끈질기게 총리들을 휘어잡고 있군요.”

“그게 꼭 누구하고 비슷한데.”

“누구 말씀입니까?”

그때 듣기만 하던 카이슨이 참지 못하고 풀석 웃었기 때문에 후버의 이맛살이 좁혀졌다. 후버가 두 손을 흔들며 말했다.

“각하, 저하고 오무라를 비교하시다니요? 하시모토와 각하를 동급으로 놓으시는 것이나 같습니다.”

히타카스의 414부대에 공수된 기동군 소속 2개 중대 병력 300명은 각 부대에서 선발된 최정예다. 팀별 호흡이 중요한 터라 각 소대별로 차출했는데 30명씩 8개 팀과 특공대장 격인 사이고 대좌의 직할부대 2개 팀으로 구성되었다. 장교 14명, 하사관급 187명, 사병 98명으로 전체 평균 군복무 기간이 6년이다.

오전 12시 10분, 414부대의 작전상황실 안, 상황실에 둘러앉은 30여 명의 장교, 고참 하사관들이 사이고와 작전참모 호시노 소좌의 작전 지시를 받고 있다. 사이고는 47세, 군 경력이 28년, 머리를 박박 깎아서 별명이 스님이다. 호시노는 38세, 미육군사관학교인 웨스트포인트를 졸업한 경력, 레인저에 10년 근무, 이번에 마사에몬이 차출해서 사이고에게 붙여주었다.

“놈들이 어떤 수단을 써서라도 내일 날이 밝기 전까지는 대마도에 들어올 것이다.”

사이고의 카랑카랑한 목소리가 상황실을 울렸다. 상황판 앞에 선 사이고는 180센티의 장신에 체격이 크다. 눈을 치켜뜬 표정도 위압적이다.

"들어오지 못한다면 우린 게임 상대가 없는 셈이 될 테니까."

사이고가 뱉듯이 말했지만 몇 명이 낮게 웃었다. 활기가 넘치는 분위기다. 늦은 밤이었지만 모두의 눈빛이 강하다. 그때 사이고가 지휘봉으로 대마도 동쪽 해안선을 따라 주욱 긁어 내려갔다.

"현재 대마도 동쪽에 414부대원이 배치되었지만 해안선이 너무 길어, 1개연대 병력이 붙어도 모자라는데 중대 병력이 나가 있다."

사이고의 지휘봉이 하도(下島)를 짚었다.

"놈들은 이곳에서 나카사토 소좌가 지휘하는 2개팀 약 50명을 전멸시켰다. 나카사토는 328국도 근처의 민가에 들어가 있다가 위치가 탄로 나는 바람에 몰사했는데……."

불빛을 받은 사이고의 두 눈이 번들거렸다.

"그곳의 위치 좌표는 위성이 아니면 발각될 수 없는 것이었다."

모두 숨을 죽였고 사이고의 얼굴에 일그러진 웃음이 떠올랐다.

"호시노 소좌, 너한테 그 다음을 맡긴다."

"예."

자리에서 일어선 호시노가 상황판 앞에 섰다. 날씬한 몸매, 군복을 입었지만 맵시가 있다. 호시노가 장교, 하사관을 둘러보았다.

"지금 전 세계가 우리를 주목하고 있다고 봐도 될 것이다."

호시노가 한마디씩 분명하게 말을 이었다.

"이미 미국 정부는 이 싸움에 개입한 것이나 같고 한국 대통령과 우리 수상 각하도 비공식이지만 상황 보고를 받고 있다."

모두 서로의 얼굴을 보았지만 입을 열지는 않는다. 호시노의 말이 이어졌다.

"고베 야마구치조가 한국에 마약을 판다는 것을 이유로 리스타가 개

입했지만 장소를 대마도로 선택한 것이 그들에게는 명분을 더 단단하게 굳힌 셈이 되었다."

시선을 받은 호시노가 쓴웃음을 지었다.

"대마도가 한국 영토라는 것이지. 이 기회에 대마도를 회복한다는 명분을 리스타 용병들에게 심어놓는 것 같다."

"말도 안 돼!"

장교 하나가 버럭 소리쳤다.

"조센징 놈들을 밟아버려야 돼!"

다른 장교가 소리쳤고 또 하나가 말을 받는다.

"조센징은 한번 쥐면 몇 백 년이건 종으로 살 수 있는 종속입니다. 이 기회에 우리가 다시 정벌합시다!"

"그렇지."

하사관 하나가 소리쳤다.

"우리가 미군과의 싸움에서 이기기만 했다면 조선은 아직도 우리 영토였을 겁니다. 지금쯤 한국말은 다 잊어먹고 모두 일본 이름, 일본말을 쓰고 자빠졌을 거요."

"그만!"

그때 사이고가 손을 들고 말했다.

"정훈교육은 그만하면 됐다. 작전 계획을 말해라!"

회의를 마치고 어둠에 덮인 연병장에 나왔을 때 사이고가 호시노에게 말했다.

"이만하면 사기는 충분하다. 일당백이야."

"예, 대좌님."

어둠 속에서 호시노가 이를 드러내며 웃었다.

"이제 남은 일 하나만 매듭을 지으면 끝납니다. 대좌님."

"미국놈들의 한국 응원을 막는 것 말이냐?"

"예, 대좌님. 지금도 우리 머리 위에 미국의 정찰위성이 떠 있을 것입니다."

"후버가 좌표를 불러준 거야."

"이번에는 그렇게 할 수는 없겠지만 감시역이 필요합니다. 대좌님."

"아니, 호시노."

사이고가 힐끗 밤하늘을 보고 나서 말을 이었다.

"내가 이곳에 오기 전에 사령관하고 이야기했다. 사령관이 알아서 처리해주실 거다."

마샬호는 히타카스 항 위쪽의 해상자위대 선착장 옆쪽의 미국 전용 부두에 정박했다. 오전 2시 45분, 깊은 밤이다. 하선 준비를 마친 오창도가 작업복에 방탄복을 겹쳐 입은 우스꽝스런 차림으로 갑판으로 나왔다.

"함장님, 고맙습니다."

오창도의 인사를 받은 함장이 이를 드러내고 웃었다. 함장은 흑인이다. 어깨의 대령 계급장이 별빛을 받아 반짝였다.

"그리고 전쟁을 하는 거요?"

"군복이야 안 입으면 어떻습니까?"

따라 웃은 오창도의 뒤로 특공대원들이 지나가 선미로 다가갔다. 모두 등에 산더미 같은 장비를 매었고 손에는 기관총, 가슴에는 수류탄을 맨 무시무시한 차림이다. 휴대용 미사일을 맨 대원도 있다. 그때 함장이 말했다.

"중령, 당신을 태워서 영광이오."

"감사합니다. 함장님."

오창도가 무거운 장비를 맨 채로 절도 있게 경례했다.

"전쟁 끝나고 살아남았다면 꼭 인사를 드리지요."

"기다리겠소, 중령."

함장이 손을 내밀었고 오창도가 악수를 하고 나서 몸을 돌렸다. 선미로 다가간 오창도를 기다리고 있던 김현성이 앞장서 트랩을 내려가면서 말했다.

"이것으로 미국의 서비스는 끝이군요."

"이만하면 충분해."

오창도가 대마도 땅으로 내려가면서 대답했다. 심판관 미국은 일단 배틀 2라운드로 데려와주기까지는 한 셈이다.

"윤석입니다."

윤석이 경례를 하면서 말했다.

"모시러 왔습니다."

미군항에서 2백 미터쯤 떨어진 산기슭이다. 윤석은 안내역으로 3명을 데리고 이곳까지 온 것이다.

"그래, 거기까지 얼마나 걸리겠나?"

오창도가 묻자 윤석이 땅바닥에 지도를 펼쳐놓고 소형 플래시를 비췄다.

"여기서 50킬로 정도 남쪽입니다."

"산길을 타야할 테니 내일 날이 밝을 때까지 도착하지는 못하겠구나."

"예, 중령님, 어림없습니다."

"어쨌든 가자."

허리를 편 오창도가 주위를 둘러보았다. 150명이 장비를 잔뜩 짊어진 채 어둠 속에서 웅성거리고 있다.

"이곳에서 조금이라도 멀리 떨어져야 한다."

오창도가 발을 떼자 모두 움직였다. 누가 지시하지도 않았는데 2열 종대가 만들어지더니 순식간에 행군 대열이 되었다. 앞쪽으로 윤석이 데려온 부하 둘이 앞장을 섰고 그 뒤로 첨병 분대, 그 뒤를 5개 팀이 따른다. 대열의 중간 지점에 위치한 오창도가 윤석에게 물었다.

"길은 안전하나?"

"길도 없는 산속을 뚫고 나갑니다만 좌표가 정확해서 빗나가지는 않습니다."

윤석이 손에 쥔 지도를 들어 보이며 말했다.

"적의 매복초소, 검문소가 모두 표기되어 있습니다."

오창도는 대답하지 않았다. 모두 위성에서 찍어 보낸 사진으로 감별했을 것이다. 이곳은 인구가 적어서 서너 명만 모여 있어도 금방 표시가 난다. 바닷가와 산속은 더욱 그렇다. 대마도는 섬의 80퍼센트가 산악지대인 것이다.

"이케다호는 후쿠오카 항에서, 이즈하라 항에 도착했을 때도 수색했습니다만 이상 없었습니다."

유마가 마사무네에게 보고했다. 오전 3시 반, 상황판의 붉은 점이 많이 줄어들었다. 그것은 검문으로 정선된 선박이 줄어들었다는 표시다. 마사무네가 한참 동안 상황판을 응시하다가 입을 열었다.

"이 시간까지 발각이 안 된 것은 이미 대마도에 들어왔거나 진출을 포기했거나 둘 중 하나야."

"들어왔을 가능성은 희박합니다."

마사무네의 시선이 북쪽의 히타카스 항으로 옮겨졌다.

"마샬호는 승무원들이 하선하지 않았나?"

"예, 승무원들이 놀 곳도 없으니까요, 그리고 내일 오후에 출항합니다."

"마샬호에 탔다면 무사통과 했겠지."

"그럴 리가 있습니까?"

쓴웃음을 지은 유마의 시선이 후쿠오카와 히타카스를 훑고 지나갔다. 어떻게 후쿠오카에서 한국군을 태울 수 있겠느냐는 시늉이다. 그때 마사무네가 자리에서 일어섰다.

"난 좀 자야겠어, 유마."

"각하, 늦었습니다. 쉬십시오."

"너도 쉬어라."

"예, 각하."

유마의 경례를 옆으로 받으면서 마사무네가 몸을 돌렸다.

마사무네는 16기동군 파견대장 숙소를 사용하고 있었는데 침실 하나에 다다미가 깔린 응접실에다 화장실, 주방이 갖춰진 10평 규모다. 마사무네가 숙소 앞에 멈춰 서서 문을 열기 전에 손목시계를 보았다. 오전 3시 50분, 숙소는 부대 안이어서 경비병이 없다.

그때 옆쪽 벽이 움직이는 것 같더니 사내 하나가 떨어져 나왔다. 마사무네와 2미터쯤의 거리였지만 알아채지 못하고 있었던 것이다.

"각하, 무라오카 소좌입니다."

다가선 사내가 낮게 말했다. 시선만 준 마사무네가 옆쪽 모퉁이로 다가가 서자 사내가 다가와 입을 열었다.

"한국군 용병대는 세리단호에서 마샬호로 갈아타고 히타카스 미군 항에서 상륙했습니다. 지금쯤 산길로 남하하고 있을 것입니다."

마사무네는 시선만 주었고 무라오카가 말을 이었다.

"용병대 규모는 150명으로 휴대용 지대지 미사일이 5정, 미사일이 약 30발, 중화기가 10정, 그리고 모두 자동화기로 무장했습니다. 화력으로 보면 이번에 파견된 저희 부대보다 낫습니다."

한동안 침묵을 지키던 마사무네가 물었다.

"놈들이 우리 부대의 좌표를 모두 알고 있겠지?"

"당연하지요. 해안 기지로부터 산악지역의 초소까지 모두 전해졌을 것입니다."

"……."

"미국은 중립을 지키는 심판관 역할이라는 분위기를 풍기지만 후버가 친한파입니다. 그리고 군(軍) 고위층 대부분이 일본에 적대적이어서 후버에게 협조하고 있습니다."

"놈들의 좌표를 알 수가 없나?"

"지금 사또가 노력하고 있습니다."

"대상이 누구야? 고위층일 필요는 없어, 실무자가 낫다."

"태평양 방위사령부 소속 위성관리반의 존슨 대위입니다. 이 친구는 일본에도 5년이나 근무했기 때문에 일본어도 잘합니다."

"급해, 놈들보다 선수를 쳐야 돼."

"오늘 존슨을 만나기로 했습니다."

길게 숨을 뱉은 무라오카가 힐끗 밤하늘을 보았다. 미국 위성을 의식하는 행동이다.

"이건 메콩강 유역의 밀림보다 더 험하구만."

김현성이 투덜거리자 뒤를 따르던 제2팀장 이갑준이 헐떡이며 말했다.

"거기보다 라오스 쪽이 더 험해."

이갑준도 대위 출신으로 김현성과 같은 연배다. 김현성이 육사를 나왔지만 이갑준은 해사를 나와 해병대 출신이다. 김현성이 이갑준을 돌아보았다. 어둠 속이었지만 얼굴의 땀이 번들거리고 있다.

"라오스 쪽으로 들어가 봤어?"

"여러 번."

이갑준이 말을 이었다.

"거긴 숲이 습기가 많아서 숨쉬기도 힘이 들었어, 이곳이 좀 낫다."

"그럼 여기서 오래 살아라."

"죽으면 천년만년 살게 되겠지."

"그게 사는 거냐? 묻히는 거지."

"젠장, 시간당 2킬로도 못 가겠는데."

이갑준이 투덜거렸을 때 앞쪽에서 휴식 전달이 왔다. 오전 4시 반, 이제 한 시간쯤 후에는 해가 뜬다.

오전 6시, 벨 소리에 눈을 뜬 이광이 벽시계를 보았을 때 초침까지 정확하게 6시 정각을 가리키고 있다. 벨 소리 한 번에 눈을 떴으니 긴장하고 있었다는 증거일 것이다. 전화기를 집은 이광이 상반신을 일으키면서 귀에 붙였다. 비서실장 안학태의 전화다.

"무슨 일이야?"

"회장님, 대통령께서 만나자고 하십니다."

안학태도 바로 용건만 말했다.

"6시 반에 모셔갈 차가 도착한다고 했습니다."

대통령과 이런 식으로 만나는 국민은 이광뿐일 것이다.

7시 10분이 되었을 때 청와대 안, 대통령 저택의 식당에서 김원국과 이광, 그리고 비서실장 유상근까지 셋이 모여 앉았다. 소식당이어서 셋은 작은 원탁에 둘러앉았고 앞에는 커피잔이 놓여져 있을 뿐이다. 아직 이른 시간인 것이다.

김원국은 바지에 와이셔츠 차림이었지만 유상근과 이광은 정장을 입었다. 60대 중반이 되어가는 김원국이었지만 오늘은 5년쯤 더 나이 들어 보였다. 김원국이 입을 열었다.

"지금 대마도에 파병된 자위대 2개 중대 병력은 하시모토 총리의 직접 지시를 받은 거요, 알고 있지요?"

"예, 각하."

이광이 정색하고 김원국을 보았다.

"자위대 기동군 사령관 마사에몬 중장이 직접 지휘하고 있다고 들었습니다."

"나도 고필성 소장한테서 직접 보고를 받는 중이오."

김원국이 말을 이었다.

"대마도에 상륙한 우리 지원군은 지금 하도(下島)로 남하하고 있더군."

"예, 대통령님."

"이 회장은 누구한테서 보고를 받습니까?"

"저는 이번에 지원군이 결성되고 지휘부가 설립된 후부터 리스타 소속 용병들이지만 보고를 받지 않습니다."

김원국이 시선을 받은 채 이광이 말을 이었다.

"명령과 보고체계가 단일화되어야 하기 때문입니다."

"그렇군, 잘하신 거요."

머리를 끄덕인 김원국이 물었다.

"그럼 상황은 어떻게 아시오?"

"리스타연합의 정보 보고를 받습니다."

"리스타연합이군."

"예, 대통령님."

"리스타연합이 정보부 역할인가?"

"외교 부분도 맡습니다."

"그곳 책임자가 CIA 간부 출신이지요?"

"예, 해밀턴이라고 해외작전국장이었습니다. 대통령님."

한 모금 커피를 삼킨 김원국이 이광을 보았다.

"이번 전투가 끝나면 그 승부가 어떻게 나건 간에 세상에 알려지게 될 거요."

"예상하고 있습니다, 대통령님."

"대비는 하고 있지요?"

"예, 대통령님."

"들읍시다."

"예, 고베 야마구치가 대마도를 경유해서 마약을 들여온 경위와 그 내역을 소상히 밝힐 예정입니다."

이광이 미리 준비해온 쪽지를 꺼내 읽었다.

"마약의 양과 유통과정까지 다 밝힐 예정입니다."

"……."

"그리고 이번 대마도 사건은 고베 야마구치를 응징하려는 의도였는데 자위대가 방해를 함으로써 일어나게 된 것입니다. 그 과정까지 언론을 통해 보도할 것입니다."

"됐습니다."

어깨를 늘어뜨린 김원국이 말을 이었다.

"그만하면 명분이 충분해요, 그 다음은 우리 정부가 맡을 테니까 앞으로도 더 긴밀하게 협의합시다."

이것으로 회의가 끝났다.

돌아오는 차 안에서 이광이 해밀턴의 전화를 받는다. 차 안에 장치된 카폰으로 연락이 온 것이다. 이광이 대통령을 만나러 간다고 안학태가 연락을 한 터라 해밀턴이 바로 물었다.

"끝나셨습니까?"

"지금 돌아가는 길이오."

"대통령께서 무슨 말씀을 합니까?"

"리스타의 대책을 듣고 싶으셨던 것 같아요, 말씀드렸더니 앞으로 긴밀하게 협조하자고 하셨어요."

"잘 되었습니다."

해밀턴이 밝은 분위기로 말을 이었다.

"일본이 수상 체제 하에 일사불란하게 움직이고 있는데 우리도 그래야지요."

110

"내가 용병 작전은 직접 보고받지 않는다고 했더니 만족하신 것 같습니다."

"잘하신 겁니다."

"해밀턴, 난 분수에 넘는 것은 안 하는 사람이지 않습니까?"

"그렇지요."

해밀턴이 짧게 웃더니 말을 이었다.

"어쨌든 이번 전쟁이 대단히 중요합니다, 회장님."

"이번 전쟁이 끝나면 승패에 관계없이 우리가 먼저 전 세계에 내막을 알릴 테니까요."

"일본도 대응책을 준비하고 있을 것입니다, 회장님."

해밀턴이 말을 이었다.

"우리 지원군이 대마도에 상륙했다는 것을 이미 알고 있는 것 같습니다."

"그 증거가 있어요?"

"예, 414부대에 주둔했던 지원군이 조금 전에 시누크 6대에 분승해서 이즈하라 동북방 산악지대로 병력을 옮겼습니다. 공격과 방어에 적합한 요지지요."

"……."

"그들은 공개적으로 기동장비를 운용하고 있어서 우리보다 조건이 유리합니다."

이광이 심호흡을 하고 나서 물었다.

"본부는 알고 있겠지요?"

본부란 용산의 22부대에 있는 고필성을 말한다. 그러자 해밀턴이 바로 대답했다.

"거긴 조금 전에 알려주었습니다. 지금쯤 대마도 현장에도 연락이 되었겠지요."

무전기를 내려놓은 오창도가 옆에 선 팀장들을 보았다. 이곳은 상도(上島) 남쪽의 신사(神社) 근처다. 숲 사이로 아래쪽 신사의 붉은색 기둥이 보인다.

"시누크 6대로 증원군이 하도로 날아갔어, 강 소령의 기지 근처다."

오창도가 말하자 모두 긴장했다. 방금 오창도는 한국 본부에서 암호 무전으로 연락을 받은 것이다. 오창도의 얼굴에 웃음이 떠올랐다.

"이놈들이 우리가 여기 온 것을 알고 있는 거야."

"고마워, 마빈."

죤슨이 마빈의 어깨를 손바닥으로 툭툭 쳤다. 오후 2시, 호놀룰루 다운타운의 비숍 스트리트 끝쪽, 길가의 모나코 카페에서 죤슨과 마빈이 나란히 앉아 있다. 화창한 날씨, 점심시간이어서 오가는 행인들의 발걸음이 한가하다.

죤슨과 마빈은 둘 다 밝은 무늬가 있는 남방셔츠에 선글라스를 끼고 있었지만 군인이다. 여기서는 어떤 사복을 입어도 군인은 아이들도 가려낸다. 한 모금 맥주를 삼킨 죤슨이 접혀진 신문을 마빈 앞에 내밀면서 물었다.

"1시간 전 사진이지?"

"정확히 45분 전."

마빈이 이를 드러내며 웃었다.

"죤슨, 이게 돈이 되는 줄 몰랐는데."

"3시간에 한 번씩이야, 마빈."

"3시간 후에는 리틀이 담당인데 내가 대신 근무해준다고 해야겠다."

"내일 오전 6시부터는 내가 상황실 근무니까 그때까지 3번만 더 나와주면 되겠다."

"오케이, 그럼 기지 근처 류오클럽에서 기다려."

접혀진 신문을 쥔 마빈이 자리에서 일어서며 웃었다. 신문지 안에는 1천 불이 들어 있다.

"이걸로 어느 놈이 득을 보는 거야?"

"일본놈이야."

"한국놈은 당하는 건가?"

"그런 건 우리하고 상관없어, 상사."

죤슨이 손을 들어 보였고 마빈이 몸을 돌렸다.

오전 9시 반, 이즈하라 서북방의 기지에서 사이고 대좌가 후쿠오카 본부에서 보내온 위성사진을 본다. 복사본이다. 사진을 다시 찍어서 보낸 것이다. 위쪽에 시간이 적혀져 있었는데 1시간 10분 전에 대마도 상도(上島)를 찍은 사진이다.

"여기군."

사이고가 손으로 흰 점을 짚었다. 확대된 사진이어서 자세히 보면 무수한 점이 뭉쳐져 있다. 바로 한국군이다. 미국 위성이 대마도 상공에서 찍은 사진을 보내온 것이다. 바로 하와이의 태평양방위사령부 상황실에서 찍은 사진이다.

"대장님, 이곳에서 38킬로 지점입니다."

호시노가 말하자 사이고는 머리를 끄덕였다.

"직선거리야, 호시노."

"이놈들의 목표는 우리들 아닙니까?"

호시노가 눈을 크게 뜨고 사이고를 보았다.

"우리가 이곳에 있는 것도 알고 있는 것입니다, 대장님."

사이고의 얼굴에 쓴웃음이 떠올랐다. 그것도 미국 측이 알려준 것이다. 남하하고 있다는 것이 그 증거이고 마샬호를 타고 히타카스 미군기지까지 왔다는 것도 드러났다. 호시노의 목소리가 거칠어졌다.

"미국놈들이 우리를 배신한 것입니다. 동맹국을 배신하고 전우를 죽였습니다."

"이봐, 호시노, 한국도 미국 동맹국이야."

"미국놈들은 믿을 수가 없습니다."

"우리가 언제 그놈들을 믿었단 말이냐?

목소리를 낮춘 사이고가 주위를 둘러보았다. 울창하게 덮여진 산림 안이어서 위장망을 쳐놓으면 인간의 눈에는 보이지 않는다. 그러나 요즘은 위성시대이고 열 감지장치가 사용된다. 시체가 되지 않는 한 위성에서 내쏘는 열 탐지 장치에 다 걸린다. 사이고가 쥐고 있는 사진의 흰 점이 바로 그것이다. 그때 사이고가 말했다.

"이제는 야마구치조의 마약 공급이 문제가 아냐, 일·한 양국의 대리전 양상이 되었어."

그리고 세계가 주목하고 있는 것이다. 이번에 자국 영토에 침입한 한국군을 전멸시키지 않으면 일본군은 말할 것도 없고 일본국(日本國)의 위상이 추락된다. 호시노의 시선을 받은 사이고가 지도를 손끝으로 짚으며 말했다.

"전투기의 미사일로 뭉개버리거나 해군함에서 함포 사격을 해도 간단하게 끝내겠지만 그것으로는 분이 안 풀린다."

호시노의 시선을 받은 사이고가 소리 없이 웃었다.

"놈들은 나카사토의 부대를 휴대용 미사일로 전멸시켰지만 난 기관총으로 처리하고 싶다."

호시노가 심호흡을 했다. 순식간에 처리하는 것보다 고통을 주고 끝내겠다는 의미였다.

"하지만."

힐끗 위쪽을 쳐다보는 시늉을 한 사이고가 말을 이었다.

"한국놈들도 우리 좌표를 알고 있다고 봐야 된다. 우리는 정보를 비밀리에 빼냈지만 놈들은 CIA의 인맥을 이용하고 있어."

"놈들한테도 우리 좌표가 가 있을 것입니다."

2열 종대로 숲을 헤치고 나가면서 김현성이 말했다.

"먼저 선수를 쳐야 됩니다."

오전 10시 10분, 한낮이지만 숲속은 어둡다. 나무가 하늘을 가리고 있기 때문이다. 바위투성이의 험한 산이었지만 나무는 빈틈없이 자라고 있다. 그러나 골짜기의 개울이 좁아도 수량이 풍부해서 물통은 준비하지 않아도 된다. 그때 발을 멈춘 오창도가 말했다.

"김 대위, 팀장들을 불러라, 잠깐 휴식."

"예, 대장님."

김현성이 전령을 시켜 팀장들을 불러오는 동안 대열은 멈췄다. 깊은 골짜기 안, 이곳은 산새도 없고 짐승도 보이지 않는다. 5분쯤 지났을 때 김현성과 윤석을 포함한 6명의 대위가 모였다. 그들이 둘러섰을 때 오창도가 입을 열었다.

"이곳에서 팀별로 분산한다. 각자 좌표를 줄 테니까 그곳에서 대기하도록."

오창도가 가슴 주머니에서 접혀진 쪽지를 꺼내더니 팀장에게 나눠주었다. 미리 준비한 쪽지다. 좌표를 받아든 팀장들이 다시 오창도를 보았다.

"목적지가 이즈하라 아니었습니까?"

팀장 하나가 묻자 오창도의 얼굴에 쓴웃음이 번져졌다.

"거기가 대마도의 가장 큰 마을이니까 그렇게들 생각하겠지, 하지만 우리 목표는 이즈하라도, 히타카스도 아니다."

"그럼 야마구치조입니까?"

다른 팀장이 묻자 오창도가 입맛을 다셨다.

"멍청한 놈, 대마도다."

팀장들이 서로의 좌표를 바꿔보더니 머리를 끄덕였다. 하도(下島) 전역으로 팀이 분산된 것이다. 그때 오창도가 말했다.

"흩어져도 동서남북 20킬로 반경이다. 우리는 그곳에 성(城)을 쌓는 셈이야."

강정규가 하도(下島) 서쪽으로 이동한 것은 오창도가 히타카스에 상륙한 직후다. 오창도의 본대(本隊)와 거의 동시에 이동을 시작한 셈이다. 그리고 오창도가 상도(上島)를 내려오는 사이에 서쪽 고모다에서 3킬로쯤 떨어진 산악지대에 자리 잡았다. 오창도로부터 지시받은 거점이다. 따라서 오창도의 본대는 본부 병력까지 5개 팀이 5개 기지로 분산되었고 강정규 팀까지 6개 팀이 하도 전역에 흩어진 셈이다.

"부장님, 연락이 왔습니다."

무전병과 함께 김태규가 다가왔을 때는 오전 10시 반, 강정규가 주변 정찰을 마치고 돌아왔을 때다. 무전병은 위성통신 장비를 매고 있었는데 위성을 거치기 때문에 감청이 되지 않는다. 일본군도 같은 종류를 사용하고 있어서 마찬가지다. 수신기만 귀에 붙인 강정규가 응답했을 때 곧 오창도의 목소리가 울렸다.

"강 부장, 준비는 다 되었나?"

"예, 이상 없습니다."

강정규는 오창도 얼굴도 보지 못했지만 상관 대접을 깍듯하게 했다. 군인 기질이 몸에 배었기 때문이다. 오창도가 말을 이었다.

"고모다 아래쪽 해상에 일본군 이즈스함이 다가가고 있어, 구축함 2척하고 해상훈련을 하고 있어."

"……."

"우리 모두가 그놈 사정거리 안이야, 우리 좌표만 알면 미사일 몇 발이면 끝난단 말이야."

그렇지만 오창도의 목소리는 밝다. 옆에 선 김태규가 오히려 긴장하고 있다. 리시버를 귀에 붙였어도 다 들리기 때문이다. 오창도가 말을 이었다.

"오후 1시에 작전 시작이야."

강정규는 숨을 들이켰다. 기다리고 있었던 것이다.

제2팀의 배영찬 대위는 하도(下島) 동북방의 대마공항에서 4킬로쯤 떨어진 산림 속에 위치하고 있었는데 나무숲 사이로 바다가 보였다. 해협이다. 좁은 해협 건너편이 상도(上島)다.

"팀장, 아래쪽에서 자위대가 올라옵니다."

김정수 상사가 보고했을 때는 11시 5분, 배영찬이 본부와의 통신을 마악 끝냈을 때다. 다가온 김정수가 손으로 오른쪽 아래를 가리켰다.

"제2초소 앞 2백 미터 지점까지 접근했는데 이젠 숲에 묻혀서 안 보입니다."

제2초소는 아래쪽 1백 미터 거리였으니 이곳에서는 3백 미터 거리다. 그러나 산속 3백 미터는 30분 이상이 소요된다. 험한 능선이 가로막으면 1시간도 걸린다. 머리를 끄덕인 배영찬이 김정수에게 말했다.

"주시하고 있다가 유사시에는 뒤로 물러가도록, 눈에 띄면 안 된다."

"주의시켰습니다."

김정수가 손목시계를 보면서 말을 이었다.

"그냥 밀고 내려가면 끝날 텐데요."

이곳에서 328 국도까지는 2.5km, 그 국도 옆에 대마도 주둔군인 414 부대가 1개 팀 30명가량을 파견한 것이다. 배영찬이 이끄는 제2팀과 비슷한 전력이다. 제2팀이 유사시에 가장 먼저 부딪힐 일본군이다. 그때 오른쪽 숲에 있던 고병일 상사가 잡초를 헤치면서 다가왔다. 고병일의 조(組)에서는 국도가 내려다보인다.

"팀장, 차량 이동이 많아졌습니다. 한 시간쯤 전에는 5분당 1대꼴이 었는데 지금은 5분에 3대가 지나갑니다."

"트럭이야?"

배영찬이 물었는데 건성이다. 328 국도는 산등성이에 가려져서 1백 미터쯤만 보일 뿐이다.

"아니, 승용차, 승합차가 많아요."

"관광객들은 영문을 모르니까."

"이곳 위치가 발각된 것은 아니겠지요?"

"발각되면 어때?"

이맛살을 찌푸린 배영찬이 고병일을 흘겨보았다. 그들은 리비아에서도 한 팀이 되어서 게릴라전을 치렀기 때문에 팀워크가 좋다.

"그럼 바로 전쟁이 되는 거야, 이렇게 시간만 때우는 것보다는 낫다."

"1시에 다른 팀은 움직이지 않습니까?"

"낚시질할 때 떡밥 뿌리는 거야."

그때 내려갔던 김정수가 다시 서둘러 올라왔다.

"팀장, 가깝게 와서 2초소를 철수시켰습니다."

가쁜 숨을 뱉으면서 김정수가 말을 이었다.

"우리 위치를 아는 것 같습니다."

"이놈들이 위성촬영 한 것을 보았나?"

배영찬이 이맛살을 찌푸렸다.

"제3초소 앞까지 오면 사살해."

"조금 빨리 시작되겠는데요."

김정수가 묻자 배영찬이 고병일에게 말했다.

"전투준비, 놈들이 계속해서 3초소까지 올라오면 우리 위치를 알고 있는 거야."

1시에 아래쪽 414부대를 공격하기로 되어 있는 것이다. 길도 없는 산속을 더구나 빽빽한 나무를 헤치고 똑바로 초소를 향해 올라온다는 것은 좌표를 알고 있다는 증거다. 그때 김정수가 말했다.

"시야가 10미터 정도라 우리도 위험합니다."

이쪽에서도 보이지가 않는 것이다.

앞장서서 올라오는 이쯔키 오장이 고또 상등병을 돌아보며 말했다.

"고또, 30미터 앞에다 미사일 발사대를 설치해라. 저 바위 밑이 시야가 트였다."

"예, 오장님."

고또가 어깨에 멘 SAM-7미사일 발사관을 내려놓더니 헐떡였다. 뒤에는 이야자키 상등병이 따르고 있다. 바위까지 30미터 거리지만 비탈이 심해서 10분도 더 걸릴 것 같다. 그때 이쯔키가 손바닥으로 얼굴의 땀을 닦으면서 재촉했다.

"고또, 서둘러, 12시까지 시계 청소를 해놓아야 돼."

할 수 없이 다시 발사관을 멘 고또가 발을 떼었고 미야자키는 쉬지도 못하고 발을 뗀다. 미야자키 등에는 7킬로그램짜리 미사일 4개가 든 배낭이 매어져 있다. 이쯔키가 숲을 둘러보며 가쁜 숨과 함께 말을 뱉는다.

"빌어먹을, 이게 무슨 고생이냐? 그 개 같은 조센징 놈들 때문에."

지친 고또와 미야자키는 대답하지 않았고 고또가 나뭇가지를 잡고 겨우 섰다.

"미사일 발사대를 만들고 나서 한 발자국도 움직이지 않을 거다. 빌어먹을."

12시까지 이곳에 미사일 발사대를 만들고 대기하라는 가라쓰 중좌의 명령이다.

"여기."

오후 4시 반, 마빈이 네모난 봉투를 내밀자 존슨이 빙그레 웃었다.

"고생 많다. 상사."

존슨이 앞에 놓인 접혀진 신문을 눈으로 가리켰다. 기지 근처의 류오클럽 안, 마빈이 신문을 집더니 제 앞에 놓았다. 클럽 안은 혼잡했다. 군인전용 클럽이어서 외출 나온 군인이 가득 차 있다. 죤슨은 대위지만 마빈과 친구처럼 지내는 사이다. 그때 마빈이 눈 한쪽을 감았다가 뜨면서 물었다.

"3시간 후에 다시 여기서?"

"오케이."

"갓댐, 하루에 3천 불을 벌게 되겠구만, 내가 재벌 되겠어."

"수지가 눈치 채지 말도록 해."

"내가 미쳤냐?"

자리에서 일어선 마빈이 신문을 움켜쥐더니 몸을 돌렸다.

나무둥치 사이로 세 명이 보였다. 일본군이다. 숲에 습기가 없는 대신 마른 공기에 숨이 막혔기 때문에 철모를 벗은 셋이 지친 것 같다. 거리는 30미터 정도, 신체 일부만 보였다가 말았다가 했지만 이 거리라면 눈감고도 맞춘다.

"상사님, 저놈들이 미사일을 갖고 있습니다."

옆에 엎드린 조인배가 말했다.

"발사관 옆에 미사일이 3개, 아니, 4개가 있네요."

유기상이 말했을 때 김정수가 심호흡을 했다.

"조금 더 접근하자."

김정수가 아래쪽 바위를 눈으로 가리켰다. 셋은 지금 나란히 엎드려 있었는데 시야가 좁았다. 앞쪽 3명이 한두 발짝만 옆으로 비껴도 보이지 않는다. 다시 몸을 일으킨 셋이 경사진 숲을 조심스럽게 내려가기 시작했다. 한 발 내딛는데도 온몸에 땀이 흐른다. 세 명 다 수십 번 전투를 치른 노병(老兵)들이다.

한 걸음, 두 걸음, 셋이 3미터쯤 내려갔을 때다. 유기상이 발을 디뎠던 바위가 부서지면서 몸이 기울었다. 옆에 선 조인배가 놀라 입을 딱 벌렸을 때 유기상이 옆쪽 나뭇가지를 잡았는데 그것도 부러졌다.

"우두둑!"

나뭇가지 부러지는 소리가 크게 났다. 놀란 김정수와 조인배가 엉거주춤 몸을 숙인 순간이다.

"타타타타탕!"

총성이 울렸지만 여운이 짧다. 다음 순간 조인배가 두 팔을 흔들면서 쓰러졌다. 아래쪽에서 쏜 총탄에 조인배가 맞은 것이다.

"타타타타타타."

김정수가 이어서 쏘아 갈겼고 아래쪽의 두 사내가 벌떡 자빠졌다.

"타타타타탕!"

이번에는 아래쪽이다. 조인배를 쏘아 맞힌 이쯔키가 다시 쏘았지만 나무둥치에 빗발 같은 총탄이 맞았다.

"타탕! 타타탕탕탕!"

김정수와 미끄러졌던 유기상이 둘이서 쏘아 갈긴 총탄이 이제는 이쯔키에게 모두 명중되었다.

"타타타타타타타."

유기상이 자신의 실수를 덮으려는 듯이 탄창이 비워지도록 이쯔키의 몸통을 향해 총을 난사했다. 이쯔키의 늘어진 몸통이 총탄에 맞을 때마다 들썩였다.

"쏘아라!"

두 번째 발사음이 울렸을 때 배영찬이 소리쳤다. 그 순간 강순철 상사가 허공을 향해 겨냥하고 있던 SAM-7지대지 미사일을 발사했다.

"슉!"

발사음은 육중했지만 증기기관차의 수증기가 빠지는 소리다. 다음 순간 사정거리 3,750m의 미사일이 날아갔다. 망원조준장치와 적외선 센서로 날아가는 미사일을 강순철이 추적하고 있다. 아래쪽 414부대 기지와의 거리는 직선거리로 1.2km, 레이더에 나타난 미사일과 기지와의 거리가 점점 가까워졌다. 발사관 옆에 부착된 레이더를 둘러싼 배영찬과 고병일은 숨을 멈추고 있다. 10초, 15초, 16초, 17초, 그 순간 기지에 미사일이 명중했다. 그때서야 어깨를 편 배영찬이 고병일에게 지시했다.

"한 발 더."

무전이 왔을 때 사이고는 무의식중에 손목시계를 보았다. 오후 12시 15분이다. 무전병이 잠자코 수신기를 내밀었기 때문에 사이고는 귀에 붙였다. 414부대장 가라쓰 중좌다.

"뭐냐?"

"예, 대장님."

가라쓰가 뜸을 들이자 사이고는 이맛살을 찌푸렸다. 가라쓰는 특공 작전에 어울리지 않는 놈이다. 경력도 보잘것없었고 자위대 본부에서 승진이 된 놈이다. 그때 가라쓰가 말했다.

"대마공항 서쪽의 파견대가 미사일 2발을 맞았습니다."

사이고는 숨을 죽였고 가라쓰의 말이 이어졌다.

"17명 전사, 19명 중경상입니다."

"……,"

"위쪽 산 위에서 쏘았는데 보내주신 사진에는 표시되어 있지 않습니다."

"지금 나한테 뭐라고 했나?"

사이고가 갈라진 목소리로 물었다.

"사진에 놈들 위치가 표기되어 있지 않다고 했나?"

"예, 대좌님, 어떻게 된 겁니까?"

"그게 변명이냐? 항의냐?"

"사실대로 말씀드린 것뿐입니다."

가라쓰의 목소리가 높아졌다.

"어떻게 된 겁니까? 내 부하들이 아무것도 모르고 있다가 몰사했단 말입니다!"

"아니, 이 개자식이."

그때 옆으로 호시노가 다가오더니 무전기 전원을 꺼버렸다.

"뭐야?"

사이고가 눈을 부릅뜨자 호시노가 말했다.

"대장님, 이러실 때가 아닙니다."

"이 자식이 건방지게."

"명령을 내려주십시오."

"72함에다 놈들의 좌표를 불러줘."

"예, 모두 말입니까?"

"그래, 5곳 모두."

사이고가 번들거리는 눈으로 호시노를 보았다.

"토마호크를 쏘라고 해라."

"예, 대장님."

토마호크는 1발에 150만 불이다. 정확도가 5미터 미만이며 한 발에 직경 20미터의 구덩이가 패지면서 50미터 안의 생물체는 전멸한다.

4장
승리의 철수

"꽝!"

산이 울렸다. 엄청난 폭음이다. 하도(下島) 서쪽 해안가에서도 폭음이 다 들렸다.

"꽝! 꽝! 꽝!"

이어서 터지는 폭음, 땅이 흔들렸기 때문에 주민들은 지진이 일어나는 것으로 착각하는 사람들도 많았다. 그러나 그 폭음을 듣고 웃음을 띠는 사람이 있다. 사이고 대좌다. 포격 지시를 한 지 정확히 12분이 지난 후다.

"5곳에 모두 좌표대로 명중시켰습니다, 대장님."

호시노가 보고했다.

"순양함에서 보고가 왔습니다."

"됐어."

머리를 끄덕인 사이고가 힐끗 위쪽을 보았다. 막사 천장을 보았지만 하늘을 보는 시늉이다. 우주에 떠 있는 미국의 정찰위성을 의식한 것이다.

"이제 끝났어."

사이고가 담배를 꺼내어 입에 물었다.

"이번에는 우리가 선수를 쳤다."

"죤슨, 이제는 필요 없어."

마쓰모도가 말하자 죤슨이 이맛살을 찌푸렸다.

"그래? 두 시간 후에 다시 받으러 나가려고 했는데 연락해야겠군."

"끝났어."

마쓰모도가 맥주잔을 들면서 웃었다.

"수고했어, 죤슨."

"천만에."

류오클럽에서 50미터쯤 떨어진 바 안이다. 이곳은 손님이 드물었는데 관광객 전문이라 요즘은 관광객의 바 출입이 줄었기 때문이다. 마쓰모도가 말을 이었다.

"대마도에서 한국과 일본이 3분 2회전 게임을 치른 거야."

"2회전이 끝난 건가?"

"그래, 1회전에서 일본이 한 방 맞았지만 2회전에서 케이오승을 했지."

"그렇군."

엉거주춤 자리에서 일어선 죤슨이 마쓰모도를 보았다.

"또 이런 일 있으면 말해."

"그래, 이런 일 자주 있을 거야."

맥주잔을 들어 올린 마쓰모도가 웃었다. 마쓰모도는 하와이 주재 일본인 사업가로 죤슨과 오랜 친구 사이다. 죤슨이 사라졌을 때 안쪽에서 동양인 하나가 다가와 앞에 앉았다.

"어떻게 된 거야?"

마쓰모도가 묻자 사내는 빙그레 웃었다.

"한국놈들이 박살났겠지, 아마 내일 뉴스에는 떠들썩할 거야."

"많은가?"

"5개 지점에 진지를 만들고 있었다니까 몇 백 명 되었겠지."

"자위대가 우리 덕분에 전쟁에서 이겼군."

마쓰모도가 이를 드러내고 웃었다.

"확인이 되나?"

폭발 10분 후, 사이고가 묻자 수화구에서 오쿠타의 목소리가 울렸다.

"30분쯤이 지나야 될 것 같습니다. 헬기가 착륙할 수 없는 데다 공중 촬영으로 확인이 힘들어서요."

"알았어, 기다리겠다. 오바."

통신을 끝낸 사이고가 송신기를 호시노에게 건네주면서 웃었다.

"오쿠타도 한숨 돌린 모양이군."

"어쨌든 전쟁이 끝났으니까요."

따라 웃은 호시노가 상황판을 보았다. 아직 확인은 안 되었어도 한국군 5개 팀의 거점은 토마호크가 정확하게 명중했다. 산림 한복판에 폭발한 부분이 하얗게 드러날 정도로 엄청난 폭발이다. 방금 사이고는 제1기점의 팀장 오쿠타 소좌에게 가장 가까운 한국군 기지 상황을 물은 것이다. 사이고가 호시노에게 지시했다.

"확인이 될 때까지 휴식이다."

"예, 대장님."

호시노가 기운찬 동작으로 막사를 나갔다. 이제 그 뒤처리는 기동군

128

사령관 마사에몬과 총리 비서실장 오무라가 맡아야 할 것이다.

"토마호크를 쏘았습니다."

박기동이 보고했다. 22부대 상황실 안, 팔짱을 끼고 선 고필성은 상황판을 응시한 채 대답하지 않았다. 상황실 안은 기계음만 울린다. 다가선 박기동이 말을 이었다.

"하도(下島) 서쪽에 있던 이지스 순양함에서 5발을 쏘았습니다."

모두의 시선이 고필성에게로 옮겨졌다. 그때 고필성의 얼굴에 쓴웃음이 번져졌다.

"5개 지역에 분산된 한국군 5개 팀이 토마호크에 몰사되었군."

"그렇습니다."

쉽게 대답한 박기동의 얼굴도 담담하다.

그때 고필성이 다시 물었다.

"세계가 주목하고 있겠지?"

"일본 이지스함 근처에 중국 순양함 다렌호가 있었으니까 중국 정부도 보고를 받았겠지요."

"소련은 위성으로 보았겠지?"

"예, 사령관님."

미국은 당연히 가장 먼저 파악했을 것이다. 이윽고 고필성이 머리를 끄덕였다.

"일본군이 거창하게 선수를 쳤군."

하도(下島) 남서쪽에 파견된 제4지대는 혼도 소좌가 지휘하고 있다. 병력 45명, 남서쪽 요지인 국도변에 자리 잡고 미사일과 중기관총까지 갖춘 중화기 부대다. 오후 12시 40분, 대마공항 근처 파견대가 기습을 받은 지 30분 후, 토마호크 미사일이 한국군 기지 5개를 박살낸 지 20분 후다.

혼도는 36세, 사이고가 아끼는 부하로 용감한 데다 결단력이 강했고 첫째 국가와 상관에 대한 충성심이 강했다.

"기다려라."

혼도가 부관 아리마에게 말했다. 위장텐트 안, 안에는 조장급 지휘관 2명과 부관 아리마까지 셋에다 무전병 우에시다가 들어와 있다.

"지금 각 폭파지점으로 확인반이 접근하고 있어, 그때까지 비상태세를 유지하고 있도록."

혼도가 말했을 때 우에시다가 귀에서 헤드셋을 뗐다.

"대장님, 마사끼 부대가 연락이 안 됩니다. 잡음만 울리는데요."

마사끼 부대는 혼다 부대에서 가장 가까운 제2지대다. 직선거리로 12킬로 동쪽이어서 조금 전까지 팀장 마사끼와 혼도가 연락을 했던 것이다. 혼도가 이맛살을 찌푸렸을 때다.

"쉬익!"

발사음이 울렸기 때문에 혼도는 숨을 삼켰다.

"꽈꽝!"

폭음과 함께 섬광, 혼도는 자신의 몸이 허공으로 떠오르는 순간에 섬광과 폭음을 들었다. 몸이 새털처럼 가볍게 느껴졌지만 그것으로 끝이다. 의식을 잃은 것이다.

"꽈꽝!"

아직 부관 아리마는 몸이 텐트 구석으로 날아갔지만 의식을 잃지 않아서 두 번째의 폭발음을 들었다. 그것은 밖이다. 첫 탄에 지휘소가 날아간 것이다.

"습격이다!"

아리마가 소리쳤지만 목소리가 나오지 않았다. 입만 짝 벌린 상태로 시선을 내린 아리마는 자신의 몸통에 구덩이가 패어 있는 것을 보았다. 내장이 다 밖으로 나왔다. 팀장 혼도는 보이지 않았고 지휘소 안에 산 생명체는 없다. 다음 순간 다시 폭음이 울렸다. 이번에는 연거푸 두 발이다.

"꽝! 꽝!"

온갖 소음을 묻어 버릴 것 같은 폭발음이다. 그 다음 순간에 아리마의 의식이 끊겼다.

"됐다!"

강정규가 소리쳤다.

"사격 중지!"

그러자 강정규 주위에서부터 총소리가 그치기 시작하더니 연달아서 사격중지 외침이 전달되더니 총소리가 그쳤다. 총소리가 그친 숲은 조용했다. 조금 전까지 총소리와 소음에 섞여 고함과 비명이 울려 퍼졌기 때문이다. 그때 옆으로 김태규가 다가왔다.

"전멸시켰습니다."

김태규가 가쁜 숨을 뱉으며 말했다. 앞쪽을 응시한 채 강정규가 머리를 끄덕였다. 지금 강정규 팀은 일본군 제2차 지대 한 곳을 전멸시킨 것이다. 혼도 소좌가 지휘하는 제4지대 병력 40여 명을 강정규 팀이 맡았다.

"철수."

강정규가 지시하자 김태규도 잠자코 몸을 돌렸다. 오후 12시 50분이다.

오후 12시 55분, 사이고 대좌가 호시노가 건네주는 무전기를 받았다. 호시노의 얼굴이 찌푸려져 있다.

"말해라."

"사령관님, 기지가 없어졌습니다!"

헬기에서 보고를 하는 터라 소음이 뒤섞여져 있다.

"없어진 건 알아, 생존자는?"

"보이지 않습니다!"

헬기에 탄 정찰장교 기타노 대위다. 평소에는 똑똑한 놈이 허둥대고 있다.

"너, 지금 어디야?"

기타노를 진정시키려고 사이고가 낮게 물었다. 헬기는 토마호크가 떨어진 한국군 제3기지 위를 지나고 있을 터였다.

"예, 좌표 727.145입니다!"

스피커 장치가 되었기 때문에 지휘조의 모든 시선이 상황판으로 옮겨졌다. 사이고가 이맛살을 찌푸렸다.

"이 병신, 거긴 제1지대 위치 아니냐!"

10분쯤 전에 통신한 오쿠타 소좌의 기지다. 한국군의 기지는 그 위쪽 15킬로 지점이다.

"지금 어디를 돌고 있는 거야!"

사이고가 목소리를 높였을 때 잡음에 섞였지만 기타노의 목소리가 선명하게 울렸다.

"예, 지금 제1지대 위를 돌고 있습니다! 724.442 지점으로 가다가……."

"뭐라고? 가다가?"

"예, 연기가 피어오르고 있어서 날아와 보았더니……."

"거긴 오쿠타의 기지야! 이 병신아!"

"예, 각하, 제가 확인했습니다!"

기타노의 목소리도 높아졌다.

"이곳이 폐허가 되었습니다, 각하!"

"오쿠타의 제1기지가 말이냐!"

"예, 제가 통신도 시도해보았습니다만……."

"기다려라!"

버럭 소리친 사이고가 옆에 선 호시노를 보았다. 눈동자가 흐려져 있다.

"확인해봐!"

오창도가 이마의 땀을 손바닥으로 씻으면서 앞쪽 산을 보았다.

"아유, 저걸 넘으려면 3시간은 걸리겠다. 체력이 다 소모되었어."

"저쪽도 지금쯤 상황 파악이 되었을 겁니다."

옆에 선 김현성이 말했다. 김현성도 온몸이 비를 맞은 것처럼 땀에 젖어 있다. 숲 사이에 서거나 앉은 본부 팀 40명도 마찬가지다. 본부 팀이라고 했지만 이쪽도 전투단위다. 휴대용 미사일이 3기에 미사일이 18발, 중기관총을 분해해서 운반하고 있는 데다 개인 장비가 40킬로가 넘는다. 오창도도 마찬가지였으니 12시간째 강행군이라 기진맥진한 상태다. 그때 무전병 홍경오 상사가 헐레벌떡 다가왔다. 등에 위성통신 장비인 RPW통신기를 메고 있다.

"대장님, 1팀 연락입니다!"

강정규 팀이다. 오창도는 강정규 팀을 선임팀인 1팀으로 지명했다. 오창도가 서둘러 송신기를 귀에 붙였을 때 곧 강정규의 목소리가 울렸다.

"제4지대를 전멸시켰습니다!"

오창도는 듣기만 했고 강정규의 목소리가 주위를 울렸다.

"지금 이동 중입니다!"

"수고했어!"

그러고는 오창도가 덧붙였다.

"조금 전에 일본 지원군 727,145 좌표 기지가 전멸되었다. 그 5분 전에는 또 한 곳이."

마사끼 부대와 혼도 부대, 그리고 오쿠타 부대에다 대마공항 근처의 414부대 병력까지 당한 것이다. 사이고가 이끄는 부대는 가장 아래쪽의 1개 지대와 사이고 본대밖에 남지 않았다. 송신기를 홍경오에게 넘겨준 오창도가 다시 앞쪽 산을 보았다.

"자, 넘어가자."

오창도는 가장 멀고 험한 사이고의 본부를 맡은 것이다.

사이고가 아직도 초점이 멀어진 눈으로 호시노를 보았다.

"좌표를 조작한 것 같다."

힘들게 말한 사이고의 얼굴이 일그러졌다.

"하와이에서 조작한 거야."

호시노는 어금니만 물었다. 아직 헬기에서 확인 보고는 없다. 토마호크가 명중한 지점은 엄청난 구덩이만 파여 있을 것이다. 그곳을 촬영하고 분석하려면 시간이 좀 걸린다. 그 사이에 3개 지대가 공격을 받아 궤멸된 것이다. 그것은 무엇을 의미하는가? 놈들이 토마호크에게 맞지 않았다는 증거 아닌가? 그러면?

오후 2시 반, 1시간 반 동안을 내려왔어도 5킬로밖에 떨어지지 못했다. 혼도 소좌가 이끌던 4지대로부터의 거리다. 그러나 직선거리가 5킬로였으니 산을 3개나 넘고 골짜기를 2개 건넌 거리다. 손목시계를 본 강정규가 손을 들어 대열을 정지시켰다. 이곳은 서쪽 바닷가와 1킬로 거리였다.

"이 정도면 되겠다."

강정규가 말하자 모두 서둘렀다. 이곳에 새 진지를 만들려는 것이다. 얼굴의 땀을 손바닥으로 닦는 강정규가 배낭을 나무둥치에 기대놓고 홍만준을 불렀다. 홍만준이 팀의 후위를 맡고 있는 것이다.

"부상자는?"

"박 중사가 위험합니다."

홍만준이 말을 이었다.

"지혈만 하고 있는 상태여서 병원으로 데려가야 합니다."

이번 공격에서 중상자 2명에 부상자 넷이 나왔다. 중상자 둘 중 복부에 총탄을 맞은 박 중사가 위독한 것이다. 중경상자 넷을 데리고 오느라 평균속도의 절반밖에 내지 못했다. 그때 옆으로 다가온 김태규가 말했다.

"팀장님, 부상자를 국도변에 내려놓고 병원 측에 연락하는 것이 어떻습니까? 병원에서 처리해줄 것 아닙니까?"

"지금쯤 대마도의 병원은 각 기지에서 실려 온 일본군으로 가득 차 있을 거야."

강정규가 말을 이었다.

"그리고 지휘부의 지시가 없어, 내가 결정할 사항이 아니다."

부상자를 내놓으면 전시에는 바로 포로취급이 되어 심문을 받게 될 것이었다. 지금은 전시(戰時)나 같은 상황이다. 무전병이 다가왔다.

"팀장님, 뉴스가 나오고 있습니다."

긴장한 표정의 무전병이 무전기를 내려놓고 볼륨을 높였다. 일본 방송으로 뉴스특보다. 무전기 주위로 장교들이 모여 섰다. 무전병이 수시로 뉴스를 체크하라는 지시를 받고 있는 것이다. 숨을 죽인 강정규가 뉴스를 듣는다.

"오늘 오후 12시 10분에 대마도 하도(下島)에서 수십 차례의 폭발이 일어났습니다. 경찰 당국은 군(軍)의 훈련이라고 발표했지만 이즈하라, 쓰쓰, 고모다의 병원에 갑자기 군인 부상자가 실려 들어왔습니다. 사고가 난 것이 분명합니다……"

강정규가 머리를 들고 간부들을 보았다.

"이제부터 언론전이군."

"무슨 말입니까?"

김태규가 묻자 강정규의 얼굴에 쓴웃음이 번져졌다.

"증거를 인멸하고 책임 떠넘기기 작전이야, 지금까지는 보도 통제를 했지만 더 이상 막을 수는 없게 된 거야."

"일본 측이 선수를 친 것입니까?"

"우리도 대책을 세워 놓았을 거야."

강정규가 둘러선 간부들에게 말했다.

"당분간은 이곳에 숨어 있어야 될 것 같다. 일본 측이 두 번째 전쟁에서도 대패를 했으니까 말야."

"상황이 어떻게 되었습니까?"

간부 하나가 묻자 강정규가 대답했다.

"우리가 분산된 일본군 지대를 각개격파 한 거다. 그것은 일본군이 정보전에서 우리한테 당했기 때문이야."

"움직이지 마."

마사에몬 중장이 억양 없는 목소리로 말했다.

"대기하고 있어."

"예, 사령관 각하."

숨을 들이켠 사이고가 송화구에 바짝 입을 붙였다. 얼굴이 땀으로 뒤덮였고 두 눈은 번들거리고 있다. 텐트 안이다. 옆에 선 호시노가 숨을 죽이고 있다. 전쟁이 시작되고 마사에몬과 처음 통화를 한다. 마사에몬이 말을 이었다.

"내 실책이다. 대좌."

"각하."

"내가 정보원의 자료를 그대로 믿은 것이 실책이었어."

"각하, 그것은……."

"정보원 정체가 탄로가 난 거야, 그래서 상황판의 위성사진을 조작해서 띄운 것이지."

"……."

"그것을 그대로 찍어서 정보원한테 넘긴 것이고."

"……."

"제대로 찍힌 위성사진은 한국군 지휘부로 보낸 것이다. 그러니 우리 위치만 그대로 드러난 것이지."

"각하, 지금은……."

"네 근처로 한국군이 다가가고 있는지도 모른다. 아마 그럴 가능성이 많아, 대좌."

"……."

"다시 연락하겠다."

통신이 끊겼을 때 사이고가 호시노에게 말했다.

"분산시켜 경계해라."

사이고의 눈동자가 흐려져 있다.

오창도가 눈을 가늘게 뜨고 앞쪽 숲을 보았다. 좌표상으로는 5백 미터 앞이다. 그러나 골짜기 하나를 건너서 산 중턱까지 올라가야 한다. 1시간 거리다.

"대기."

오창도가 말하자 김현성이 서둘러 뒤쪽으로 돌아갔다. 숲에 분산되어 있는 팀원들에게 전달하려는 것이다. 그때 오창도가 옆에 선 윤석에게 물었다.

"강 소좌가 이곳 지리에 익숙하다고 했어, 지금 서쪽에 있지?"

"예, 국도가 1킬로 거리에 있습니다."

"우리하고는 18킬로 거리다."

오창도가 지도를 내려다보면서 머리를 저었다. 국도를 타지 않는 한 산으로 다가가면 5시간은 더 걸릴 것이다.

"내가 본부를 맡는다고 욕심을 부렸어, 1팀한테 맡겼으면 끝났을 텐데."

오창도가 혼잣소리처럼 말하더니 윤석을 보았다.

"넌 귀대해."

"어디로 말씀입니까?"

"1팀으로 돌아가란 말이다. 안내역은 끝났지 않나?"

"예, 대장님."

"지금부터는 게릴라전이야, 이제 방송까지 나온 이상 각국에서 종군 기자들까지 몰려올 거다."

오창도의 얼굴에 쓴웃음이 번져졌다.

"내가 베트남에서 겪었지."

손목시계를 본 오창도가 말을 이었다. 오후 3시가 조금 지났다.

"1팀으로 돌아가서 몇 명이라도 전력을 보강해라, 그동안 수고했다."

오창도는 윤석의 경례를 받고 머리만 끄덕였다.

"누구라고?"

들었으면서 하시모토 총리가 다시 물었다. 오후 3시 반, 총리실 안에는 하시모토와 다무라 보좌관 둘뿐이다. 다무라는 외교부에서 20년간 재직했던 정통 외교관 출신으로 올해 48세, 미국 대사관 LA총영사를 지내다가 이번에 총리 외교보좌관이 되었다. 하시모토가 전부터 눈여겨보던 다무라를 특채한 것이다.

"예, CIA 후버 부장입니다."

다무라가 단정한 얼굴로 하시모토를 보았다. 한 손으로 전화기를 누르고 있었는데 듣기만 하면 통화 연결이 된다.

"무슨 일이래?"

심기가 좋지 않은 하시모토가 되묻자 다무라가 바로 대답했다.

"대마도 문제라고 했습니다."

"건방진 CIA 부장놈이."

어깨를 부풀린 하시모토가 전화기를 노려보았다.

"일국(一國)의 수상한테 예약도 하지 않고 전화를 걸어오다니."

"……"

"미국 대통령도 나한테 그러지 못 하는 것 아닌가? 어때, 다무라 군(君)?"

"그렇습니다, 각하."

다무라가 표정없는 얼굴로 하시모토를 보았다.

"각하, 지금 바쁘시다고 하고 전화를 끊을까요?"

"아니, 이리 내."

하시모토가 손을 내밀었지만 외면하고 있다. 다무라가 건네준 전화기를 귀에 붙인 하시모토가 숨을 고르고 나서 대답했다.

"예, 전화 바꿨소."

"총리 각하, 후버입니다."

후버가 입에 문 파이프를 빼면서 말을 이었다.

"워싱턴은 지금 오전 1시입니다, 각하."

앞에 앉은 윌슨을 향해 눈을 치켜 떠 보인 후버가 물었다.

"바쁘시지요?"

"아닙니다. 후버 부장."

"갑자기 전화를 해서 놀라셨습니까?"

140

"아니, 천만에요, 부장님."

하시모토의 목소리가 앞쪽의 윌슨한테도 들렸다. 쓴웃음을 지은 후버가 말을 이었다.

"태평양방위사령부 소속의 장교 2명과 하사관 2명, 그리고 민간인 3명이 조금 전에 스파이 혐의로 체포되었습니다. 각하."

하시모토는 대답하지 않았고 후버가 말을 이었다.

"그놈들은 위성에 찍힌 대마도 정찰 사진을 스파이에게 넘겼더군요, 이번 대마도 사건에 이용하려는 의도였습니다."

"……."

"민간인 셋은 일본인 사업가로 체포 즉시 자백을 했습니다. 사진을 도쿄의 미나미 상사에 보냈다는군요."

"……."

"이 미나미 상사가 어떤 곳인지 밝혀질 것입니다, 수상 각하."

"확실합니까?"

갈라진 목소리로 하시모토가 겨우 물었을 때 후버가 짧게 웃었다.

"수상 각하, CIA 부장으로 말씀드립니다만 이 사건을 지금 대통령께 보고하려고 준비 중입니다. 오전 8시 반에 대통령 각하께 보고할 예정인데요, 제가 미리 말씀을 드리는 것입니다."

"……."

"저하고 수상 각하와의 인연을 생각해서지요."

"감사합니다, 부장님."

"일국의 정보부장이 예약도 하지 않고 갑자기 전화질을 한다고 불쾌하게 생각하신 것 아닙니까?"

"아닙니다. 그럴 리가요."

하시모토의 목소리가 조금 급해졌다.

"고맙게 생각하고 있습니다."

"우리 대통령께서 보고를 받으시면 어떤 반응을 하실 것 같습니까?"

"아, 그것은 저……."

"동맹국 간에 있을 수가 없는 일이 일어난 것이지요, 소련이 이랬다면 당장 핵잠수함이 떴을 겁니다."

후버가 이번에는 결연한 표정으로 윌슨을 보았다.

"그런데 동맹국이 동맹국의 장교, 하사관을 매수해서 정보를 빼가다니요? 이럴 수가 있는 겁니까?"

"난 자세히 모르는 일이어서요."

하시모토가 말했을 때 후버가 길게 숨을 뱉었다.

"7시간 남았습니다. 수상 각하, 새벽 1시라 저는 좀 쉬어야 할 것 같습니다."

"예, 알겠습니다. 배려 감사합니다."

하시모토의 인사를 받으면서 후버가 전화기를 내려놓았다.

"이번에는 오무라가 배겨내지 못하겠지."

후버가 혼잣소리를 했다.

"소강상태로 진입했습니다."

해밀턴의 목소리가 송화구를 울렸다. 오후 3시 반, 이광은 용인 북쪽의 리스타 회장실에서 해밀턴의 전화를 받고 있다. 해밀턴이 말을 이었다.

"일본 방송이 보도를 시작한 후부터 전 세계의 이목이 집중되었습니다. 이젠 쌍방이 공격할 상황이 아닙니다."

"다행이군."

이광의 시선이 앞에 앉은 조백진과 안학태를 스치고 지나갔다.

"아군 피해가 적은 것이 다행이오."

"예, 그렇습니다. 그리고……."

잠깐 말을 멈췄던 해밀턴의 목소리가 낮아졌다.

"태평양방어사령부에서 위성사진을 빼돌린 혐의로 장교와 하사관, 그리고 일본인 사업가들이 체포되었습니다."

"……."

"앞으로 문제가 될 것 같습니다."

"그렇군요."

"다시 보고 드리지요."

"수고했어요."

전화기를 내려놓은 이광이 안학태와 조백진을 번갈아 보았다.

"상황을 알려주도록."

안학태와 조백진이 자리에서 일어섰다. 안학태는 청와대에, 조백진은 용산의 22부대 사령관 고필성에게 상황을 전달해줄 것이었다. 현대는 정보전이다. 정보를 빨리, 정확하게 얻는 쪽이 승리한다. 옛날에는 장비와 물량으로 밀어 붙였지만 지금은 아니다. 그리고 그 정보도 효율적으로 이용하는 자가 이긴다. 이광이 이제는 서울을 떠날 때가 되었다는 생각을 했다. 대마도 전쟁은 오래 끌게 될 것이다.

리스타연합은 비공식 비밀단체로 각 국가의 국익을 위한 목적으로 설립되었다. 국제연합이 매년 UN 총회를 열고 사무총장 주재 하에 국가 간 문제를 해결하고 있지만 리스타연합은 전혀 다른 조직이다. 각국

143

의 회원이 서너 명에 불과하고 가입국도 적은 데다 회원 간의 소통도 제한되었다. 오직 리스타연합 주관국인 한국 측이 연결 역할을 하는 것이다.

이것에 대해서 불만이 있다면 탈퇴하면 된다. 누가 말리지 않으니까, 한국에 '아쉬운 놈이 우물을 판다.'는 속담이 있다. 그 말대로 아쉬우면 가입하고 싫으면 떠나라는 주의다. 오후 3시, 리스타연합 사장 해밀턴이 뉴욕 맨해튼의 안가(安家)로 CIA 부장 후버를 찾아왔다.

해밀턴이 응접실로 들어서자 부장보 윌슨과 함께 앉아 있던 후버가 지그시 해밀턴을 보았다.

"건강해 보이시는군요."

해밀턴의 인사를 받은 후버가 파이프를 집어 들고 말했다.

"이번 대마도 전쟁에서 제1등 공신은 리스타연합이군."

"감사합니다, 각하."

앞쪽 자리에 앉은 해밀턴이 머리를 숙였다. 정색한 얼굴이다.

"모두 각하께서 도와주셨기 때문이죠."

"각하?"

후버가 파이프를 입에서 떼었다.

"너 자꾸 각하라고 할래?"

"죄송합니다, 보스."

"갓댐."

"일본은 한번 정신 차리게 만들 필요가 있었습니다, 보스."

해밀턴의 목소리에 열기가 띠어졌다.

"전후(戰後) 40년간 국방비를 한 푼도 안 쓰고 미국에게 떠맡긴 덕분으로 이만큼 경제성장을 한 것 아닙니까? 미국이 방글라데시나 우간다

144

를 이렇게 지원했다면 그 두 나라도 일본만큼 발전했을 겁니다."

"허풍쟁이 같은 놈."

"차라리 한국을 그렇게 해주는 것이 더 나았을 겁니다. 일본은 전쟁을 일으킨 전범국 아닙니까? 한국을 지원해줬어야죠, 맥아더가 기생 접대를 받은 것 같습니다."

"갓댐."

"그런데 왜 부르신 겁니까?"

그러자 해밀턴에게 놀아난 느낌이 든 후버가 파이프로 재떨이를 두드렸다.

"하시모토가 대마도에 계엄령을 선포하고 자위대 2개 사단을 파견할 예정이야, 아예 대마도를 초토화시킬 거다."

"대마도는 베트남하고 다르다는 것을 모르는 모양이군요."

"닥치고 내 말 들어."

"예, 각하."

"대마도에 숨어있는 한국군 용병들을 모두 철수시켜."

"그게 힘듭니다, 각하."

정색한 해밀턴이 후버를 보았다.

"그 용병들은 마약 공급자를 잡으러 왔다가 전쟁에 휘말려 들었거든요, 아직 마약 공급자를 잡지도 못했습니다."

"개자식."

후버가 눈을 부릅떴다.

"날 뭘로 보고 그딴 소리를 지껄이는 거냐? 이 개자식아."

"죄송합니다, 보스."

"가만 놔두면 이제는 한국군 용병들이 전멸한다."

"대마도는 한국령이라는 것입니다."

해밀턴이 말하자 후버가 한숨을 쉬었다. 윌슨은 외면한 채 입맛을 다셨고 해밀턴이 말을 이었다.

"용병들은 이 기회에 산속에서 게릴라전을 하면서 대마도가 한국령이라는 사실을 세상에 알리겠다는데요."

"이 정도면 됐어."

후버가 한마디씩 분명하게 말했다.

"일본한테 미국의 보호막에 없어지면 무슨 꼴을 당하는지 피부로 느끼게 해주었고 한국은 대마도를 통해 들어온 마약 루트를 뿌리 뽑고 한국군의 위상을 세운 효과가 있을 것이다. 이제 그만해라."

후버의 파이프 끝이 해밀턴의 코끝을 가리켰다.

"내가 대통령께 건의해서 하시모토의 자위대 동원을 막을 테니까 말야, 어서 네 두목한테 전해."

전화기를 내려놓은 이광이 안학태에게 말했다.

"철수 준비를 하라고 해."

"예, 회장님."

몸을 돌린 안학태의 등에 대고 이광이 말을 이었다.

"철수 루트는 곧 알려준다고 했어."

방금 이광은 해밀턴의 전화를 받은 것이다. 해밀턴은 철수 조건으로 한국군 용병들의 안전을 보장받았다. 물론 비공식이다. 일본군은 어느 한쪽의 해변을 비워놓고 못 본 척할 것이다. 물론 자위대 입장에서야 잡아먹고 싶겠지만 지도부는 다르다. 빨리 덮고 끝내야 한다.

오후 6시 반, 사이고가 마사에몬의 무전을 받는다. 산속의 텐트 안이다.

"예, 각하."

"사이고, 작전 보류다."

마사에몬이 대뜸 말했지만 사이고는 침묵했다. 옆에 선 호시노도 숨을 죽이고 있다. 마사에몬의 말이 이어졌다.

"제7전대는 30분 전에 철수했다."

"……."

"그리고 증파 계획도 취소되었으니까 그렇게 알고 있도록."

"저는 어떻게 합니까?"

마침내 사이고가 억양 없는 목소리로 묻자 마사에몬이 잠시 침묵을 지키더니 말했다.

"곧 지시가 내려올 것이다."

"알겠습니다, 사령관님."

"미안하다, 사이고."

"함께 근무한 것이 영광이었습니다."

"고맙다, 사이고."

무전이 끊기자 사이고가 호시노에게 송신기를 건네주면서 말했다.

"작전 보류다."

"예, 대좌님."

자위대 2개 사단이 대마도로 이동해올 계획이었던 것이다. 해군도 2개 함대 6개 전대가 대마도로 파견될 계획이었는데 현재 와 있던 제7전대도 철수했다. 사이고가 머리를 들고 호시노를 보았다.

"호시노, 사령관이 그만둘 모양이다."

"저도 그렇게 느꼈습니다."

둘이 서로를 보았지만 둘 다 흐려진 시선이다. 이윽고 사이고가 머리를 끄덕이며 말했다.

"호시노, 혼자 있고 싶다."

호시노가 경계를 올려붙이더니 몸을 돌렸다.

"어, 살 만해?"

진남철의 인사를 받은 이광이 대뜸 뱉은 말이다. 비행기에서 방금 내린 이광은 선글라스를 썼다.

"예, 회장님."

진남철이 웃음 띤 얼굴로 대답했다. 오후 3시 반, 이곳은 리스타랜드의 공항 활주로, 방금 이광이 리스타 공항에 도착한 것이다. 도열해 있는 간부들과 일일이 악수를 나누는 이광은 마치 대통령 같다. 맞는 말이다. 리스타랜드의 대통령이다.

아직도 랜드 전체가 공사 중이어서 영접 나온 간부 중 절반은 안전모를 썼다. 악수를 하던 이광이 맨 끝에 선 권철의 손을 잡았다. 시선이 마주쳤을 때 이광이 물었다.

"일하는 재미를 느끼고 있어?"

"예, 회장님."

권철이 바로 대답했다.

"긍지를 느낍니다."

머리를 끄덕인 이광이 몸을 돌렸다. 10여 명의 간부 중 대화를 나눈 사람은 리스타랜드 건설 총감독이며 해외법인연합회 사장인 진남철과 권철 둘뿐이다.

그날 오후 현장 식당에서 경비병들과 저녁식사를 하고 있던 권철에게 제4조장이 다가왔다.

"대장님, 4구역 앞바다에 유람선 1척이 좌초되어 있습니다."

권철의 시선을 받은 조장이 쓴웃음을 지었다.

"5백 미터 거리인데 조난신호를 보내고 있는데요, 엔진 고장이랍니다."

가끔 있는 일이어서 조난 선박이 리스타랜드에 정박했다가 떠나기도 한다. 더구나 이곳에는 우수한 기술 인력이 있어서 어지간한 고장은 바로 수리가 된다. 권철이 물었다.

"인원은 몇 명이야?"

"승무원 여섯, 배에 탄 승객은 16명입니다. 프랑스 국적으로 300톤급 호화 요트입니다."

"정박은 되지만 하선은 안 돼."

권철이 지시했다.

"경비병을 배치시켜라."

4조장이 서둘러 돌아갔을 때 같이 식사를 하던 2조장이 말했다.

"지난번 영국 낚싯배가 엔진고장으로 정박했을 때 사진기자가 끼어 있었습니다. 멕시코 화물선이 아니었어요."

"요즘은 엔진고장, 식수부족, 갑자기 환자가 발생했다는 둥 해서 들어오려는 놈들이 많아졌어."

권철이 2조장인 매킨지를 노려보았다.

"사진기자는 멕시코 화물선에도, 영국 낚싯배에도 있었어, 그리고 그놈들은 사진기자도 아냐, 리스타랜드 사진을 찍어서 팔아먹는 아마 추어들이야.”

멕시코 화물선은 2구역에 정박했기 때문에 2구역 경비조장의 책임인 것이다. 리스타랜드의 경비대장 권철은 12개 구역으로 나누어진 경비조의 대장이다. 1개 구역당 40명씩으로 편성된 경비 조원은 본부 병력까지 포함해서 530명, 모두 조백진의 리비아 법인을 통해 공급받은 용병대다. 그때 식탁 위에 놓인 핸드폰이 울렸기 때문에 권철이 발신자부터 보았다. 리스타랜드의 건설 총감독 진남철이다. 권철이 서둘러 핸드폰을 귀에 붙였다.

“예, 사장님.”

“지금 즉시 본부로 오도록.”

진남철이 말했다.

“회장님하고 식사다. 20분 내로 도착할 수 있지?”

“예, 사장님.”

권철이 자리를 차고 일어섰다. 저녁을 두 번 먹게 되었지만 세 번도 상관없다. 진남철이 저녁 먹었느냐고 물어보지 않는 것도 같은 맥락이다.

원탁에 둘러앉은 사람은 이광과 안학태, 진남철과 건설사장 오영환, 경호실장 에릭센과 말석에 권철이 끼어 있다. 식사 중 대화는 공사 진척도와 사무실 이전문제, 비행장과 부두를 이용한 교통편 등으로 이어지고 있었는데 권철이 입을 열 기회는 오지 않았다. 그저 앞에 놓인 설렁탕을 힘들게 떠먹으면서 이광이 부르기만을 기다렸다. 식사가 거의 끝나갈 무렵에 이광의 시선이 권철에게로 옮겨졌다.

“권 부장, 식사 끝나고 나하고 섬 일주를 하자, 해안을 따라 길이 만

들어졌지?"

"예, 회장님."

모두의 시선이 모여졌고 권철이 굳어진 목소리로 대답했다.

"하지만 절반 정도는 아직 비포장 된 상태입니다."

"그쯤은 문제없다. 소화도 시킬 겸 밥 먹고 바로 떠나자."

"예, 회장님."

"가다가 산적이나 해적을 만나는 건 아니지?"

한국말이었지만 한국어 공부를 열심히 한 에릭센까지 웃었다.

"예, 없습니다. 회장님."

"몇 명이 밀입국해서 추방시키기도 했다면서?"

"예, 현장 근로자가 2천 명이나 되는 바람에 며칠간 섞여 있었지만 잡아냈습니다."

머리를 끄덕인 이광이 자리에서 일어서면서 에릭센에게 말했다.

"에릭센, 나는 권 부장이 운전하는 차를 타겠어."

"예, 회장님."

에릭센이 그럴 줄 알았다는 얼굴로 따라 일어섰다.

차가 금방 시내를 빠져나가자 주위는 어둠에 덮여졌다. 권철이 운전하는 짚 앞쪽으로 안내차가 한 대 달렸다. 먼지를 피하려고 권철은 안내차와 50미터쯤의 간격을 두었는데 뒤쪽으로도 같은 간격으로 짚 2대가 따르고 있다. 에릭센의 경호대다. 권철 옆에 앉은 이광이 밤바람을 맞으면서 만족한 표정으로 말했다.

"땅 냄새, 바다 냄새가 좋구나."

짚은 무개차다. 이광의 머리칼이 바람에 흩날렸다. 이광이 불쑥 물었다.

"이곳 현재 인구가 몇이냐?"

"예, 노동자까지 합쳐서 3,750명입니다. 회장님."

"올해 말까지는 얼마나 될 것 같으냐?"

"1만 명 정도로 예상합니다."

"내년은?"

"5만 명입니다."

머리를 끄덕인 이광이 어둠에 덮인 앞쪽을 응시하며 말했다.

"넌 처음부터 경비대장으로 시작해서 리스타의 치안을 맡는 거다. 그러니까 기본을 차곡차곡 쌓아가는 거다."

이 말을 해주려고 불렀는가? 숨을 들이켠 권철이 소리치듯 대답했다.

"예, 명심하겠습니다!"

"탕!"

총소리가 울린 순간 호시노 소좌는 들고 있던 수통을 떨어뜨렸다. 전장에서도 총소리 따위에는 눈도 깜박하지 않았던 호시노다. 그러나 지금은 얼굴까지 순식간에 하얗게 굳어졌다. 총소리에 놀란 부하들이 웅성거렸지만 모두 호시노를 본다.

이곳은 지휘부 막사 앞, 호시노가 눈동자만 굴려 주위를 보았다. 아리타 대위, 모리 중위, 사다시 오장, 이윽고 호시노가 머리를 돌려 지휘부 막사를 보았다. 지휘부 막사 안에는 사이고 대좌 혼자 남아 있었던 것이다. 주위의 부하들이 이제는 숨을 죽이고 있었기 때문에 호시노가 입을 떼었다.

"대기하라."

아무도 대답하지 않았고 호시노는 발을 떼었다. 막사의 문을 젖히고 안으로 들어선 호시노는 의자에 반듯이 앉아 있는 사이고를 보았다. 의자의 등받이에 등을 걸쳤고 머리는 위쪽으로 조금 젖혀져 있다. 그리고 옆머리에서 흘러내린 피가 목덜미를 적시는 중이다. 늘어뜨린 한쪽 팔에는 아직 권총이 쥐어져 있다. 눈을 치켜뜨고 있었지만 호시노가 다가가도 초점이 맞춰지지 않는다. 다가간 호시노가 사이고를 향해 경례를 했다.

"대장님, 편히 가십시오."

뒤꿈치를 붙인 호시노가 말을 이었다.

"마무리는 제가 하지요."

오후 5시 반, 하시모토 총리가 방으로 들어서는 관방장관 다케야마를 보았다. 이곳은 총리 집무실 안, 비서의 안내도 받지 않고 다케야마가 들어선 것이다. 시선만 주는 하시모토에게 다케야마가 말했다.

"각하, 대동아전쟁 때부터 군(軍)의 보고는 느려터지기로 유명했지 않습니까? 그 전통이 60년간 바뀌지 않습니다."

앞에 선 다케야마가 말을 이었다.

"야마토 전함이 격침되었다는 전문이 10분 만에 도쿄 통합사령부에 보고되었는데 통합사령부 건물 안에 있던 총사령관이 보고를 언제 받은 줄 아십니까?"

"다케야마 군, 언짢은 일이 있나?"

하시모토가 찌푸린 얼굴로 묻자 다케야마가 어깨를 부풀렸다.

"총사령관 야마시타는 2층 사령관실에 앉아 있었는데 1층 전문실에서 받은 전문을 12개 결재를 거친 다음에 27시간이 지난 다음 날 오후에 받았습니다."

하시모토가 외면했고 다케야마의 말이 이어졌다.

"대노한 야마시타는 아래쪽 결재를 한 8명을 총살시켰지요, 위쪽 4
계단은 오키나와, 팔라완으로 보내 싸우다 죽게 만들었습니다."

다케야마는 일본 내각의 제2인자다. 더구나 총리를 3명이나 거치는
동안 내각을 완전히 장악했다. 국정이 이만큼이라도 운영되는 것은 다
케야마의 공이라고 해도 과언이 아니다. 하시모토도 그것을 알고 있는
것이다. 그때 다케야마가 정색하고 하시모토를 보았다.

"각하, 대마도에서 이번 작전의 지휘관인 사이고 대좌가 막사에서
권총으로 자살을 했습니다."

놀란 하시모토의 시선을 받은 다케야마가 쓴웃음을 지었다.

"그 보고가 후쿠오카의 작전 사령부를 거쳐 육상자위대, 자위대 사
령관 등을 거치는 모양인데 각하께는 아직 보고가 되지 않았지요?"

이제 하시모토는 눈만 껌벅였고 다케야마가 말을 이었다.

"아마 비서실장 오무라는 보고를 즉시 받았겠지요, 그리고는 지금
분주하게 수습을 하고 있을 겁니다."

"이봐, 다케야마 군."

마침내 하시모토가 입을 열었다.

"사이고가 자살한 게 언제야?"

"세 시간 전입니다."

"……."

"사이고의 직속상관인 기동군 사령관 마사에몬 중장은 연락이 끊겼
습니다."

"……."

"각하, 서두르셔야 합니다."

그러자 하시모토가 머리를 끄덕였다.

"서두르고 있어, 다케야마 군."

숨을 고른 하시모토가 말을 이었다.

"사이고는 애국자야, 죽음으로 조국을 지켰어."

"이봐, 무라오카."

마사에몬이 부르자 무라오카는 머리를 들었다. 후쿠오카의 술국집 안, 낡은 다다미방 안에서 마사에몬과 무라오카가 마주앉아 있다. 술국집 안은 조용하다. 둘의 앞에 놓인 술상에는 술병과 무조림 안주 한 접시만 놓여져 있었는데 마사에몬은 잔에 술만 따라놓고 마시지 않았다. 마사에몬이 입을 열었다.

"사이고가 자살했어, 들었나?"

"예, 듣고 왔습니다. 각하."

"제 부하들이 몰사를 했으니 당연한 일이지, 그렇지 않나?"

마사에몬이 어깨를 펴더니 쓴웃음을 지었다.

"무라오카, 내가 귀관을 부른 이유를 아나?"

"모릅니다, 각하."

무라오카가 번들거리는 눈으로 마사에몬을 보았다. 부대에 들어가 있던 무라오카는 마사에몬의 연락을 받고 정신없이 이곳으로 달려온 것이다. 마사에몬이 말을 이었다.

"여기서 내 뒤처리를 해달라고 불렀어."

"뒤처리를 말씀입니까?"

"그래."

마사에몬이 좁고 냄새가 나는 다다미방을 둘러보며 웃었다. 방이 하나밖에 없는 술국집이다. 바깥쪽은 주방 겸 식탁이 3개 놓여진 홀인데 오늘은 손님이 한 사람도 없다. 옛날 마사에몬의 당번병 출신인 늙은 주인이 혼자 술국을 만들어서 술과 함께 파는 곳이다. 마사에몬의 단골집이어서 무라오카도 두 번 와본 적이 있다.

"내가 죽기에 알맞은 곳이지."

"……"

"주인인 아소 오장한테 내 집을 팔아서 고향인 고베로 돌아가라고 했어, 내가 죽은 후에 말야."

"……"

"귀관이 문밖에서 기다리고 있다가 내가 죽으면 시신을 저기 담요로 말아서 구석에다 놓고 내 부관한테 연락을 해주게."

무라오카는 구석에 놓인 헌 담요를 보았다. 담요는 비닐과 함께 접혀져 있다.

"각하, 할복하실 건가요?"

무라오카는 겨우 그렇게 물었더니 마사에몬은 쓴웃음을 지었다.

"청산가리야, 그걸 먹으면 좀 토한다고 해서."

"……"

"할복이나 권총 자살은 나 같은 녀석에게는 안 맞아, 그냥 죽는 것이니까, 그런 죽음은 호사야."

마사에몬이 정색하고 무라오카를 보았다.

"내가 자네를 부른 이유를 알겠지? 자네는 증인으로 남아서 자위대를 잘 키우게, 자네가 덩달아서 책임을 질 이유가 없는 거야, 나하고 사이고가 책임을 지는 것으로 충분해, 명령이야."

방으로 들어선 오무라가 하시모토 총리에게는 목례를 했지만 다케야마 쪽으로는 머리도 돌리지 않았다. 오후 6시 반, 이곳은 총리관저에서 2백 미터쯤 떨어진 식당 안, 안쪽에 방이 있어서 하시모토가 자주 이용하고 있다. 식탁 위에는 회 접시와 술병, 잔이 놓여져 있지만 아무도 손을 대지 않는다. 그때 하시모토가 입을 열었다.

"오무라 군, 듣자."

"예, 각하."

대답한 오무라의 시선이 다케야마의 옆얼굴을 스치고 지나갔다.

"사이고 대좌가 대마도에서 방어 훈련 중 오폭으로 사상자가 발생한 사고로 처리하겠습니다."

"126명을?"

불쑥 다케야마가 끼어들었다. 눈을 치켜떴던 다케야마가 얼굴을 일그러뜨리며 웃었다.

"이 사람이 진짜 대동아전쟁 때 사고방식을 갖고 있구만, 기네스북 감이네."

오무라가 다케야마를 무시한 채 말을 잇는다.

"자위대 사령관하고는 이야기가 되었습니다. 각하께서 허락만 하시면 자위대 사령관이 사고 발표를 할 것입니다."

"누구 허락을 받고 자위대 사령관하고 이야기를 한 거야? 이 사람 좀 봐, 각하께는 사후 보고하고 승인을 받아?"

그때 오무라가 여전히 하시모토를 보면서 말했다.

"각하, 적전분열을 일으키면 안 된다고 생각합니다. 이 일이 처리되면 제가 사이고와 마사에몬에 이어서 책임을 지겠습니다."

자결을 하겠다는 말이어서 다케야마가 열었던 입을 닫았다. 그때 하시모토가 물었다.

"대마도에서 한국군은 빠져나갔나?"

"고마다 항 위쪽 해안을 통해 공해로 빠져나갔습니다."

오무라가 시선을 내린 채 말을 이었다.

"어젯밤 12시에서 1시 사이에 공해에 떠 있던 중국 국적의 화물선을 타고 떠났습니다."

"중국 국적?"

되물었던 하시모토가 어깨를 늘어뜨렸다.

"중국까지 개입되었단 말인가?"

"이것은 리스타에서 중국 측에 협조 요청을 한 것 같습니다."

오무라가 헛기침을 하고 하시모토를 보았다.

"각하, 승인해주시지요."

강정규는 이즈하라 서북방의 산림지역으로 진지를 옮겼을 뿐 귀국하지 않았다. 마무리를 하라는 회사의 지시를 받았기 때문이다. 그래서 이번 작전의 대장인 오창도하고는 얼굴도 보지 못하고 헤어졌다.

"우리가 시작했으니까 마무리도 우리가 하는 거야."

강정규가 둘러앉은 조장에게 말했다.

"전쟁이 일어났다가 끝난 셈인데 세상이 조용한 편입니다."

김태규가 웃음 띤 얼굴로 말했다.

"우리 측 피해도 적은 편이구요."

"일본 정부에서 이 사건을 덮으려는 것 같다."

강정규가 말을 이었다.

"처음에 우리를 비밀리에 몰사시키려다가 사건이 커지니까 공개도 하지 못하고 끌려간 거야."

"미국 측에서 한국에 협조적으로 나오는 바람에 공황상태가 된 것이지요."

뒤늦게 합류한 윤석이 끼어들었다. 윤석은 미구축함에서 내린 오창도 일행을 하도(下島)까지 안내해주고 돌아왔다. 그때 홍만준이 말했다.

"미국이 우리를 좋아해서 도와준 것이 아닙니다. 일본이 요즘 건방진 행동을 좀 했거든요."

강정규가 머리를 끄덕였다. 미국은 철저히 국익 우선으로 행동하는 국가다. 한일합방 당시에는 조선의 고종이 간절하게 미국 대통령에게 탄원을 했지만 외면했다. 그러고는 조선을 일본에게 넘겨준 대신으로 필리핀을 가져간다는 비밀 합의를 한 과거도 있다.

"자, 그럼 준비해, 지금부터 도시에서 생활해야 될 테니까."

쓴웃음을 지은 강정규가 말을 이었다.

"숲속에서보다 10배는 더 힘들 거다."

TV에 관방장관 다케야마가 나타났기 때문에 방 안이 조용해졌다. 이곳은 청와대 대통령 집무실 안, 소파에 둘러앉은 대통령 김원국과 각료들이 TV를 주시하고 있다. 일본 정부 대변인이기도 한 관방장관이 작금의 대마도 폭발사고에 대해서 성명을 발표하려는 것이다.

오후 3시, 오전 12시에 발표 예고를 했을 때만 해도 폭발사건이라고 했었는데 지금은 사고로 바뀌어졌다. 그때 다케야마가 입을 열었다.

"금번 대마도 사고는 기동군이 실제 전투 훈련 중에 일어난 오폭 사건으로 좌표 착오가 있었기 때문에 발생한 사고였습니다."

다케야마가 찌푸린 얼굴로 이쪽을 노려보았다. 분하다는 표정이다.

"이 사고로 기동군 장병 126명이 전사, 138명이 중경상을 입었습니다. 정부는 이 사건에 대한 책임을 지고 자위대 사령관을 해직, 지휘부 개편을 함과 동시에 또 다른 사고를 예방하기 위해서 민관합동조사반을 구성, 사건 조사와 추후 대책까지 마련할 계획입니다."

그때 김원국이 손을 들었기 때문에 비서실장 유상근이 음소거를 시켰다. 김원국이 이맛살을 찌푸린 얼굴로 각료들을 둘러보았다.

"작전에 투입된 대장과 기동군 사령관의 자살은 조금 후에 발표할 모양이군."

"예, 그래야 충격이 클 테니까요. 지금 발표해버리면 제대로 활용이 안 됩니다."

외교 장관 고대철이 대답했다. 방 안 분위기는 생기가 떠오르고 있다. 김원국이 길게 숨을 뱉었다.

"그 죽음이 제대로 대접을 받았으면 좋겠다."

"승객 하나가 병원에 가야 될 것 같은데요."

4조장 이민웅이 말했을 때 권철이 머리부터 저었다.

"안 돼, 배 수리되면 다른 섬으로 가서 치료받으라고 해."

"대장님, 급성맹장 같습니다."

"이런 빌어먹을."

눈을 부릅뜬 권철이 전화기를 고쳐 쥐었다.

"그 새끼를 모터보트로 실어서 옆쪽 라구하나 섬으로 옮겨라."

"대장님, 거기까지 가려면⋯⋯."

이민웅이 말을 멈췄다. 모터보트로 7시간이 걸리는 것이다. 그렇다고 헬기로 실어 나를 수도 없다. 마침내 권철이 말했다.

"그 새끼 하나만 병원으로 보내."

"예, 대장님."

한숨 돌렸다는 시늉으로 길게 숨소리를 낸 이민웅이 덧붙였다.

"그 새끼가 아닙니다, 대장님."

그러더니 조심스럽게 말했다.

"여자입니다."

비행기가 착륙하더니 천천히 이광 앞으로 다가와 섰다. 곧 비행기 문이 열리면서 계단이 내려졌다. 35인승 쌍발 제트여객기의 은빛 몸체가 햇볕을 받아 반짝였다. 그때 비행기 문에서 등소평의 모습이 나타났다. 아래쪽에 서 있는 이광을 보더니 흐뭇한 표정으로 웃는다. 이광이 머리를 숙여 인사를 하자 손을 들어 보이고는 수행원의 부축을 받으며 계단을 내려왔다.

오후 4시, 리스타랜드의 비행장에 중국의 국방위 위원장 등소평이 도착한 것이다. 도열해 서 있는 리스타의 간부들에게 손을 들어 인사를 해보인 등소평이 곧 이광과 함께 차에 올랐다. 리무진으로 칸막이가 되어 있는 뒷좌석은 마주보는 구조여서 이광의 앞쪽에는 등소평과 강택민이 나란히 앉았다. 중국식 이름은 장쩌민이다.

50대 후반의 강택민은 등소평이 화오방, 조자양 체제의 후임으로 밀어주는 신진 세력이다. 요즘은 등소평이 자주 측근에 두고 있는 것이다. 차가 출발했을 때 등소평이 입을 열었다.

"이번에 미국과 일본을 뒤흔들어 놓았더군, 잘했어."

이광과 시선을 마주친 등소평이 빙그레 웃었다.

"2차 세계대전이 끝났을 때 우리 모 동지가 일본에 대해서 말씀하셨지.”

“뭐라고 말씀하셨습니까?”

모 동지는 모택동이다. 등소평이 말을 이었다.

“일본이 중국을 괴롭힌 것은 일본 군국주의자들이지 일본 국민이 아니라고 했어.”

등소평의 얼굴에 다시 웃음이 떠올랐다.

“일본은 한국보다 더 중국을 괴롭혔어, 난징에서는 30만을 학살했고 침략군으로 만주에 괴뢰 정부를 세우고 전쟁을 걸어서 이긴 후에는 엄청난 배상금을 물려 우리에게 굴욕을 주었지.”

“……”

“그래서 모 동지의 말을 듣고 일본 정부는 감사하다고 했어, 감격하더구만.”

“……”

“우리는 보복도 하지 않고 중국 땅에 있던 수십만의 일본군, 일본인을 온전하게 돌려보내 주었어, 갖은 학대를 하던 그자들을 말이야.”

차가 해변도로를 달려갔기 때문에 한동안 창밖을 구경하던 등소평이 말을 이었다.

“그런데 모 동지는 잘못 말씀하셨어, 일본의 군국주의자들이 괴롭힌 것이 아니었어. 일본 국민이 중국인을 괴롭히고 학살한 거야.”

“……”

“일본의 국민성이라고, 약자 앞에서는 잔인하고 오만한 반면 강자 앞에서는 한없이 비굴하고 고분고분하지, 일본 국민이 우리를 학살했어.”

이제는 등소평이 정색하고 이광을 보았다.

“전후 수십 년간 고분고분 해왔던 일본이 이제는 자위대를 증강하고

162

현대식 무기로 군사력을 급격하게 늘리는 중이야, 예전의 일본으로 돌아가는 것이지."

등소평이 좁은 어깨를 추켜올렸다.

"앞으로는 그냥 넘어가지 않을 거야, 그래서 자네를 도와주는 거네."

밤 11시, 등소평은 피곤하다면서 일찍 잠자리에 들었고 이광과 강택민이 테라스에 앉아 밤바다를 내려다보고 있다. 둘 앞에는 맥주병과 위스키병, 안주가 놓여져 있었는데 강택민이 섞어서 마시자고 했기 때문이다.

둘이 되었을 때부터 강택민이 말문이 터진 것처럼 이야기를 했다. 술기운이 번졌기 때문이기도 할 것이다.

"중국이 앞으로 30년 후에는 미국에 다음가는 세계 제2의 대국이 될 겁니다."

강택민이 술잔을 들고 말했다.

"우리는 해보겠다는 열의, 그리고 인민을 끌고 갈 수 있는 강력한 지도체제가 있지요. 세계 어느 나라도 우리의 저력을 당해낼 수 없습니다."

이광은 듣기만 했고 강택민의 말에 열기가 띠어졌다.

"40년 후에는 중국이 세계 제1의 강대국이 될 겁니다. 미국은 아메리카에 고립되어 있어요. 중국은 아시아, 유럽, 인도, 아프리카, 오세아니아까지 이어지는 대륙의 패자가 될 겁니다."

이광이 머리를 끄덕였다. 강택민은 중국의 지도자가 될 사람이다. 지금은 화오방 주석, 조자양 총리의 그늘에 가려서 서열 100위권에 겨우 들고 언론에 거의 등장하지도 않는 강택민이다. 그러나 강택민의 후원자는 등소평인 것이다. 7, 8년 후에 화오방, 조자양의 시대가 끝나면 강택민의 시대가 열린다. 그때 강택민이 말했다.

"이 회장, 등 위원장께서 나하고 이 회장과의 이런 만남을 만들어주신 이유를 알고 있습니까?"

"모르겠는데요."

"우리 중국이 경제성장을 하는데 처음 10년이 가장 중요합니다."

강택민의 목소리에 열기가 띠어졌다.

"지금 본격적으로 경제개발이 시작된 지 5년, 앞으로 5년이 가장 중요합니다."

"……."

"그 10년의 기반을 굳히게 만들어줄 나라가 바로 한국입니다. 그중에서도 이 회장의 리스타가 주역이지요."

이광이 숨을 깊게 들이켰다가 뱉었다. 그렇다. 중국의 경제발전 기반을 만들어줄 국가는 바로 한국뿐이다. 한국은 지금 맹렬하게 선진국 대열을 향해 전진하고 있다. 그래서 오더는 넘치는데 인력이 모자라고 임금이 높아져서 생산성이 떨어진다. 그 대안이 바로 중국이다. 중국을 이용하면 서로 윈윈이 된다.

지금 중국은 간절하게 한국 기업에 투자를 원하고 있는 것이다. 각 시장은 말할 것도 없고 성장, 장관까지 한국을 방문하여 투자를 부탁하는 실정이지만 기업들은 망설이고 있다. 공산주의 체질에 배인 중국인들이 배급제에 익숙해져 있어서 경쟁사회를 겪어보지 못했기 때문이다. 그때 이광이 말했다.

"제가 앞장을 서지요, 무슨 일이건 말씀만 해주시지요."

이미 리스타는 한중합영공장을 세워 세계 최대 규모의 공장을 6곳이나 가동시키고 있다. 강택민의 얼굴에 웃음이 떠올랐다.

"그리고 한 가지만 더, 이 회장께서 내 후원자가 되어주셨으면 좋겠습니다."

"알겠습니다."

이광이 정색하고 강택민을 보았다.

"제가 최선을 다하지요."

등소평이 이곳에 강택민을 데려온 것도 직접 이광과 소통을 하라는 의도였을 것이었다. 강택민은 중국 천하를 장악하고 있는 등소평이 밀어주고 있지만 앞으로 수많은 난관을 거쳐야 할 것이다. 경쟁자가 하나둘이 아닐 것이기 때문이다. 그 난관을 헤쳐 나가려면 무기가 절대적으로 필요하다. 그 무기 중의 하나가 바로 금력이다. 술잔을 든 이광이 웃음 띤 얼굴로 강택민을 보았다.

"천하(天下)를 위하여 건배하십시다."

"감사합니다."

강택민이 술잔을 들더니 먼저 말했다.

"리스타와 중국을 위하여."

병실 앞에 선 권철이 주위를 둘러보았다. 오전 8시 반, 오늘도 리스타랜드는 화창한 날씨다. 복도 끝쪽 베란다를 통해 시원한 바람이 몰려왔고 바다 냄새가 맡아졌다. 이곳은 낙원이다. 야자나무 그늘에 서 있으면 머릿속이 맑아지고 온갖 근심 걱정이 사라지는 것 같다. 오직 배가 고프거나 부르거나, 잠이 오거나 안 오거나 두 가지만 느껴진다. 그리고 또 하나, 성적(性的)욕망이다.

이곳에 4천 명 가까운 남녀가 있지만 여자 비율은 10퍼센트도 안 된다. 병원과 식당, 사무직에 고용된 여자와 랜드에서 관리하는 유흥업소에 1백 명가량이 일하고 있을 뿐이다. 그러니 외부에서 괜찮은 여자가 왔을 경우에는 소문이 난다. 지금 이 병실에 들어가 있는 프랑스 국적의 호화요트 승객인 여자도 미인이라는 것이다. 그것도 한국인이라고 했다.

프랑스 국적의 한국 여자라니, 4조로부터 보고를 받은 권철이 직접 조사를 하려고 온 것이다. 그때 옆에 선 4조장 이민웅이 말했다.

"들어가시죠, 대장님."

"어."

그러자 이민웅이 문을 열고 앞장서 들어섰다. 병실 안에는 여자 혼자 누워 있다가 그들을 맞았다. 여자의 시선과 마주쳤을 때 권철의 눈이 가늘어졌다. 한국 여자, 미인, 과연 맞다. 미인의 기준도 사람마다 다르지만 눈앞에 누워 있는 여자는 모두가 인정할 만했다. 짧은 머리, 맑은 눈, 곧은 콧날, 적당한 입술. 그때 이민웅이 여자에게 물었다.

"좀 어떻습니까?"

한국말, 이민웅은 여자하고 세 번째 만난다. 그때 여자가 대답했다.

"감사합니다. 수술 잘 끝났어요."

"잘 되었네요."

머리를 끄덕인 이민웅이 허리를 세우고는 권철을 소개했다.

"우리 대장님이십니다."

권철이 한 걸음 다가섰다.

"프랑스 국적이신데 어떻게 된 겁니까? 이민 간 겁니까?"

"아뇨, 어렸을 때 입양되었는데 프랑스에서 한국말을 배웠죠."

여자가 또박또박 말을 이었다.

166

"10년쯤 배웠어도 아직 서툴러요."

"왜요, 잘하시는데."

이민웅이 나섰다가 입을 다물었다. 이민웅은 30세, 상사 출신으로 베트남과 리비아 용병까지 거친 역전의 용사다. 권철이 물었다.

"유람선 목적지는 어딥니까?"

"대만, 홍콩을 거쳐 한국과 일본까지 갈 예정이었어요."

"그러다가 엔진 고장이 난 건가요?"

"네."

"배에 탄 승객이 누군지 알려줄 수 있습니까?"

"배 소유주는 라파엘 씨구요."

"그건 압니다."

"요트는 라파엘 씨한테서 빌렸어요."

"누가?"

"마르텡 씨가요."

"마르텡이 누굽니까?"

"라파엘 씨 친구인데 석유상이죠."

"그리고 당신은 마르텡 친구인가?"

"애인의 친구인 셈이죠, 마르텡의 약혼자 마리가 제 친구니까."

"내가 왜 이렇게 물어보는 이유를 압니까?"

"모르겠는데요."

여자가 이제는 정색했다.

"취조하는 것 같아서 기분이 좀 그래요."

"당신 맹장은 급성이 아니었어, 미셸."

권철이 여자 이름을 불렀다.

"그냥 여기서 맹장을 떼어낸 것이지, 맹장의 통증은 만들어 낼 수 있으니까."

그때 놀란 이민웅이 권철을 보았다.

"대장, 그럴 수 있습니까?"

"내가 베이루트에서 겪었어."

여자한테 시선을 준 채로 권철이 말을 이었다.

"여자아이였는데 맹장 근처에 주사를 맞고 급성맹장으로 병원에 입원했지, 그때 아이 어머니로 위장한 여자가 가방에 폭발물을 넣고 와서 병원 옆의 미군 지휘부를 날렸어."

권철이 의자를 당겨 여자 옆에 앉았다.

"유람선은 곧 조사를 받고 승객, 승무원은 모두 이곳에 구류될 거야, 미셸."

"대장 그렇다면 제가……."

이민웅이 말하자 권철이 웃었다.

"3조장한테 유람선 수색하라고 했다. 지금쯤 수색하고 있을 거야."

그때 여자가 말했다.

"그럼 난 할 말 없네요."

"넌 우리를 우습게 보았어, 미셸."

권철이 웃음 띤 얼굴로 여자에게 말했다.

"배 엔진을 교묘하게 고장 낸 것이 실수였지, 우리 기계부 직원들이 첩보원 수준이라는 것을 너희들이 모르고 있었던 거야."

그 시간에 시내의 영빈관에서 이광과 등소평, 강택민이 아침식사를 하고 있다. 토스트를 한 조각 먹은 등소평이 이광에게 말했다.

"이곳 리스타랜드가 앞으로 중요한 역할을 하게 될 거야."

"감사합니다."

"미국이 일본을 앞세워서 우리를 막고 있지만 지정학적으로 대세는 우리 편이야."

커피잔을 든 등소평의 얼굴에 웃음이 떠올랐다.

"리, 멀리 내다보게. 한국은 중국과 손을 잡아야 세상을 지배할 수 있네, 우리는 중화로 함께 세상을 이끌어야 돼."

"명심하겠습니다."

등소평의 시선이 강택민에게로 옮겨졌다.

"어제 이 회장하고 이야기 좀 했나?"

"예, 위원장님."

머리를 끄덕인 등소평이 이번에는 이광에게 말했다.

"이 회장이 강 서기를 도와줘, 그 보상은 충분히 받을 테니까."

"예, 위원장님."

"7년 후의 전대에서 강 서기가 정권을 장악할 거야."

등소평이 웃음 띤 얼굴로 말을 이었다.

"그때까지 공작금이 많이 들어, 그렇다고 내부에서 자금을 조달하면 잘못하다가 치명상을 입게 돼."

"잘 알겠습니다."

"부탁하네."

"염려하지 마십시오."

"모 동지가 그랬어, 맑은 물에서는 물고기가 못살아. 내 생각도 그러네, 적당히 더러워야 물고기가 번창한다네."

아침식사를 마친 등소평 일행은 곧장 비행장으로 나가 리스타랜드를 떠났다. 배웅하고 돌아오는 차 안에서 안학태가 이광에게 물었다.

"위원장께서 무슨 말씀을 했습니까?"

등소평과의 밀담에서 안학태는 참석하지 못했기 때문이다. 이광의 얼굴에 웃음이 떠올랐다.

"중국의 미래를 들었는데 나한테 엄청난 도움이 되었어."

5장
대마도의 연인

　요트에 진입한 3조는 승무원과 승객들의 격렬한 저항을 받았다. 그 것이 3조를 더 자극해서 샅샅이 수색한 결과 놀랄 만한 사실이 드러났 다. 유람선은 첨단 장비를 갖춘 정보선이었다. 승무원, 승객의 여권을 조회했더니 프랑스 국적은 5명뿐이었고 일본인이 6명, 네덜란드 4명, 포르투갈 3명, 알제리 2명, 모로코 1명이었다. 미셸은 프랑스인에 포함 된다. 3조 조장 모리스가 보고했다.

　"일본 해군 소속 정보선입니다. 놈들이 부인을 하지만 해상자위대에 계속해서 보낸 사진과 전문을 압수했습니다."

　모리스가 탁자 위에 한 뭉치의 사진과 전문 원본을 내려놓았다. 경 비대 상황실 안이다. 오전 10시 반, 권철은 등소평 일행이 떠나는 것을 보고 경비대 본부로 돌아온 참이다. 모리스가 말을 이었다.

　"일본인 6명은 승객으로 가장하고 있지만 모두 30대로 군인인 것 같 습니다. 그리고 네덜란드, 포르투갈인들은 그들이 고용한 용병이나 기 술 전문가들이구요, 그리고 이것 보십시오."

　쓴웃음을 지은 모리스가 탁자 위에 다시 한 뭉치의 필름을 내려놓았다. 아직 현상하지 않은 필름이다.

"랜드 안의 공사현장, 주요 건물, 도로, 창고들을 찍은 수천 장의 필름입니다."

눈을 치켜뜬 권철을 향해 모리스가 말을 이었다.

"공사 현장의 노동자가 찍은 필름입니다. 배가 정박하자 그 필름을 전한 것이지요, 배를 감시하고는 있었지만 얼마든지 전해줄 수 있었겠지요."

"……"

"배가 고장 나고 급성맹장 환자가 발생했다면서 배를 정박시키고 랜드 안팎에서 찍은 사진을 모았던 것입니다."

권철이 머리를 끄덕였다. 현장 노동자 안에 일본의 스파이가 끼어 있었던 것이다. 권철이 모리스를 보았다.

"요트 안에 있는 승객, 승무원을 모두 경비대 감옥으로 옮겨."

"예, 대장님."

"랜드 자치법에 따라서 체포하는 거다."

"알겠습니다."

모리스가 서둘러 몸을 돌렸다. 랜드 자치법이란 인도네시아 정부로부터 랜드를 임차 받은 후에 제정된 자치법이다. 랜드 자체를 보호하기 위한 자위수단 이어서 자치법을 어기면 제재를 할 수 있는 것이다.

오전 11시 반, 보고를 받은 이광이 고개를 들고 옆에 앉은 안학태에게 물었다.

"이곳이 일본의 안보에 위협이 되나?"

"동남아 해상 무역로의 중심에 위치하고 있긴 합니다."

172

안학태가 애매하게 대답하고는 스스로도 제 말이 부족한지 머리를 갸웃거렸다. 그때 경비실장 에릭센이 말했다.

"경비대를 강화시킬 필요가 있습니다."

에릭센은 이제 한국어에 유창하다. 권철의 보고에 놀란 듯 에릭센의 표정은 굳어져 있다.

"벌써 노동자 사이에 스파이들이 끼어 있다니요? 우선 필름을 넘겨 준 놈들을 색출해내야 됩니다."

이광의 시선이 권철에게 옮겨졌다.

"노동자로 신분을 속이고 얼마든지 침투할 수 있었을 거야, 필름은 압수했지만 내부 정보가 넘어가는 건 시간문제다."

"예, 그렇습니다."

권철이 순순히 시인했다.

"중요한 것은 내부 인력 단속입니다. 내부 인력을 고용할 때 철저하게 신원 파악을 하고 감시 체제를 운용해야 됩니다."

"권 부장이 랜드의 치안은 물론 신원파악, 감시까지 맡을 수 있겠나?"

"해보겠습니다."

권철이 바로 대답했다. 어깨를 편 권철이 똑바로 이광을 보았다.

"계획서를 작성해서 제출하겠습니다."

이광이 머리를 끄덕였다.

"맡기겠다."

"일본은 리스타를 또 하나의 적대국으로 간주하고 있는 것입니다."

해밀턴이 대뜸 말했다. 랜드 시간으로 오전 1시 반, 해밀턴은 안학태

173

로부터 프랑스 유람선인 마들렌호 이야기를 듣고 이광에게 전화를 해 온 것이다. 해밀턴이 말을 이었다.

"이번 대마도 사건이 있기 전부터 일본 정부는 술라웨시 해에 위치한 리스타랜드에 대해서 주목하고 있었을 것입니다."

"일본보다 중국이 더 관심을 갖지 않겠나?"

이광이 묻자 해밀턴의 목소리에 웃음이 섞여졌다.

"그래서 어제 등 위원장이 다녀가신 것 아니겠습니까?"

"그런가?"

쓴웃음을 지은 이광이 옆에 선 안학태를 보았다. 안학태도 듣고는 입술 끝을 올리고 웃는다.

"하긴 수행원이 30명 가깝게 되더군."

"랜드가 군사 기지는 아니지만 대단히 중요한 위치거든요."

해밀턴의 목소리가 딱딱해졌다.

"시간이 지날수록 리스타연합과 리스타랜드가 각국의 주목을 받게 될 것입니다."

"미국도 그렇겠지?"

"당연하지요, 미국은 이미 랜드 안팎에 대해서 샅샅이 파악해놓고 있다고 보셔도 될 겁니다."

"그렇지."

이광의 얼굴에 다시 웃음이 떠올랐다. 그것을 담보로 해밀턴이 여러 번 미국의 응원을 받은 것이다. 사회와 마찬가지로 국가 간에도 서로 주고받는 것이 원칙이다. 일방적으로 주거나 받는 관계는 없다. 리스타 랜드의 이용가치를 놓고 미리 흥정을 할 수도 있는 것이다. 그것이 이번 대마도 사건에서도 적용되었다. 그때 해밀턴이 말했다.

"저도 일본 정보선 마들렌호에 대한 이야기를 CIA 측에 넌지시 흘려줄 겁니다. 그래야 랜드의 가치가 올라갈 테니까요, 이건 경매장에서 가격 올리는 것이나 같죠."

"미셸이란 여자가 주동인물입니다."
마침내 알제리인 용병이 털어놓았다. 28세, 프랑스 외인부대에서 근무하다가 용병이 된 사내, 이번 작전에서 2만5천 불을 받고 6개월 항해에 고용되었다고 했다. 업무는 경비원, 사내가 말을 이었다.
"그 여자가 일본인들도 모아놓고 회의를 주재했습니다. 그래서 우리는 그 여자를 마타하리라고 불렀지요."
권철의 얼굴에 쓴웃음이 떠올랐다. 어쨌든 멀쩡한 맹장을 떼어내면서 배를 정박시킨 강단이 있는 여자다. 그런데 이제는 병원에 잡혀 있는 마타하리가 되었다.

이즈하라 항에는 표류민 거주지 유적이 있다. 이즈하라대교가 보이는 항의 돌출 부분이다. 유적 옆쪽의 바위 위에 앉은 강정규가 오가는 관광객을 구경하고 있다. 모두 한국 관광객들이다. 30명쯤의 남녀는 열심히 가이드의 설명을 들으면서 둘씩, 셋씩 짝을 지어서 몰려다니고 있다.
그중 여자 하나가 강정규의 시선을 끌었는데 30대 초반쯤으로 맨 뒤에 서서 따라다니고 있다. 긴 머리를 뒤로 묶었고 회색 코트 차림에 진바지를 입었고 운동화를 신었다. 등에 조그만 가방을 메고는 가이드의 설명을 잘 듣지도 않는다.
"경찰이나 주둔군의 감시가 전혀 없습니다. 예전으로 돌아간 것 같습니다."

옆으로 다가온 김태규가 주위를 둘러보며 말했다. 강정규와 김태규도 관광객 일행 같은 차림이다. 다케야마 관방장관이 대마도 사건 발표를 한 지 나흘째가 되는 날이다. 강정규 팀은 모두 도시로 내려와 있었는데 각 지역으로 4, 5명씩 조(組)로 나뉘어 분산되었다. 이즈하라에는 강정규와 김태규, 그리고 3명의 조원까지 5명이다. 오후 3시 무렵, 가을 햇살이 따스하게 내리쬐는 11월 초순의 맑은 날씨다.

"엊그제의 전쟁이 꿈꾼 것 같습니다."

김태규가 쓴웃음을 띤 얼굴로 말을 잇는다.

"이렇게 모른 척하고 끝낼 작정인가요?"

"사이고, 마사에몬 중장까지 자결을 했어, 군인들은 그렇게 책임을 진 셈이지."

강정규가 흐려진 눈으로 회색코트 여자를 응시하며 말을 이었다.

"대마도는 누가 떠메고 갈 물건이 아니니까 놔두는 거지."

"한국군이 죄다 철수했다고 믿고 있을까요?"

"아니야."

"그럼 왜 감시도 하지 않는 겁니까?"

"아직 위쪽 정리가 끝나지 않았기 때문일 거야."

강정규가 주위를 둘러보며 말을 이었다.

"이번 일본 군사작전의 주역 말이야. 대마도 작전이라고 해야 맞겠군."

"오무라 말입니까?"

강정규가 머리를 끄덕였다. 다케야마의 발표가 끝난 지 나흘째가 되었지만 오무라의 소식은 없다. 일절 언론 보도에서도 사라진 채 시간이 흐르고 있다. 강정규가 혼잣소리처럼 말했다.

"대마도에서 오폭 사고로 군(軍) 사상자가 발생했다고 발표를 한 마당에 군경합동으로 수색작전을 벌인다면 의심을 받을 테니까."

그때 뒤쪽에서 여자 목소리가 울렸기 때문에 둘은 놀라 머리를 돌렸다.

"여기서 최익현 순국비는 어떻게 가죠?"

회색코트의 여자다. 강정규는 갑자기 사라진 여자를 찾고 있었던 것이다.

"저쪽 같은데……."

김태규가 건성으로 말했을 때 강정규가 여자에게 한 걸음 다가섰다.

"내가 안내해 드리지요."

"괜찮으시겠어요?"

여자가 웃음 띤 목소리로 물었다.

"아, 그럼요, 나도 한 바퀴 돌아볼 참이었습니다."

발을 떼면서 강정규가 김태규에게 먼저 간다는 눈짓을 했다.

"여행 오셨어요?"

옆을 따르던 여자가 불쑥 물었을 때는 둘이 강을 따라 걸을 때다. 이 즈하라는 도시를 관통하는 강이 있다. 좁아서 개울 같은 강이지만 주욱 걸려 있는 다리를 보는 것도 눈요깃감이 된다. 강정규가 머리를 끄덕이며 여자를 보았다.

"거기는 혼자 오신 겁니까?"

"네."

여자가 뒤를 돌아보는 시늉을 했다.

"일행하고 같이 오셨어요?"

"아, 예."

"고맙습니다. 안내해주셔서요."

"천만에요."

강정규가 지그시 여자의 옆모습을 보았다. 아름답다. 화장기가 없는 데다 피부는 매끄러웠고 눈이 맑다. 큰 키, 바지에 코트차림이었지만 날씬한 몸매가 드러난다. 그러자 지금까지 산속에서 전쟁을 치른 일들이 김태규 말처럼 꿈 같았다. 그때 여자가 머리를 돌려 강정규를 보았다.

"무슨 일 하세요?"

"난 군인입니다."

여자가 놀란 듯 강정규의 등산복 차림을 보더니 머리를 끄덕였다.

"휴가 나오셨군요."

"그런 셈이지요, 거기는?"

"전 중학교 교사예요, 국사를 가르치죠."

"거기도 휴가 나온 겁니까?"

"네, 휴가 겸 대마도 역사 공부죠."

둘은 다리를 건너 거리로 접어들었다.

"언제 오셨어요?"

여자가 묻자 강정규가 주위를 둘러보면서 대답했다.

"20일쯤 되었습니다."

"20일이나?"

놀란 듯 여자의 눈이 커졌다.

"그럼 다 둘러 보셨겠네요."

"그런 셈이지요."

강정규가 먼저 제 소개를 했다.

"난 강정규라고 합니다."

"인사가 늦었네요, 전 이수연입니다."

"아까부터 내가 눈여겨보고 있다는 거 알고 계셨지요?"

"네."

짧게 대답한 여자가 어깨를 움츠리며 웃었다.

"기분 나쁜 시선은 아니었어요, 그러니까 제가 다가갔죠."

"나도 왠지 자꾸 시선이 갔습니다."

"서로 감추지 못하는 성품인가 봐요."

"수연 씨는 언제 귀국합니까?"

"내일요."

"오늘 밤 숙소는?"

"저기 위쪽에 있는 모텔요."

그때 최익현 순국비가 세워진 수선사에 도착했기 때문에 둘은 발을 멈췄다. 이곳에도 관광객이 많다. 강정규는 돌계단 밑에 서 있었고 이수연은 관광객을 따라 절 안에 있는 순국비를 구경했다.

그때 강정규의 점퍼 주머니에 넣어놓은 무전기가 울렸다. 몸을 돌린 강정규가 사람이 없는 돌담 구석에 서서 무전기를 귀에 붙였을 때 김태규의 목소리가 울렸다.

"여자 근처에 수상한 자는 보이지 않습니다. 혼자 여행 온 것 같습니다."

"미행을 하나 보내."

강정규가 지시했다.

"시내 모텔에 투숙했다니까."

한가하게 여자하고 연애할 상황이 아니다.

그 시간에 총리 비서실장 오무라는 총리관저 근처의 안가(安家)에서 하시모토 총리와 독대하고 있다. 둘 앞에는 술상이 놓여졌지만 잔에 술을 따르지도 않았다. 밀실 안이어서 바깥 소음은 들리지 않는다. 오무라가 차분한 얼굴로 입을 열었다.

"각하, 미국은 물론 한국, 중국에서도 제 거취를 주목하고 있을 것입니다. 이번 사건은 모두 제 책임인 만큼 오늘 중으로 매듭을 짓겠습니다."

하시모토는 반쯤 감은 눈으로 오무라를 응시할 뿐 입을 열지 않았다. 그때 오무라가 상반신을 조금 기울여 하시모토를 보았다.

"각하, 리스타를 경계하시기 바랍니다. 제가 마지막으로 드릴 말씀은 그것뿐입니다."

"리스타 말인가?"

"예, 리스타는 한국의 용병 노릇을 할 뿐만 아니라 미국과 중국의 대리인 역할을 합니다. 실로 엄청난 폭발력을 지니고 있는 조직입니다."

오무라가 번들거리는 눈으로 하시모토를 보았다.

"이번 대마도 사건도 리스타에 의해서 발생되었고 리스타 용병이 일본국을 무너뜨린 결과가 되었습니다."

"과장하지 말게, 오무라 군."

입맛을 다신 하시모토가 상체를 조금 뒤로 젖혔다. 그때 오무라가 하시모토를 노려보았다.

"각하, 한국 정부는 말할 것도 없고 미국과 중국이 리스타를 지원했습니다. 이것은 앞으로 얼마든지 리스타가 한국 정부를 대신해서 영향력을 행사한다는 것을 의미합니다."

"……."

"대마도에 마약 공급자를 소탕한다는 핑계로 들어와 대마도가 한국령이라면서 용병대를 증파한 놈들입니다."

"오무라, 그만해."

하시모토가 오무라의 말을 막았다.

"나도 짐작하고 있었어, 더 이상 미련을 두지 말게."

"알겠습니다."

쓴웃음을 지은 오무라가 어깨를 펴고 하시모토를 보았다.

"저, 그럼 하직 인사를 드립니다."

그러더니 오무라가 한쪽으로 자리를 옮겼다. 그러고는 두 손으로 방바닥을 짚고 하시모토를 향해 이마를 방바닥에 붙이면서 절을 했다. 하직 인사다.

"이곳의 거래 기반은 다 망가졌습니다."

혼다가 전화기를 고쳐 쥐고 말했다. 이마에 번진 땀을 손등으로 닦은 혼다가 말을 이었다.

"여긴 10여 일 동안 분위기가 험악했다가 이제야 좀 풀렸는데 소문이 흉흉했습니다."

이노우에는 듣기만 했기 때문에 혼다는 점점 더 긴장했다. 이즈하라 북쪽의 오오토시 신사 근처에 있는 민가에서 혼다는 열흘째 박혀 있던 참이다. 대마도에서 마약 중개 역할을 해온 백춘국이 피살되자 하리토모 등을 황급히 내지로 소환했던 것이다. 피살사건에 연루될 가능성이 많았기 때문이다. 그때 이노우에가 입을 열었다.

"관방장관은 오폭이라고 했는데 네가 보기에는 자위대가 한국군한 테 당했다는 말이냐?"

"예, 회장님."

혼다가 열심히 말을 이었다.

"현지에서는 분위기가 다릅니다. 오폭이 있었다는 곳에서 요란한 총 성과 수류탄 폭발음, 그리고 쌍방의 총격전 같은 상황이 일어났다는 겁 니다."

"네가 봤어?"

"들, 들었습니다."

"직접 들었다는 사람한테?"

"그, 그것은 아닙니다만."

한숨을 쉰 혼다가 말을 이었다.

"병원에서 병사는 만났습니다."

"무슨 병사?"

"예, 총에 맞은 자위대 병사 말씀입니다."

"누구한테 맞았다는 거냐?"

"그것은 모릅니다. 다만 총에 맞았지 오폭은 아닌 것 같습니다."

그러자 이번에는 이노우에의 한숨소리가 송화구에서 들렸다.

"좋다. 지금은 안정을 되찾았단 말이지?"

"그렇습니다. 아예 경찰도 눈에 띄지 않습니다."

"그렇지만 하리토모는 다시 못 보낸다."

"예, 오폭, 아니, 전쟁 분위기로 백춘국이하고 하리토모 부하 둘의 피 살사건이 묻혀져 있었는데 경찰이 수사를 다시 시작할 것입니다."

"넌 괜찮지?"

"저는 은밀하게 접촉을 했으니까요."

"그놈들, 리스타 놈들은 다 떠난 것 같나?"

"마약 때문에 왔다가 전쟁을 한 것 같은데 이번에 오폭인지 총격전인지 끝나고 나서 남아 있을 이유가 있겠습니까? 중개역을 했던 놈까지 없었으니까요."

"알았다. 우리가 한국으로 연락을 해서 인수자를 대마도로 보내라고 할 테니까 네가 거기서 당분간 관리를 해."

"예, 회장님."

"곧 물건이 갈 테니까 대기하도록."

"예, 회장님."

통화가 끊겼을 때 혼다가 어깨를 늘어뜨렸다. 입술만 달싹이면서 뭔가 말을 했는데 틀림없이 욕일 것이다.

"강정규를 대마도에 그대로 두실 생각이십니까?"

오후 6시 반, 바다가 보이는 집무실에서 안학태가 물었을 때 이광이 머리를 들었다. 안학태의 시선과 부딪치자 이광의 얼굴에 웃음이 떠올랐다.

"왜? 내가 그놈을 대마도에 남겨둔 것이 궁금한가?"

"예, 일단 오무라가 실종된 것으로 이번 사건이 끝난 것 같아서요."

안학태가 말을 이었다.

"아직 마약을 공급한 야마구치 잔당을 잡지 못했지만 그놈들의 몸통은 고베에 있지 않습니까?"

"나는 이곳 랜드는 권철에게, 대마도는 강정규에게 관리를 맡기로 했어."

이광이 어느덧 정색하고 말을 이었다.

"강정규의 일은 이제 야마구치 잔당 소탕 따위가 아냐."

안학태가 시선만 주었고 이광의 말이 이어졌다.

"강정규를 시켜 대마도의 땅을 구입하도록 해, 빈집이 많고 매물로 나온 땅이 많다고 들었어."

"땅을 말씀입니까?"

"그래, 다른 사람 명의로 구입해야겠지, 자금은 얼마든지 댈 테니까."

그때 안학태가 숨을 들이켜더니 천천히 머리를 끄덕였다.

"알겠습니다, 회장님."

일주일 휴가를 냈지만 집에서 이틀을 보냈으니 이제 사흘 남았다. 금쪽 같은 휴가다. 6년간 교직에 있으면서 방학 때도 이틀 이상 쉬어본 적이 없다. 학교 일도 바빴지만 부업 때문이다. 출판사 주간 일을 맡아서 책 편집에서부터 표지 디자인, 영업까지 상관해야만 했다. 남편 오수용이 출판사를 경영했지만 편집자 출신이라 지식은 많아도 응용할 융통성이 부족했다.

결혼 5년, 같은 중학교 교사로 만나 1년간 연애하다가 결혼했는데 결혼 후의 5년간이 고된 생활의 기억뿐이다. 남편 오수용은 4남 1녀의 장남으로 시골에서 농사를 짓는 부모와 동생들까지 돌봐줘야만 하는 입장이다.

일찍 아버지를 잃고 어머니와 여동생까지 세 식구가 살았던 이수연에게 처음에 오수용의 대가족은 부럽고 화목하게 보였다. 그런데 그들이 모두 거머리처럼 보인 것은 결혼한 지 한 달도 안 되어서였다.

오수용은 월급 봉투를 가져오지 않고 제 집안에 썼다. 살림은 이수연의 월급으로 했다. 그러다가 오수용이 덜컥, 친구와 함께 출판사를 차리면서 학교를 그만두었는데 이것이 힘은 배가 드는데도 수입은 교직 때 월급 받을 때보다 못한 것이다. 그러다가 출판사 차린 지 1년 만에 지친 친구가 떨어져 나가고 오수용과 여직원 강선희, 그리고 이수연까지 셋이 출판사를 꾸려온 셈이었다. 그것이 이수연의 역사다. 그리고 한 달 전의 사건이 이수연을 이렇게 일주일간 휴가를 내고 덜컥, 대마도 관광단에 혼자 끼게 된 이유가 되었다.

항상 출판사에서 늦게 퇴근하는 오수용이 안쓰러워서 학교에서 일을 마치고 김밥을 사 들고 출판사를 찾아갔던 이수연은 골목 안 여관으로 들어가는 둘을 보았다. 오수용과 직원 강선희다. 오후 8시쯤 되었다. 강선희는 오수용의 팔을 끼고 아주 당당히 여관 안으로 들어가는 것이다.

몸을 돌린 이수연은 바로 집으로 돌아와 짐을 쌌고 어머니 집으로 옮겼다. 오수용이 놀라 연락을 했지만 '여관 들어가는 거 봤다.'라는 이수연의 한마디에 놓아주었다. 이틀 후에 이혼서류에 도장을 찍고 아파트는 부동산에 내놓아서 열흘 만에 팔렸다. 판돈 절반씩을 나눠 갖고 깨끗이 갈라선 것이다.

강선희에 대해서는 묻지도 않은 채 이혼서류에 도장 찍었다. 아파트 팔고 돈 나누는 일은 여동생 이세연이 맡아주었기 때문에 오수용과 말 섞은 것은 몇 마디밖에 되지 않는다. 그것이 이번 여행을 오게 된 동기다.

대마도는 가까운 외국이었기 때문에 선택한 것이다. 부산에서 배로 1시간 거리의 외국이라는 선전에 끌렸을 뿐이다. 국사 교사여서 공부 차(?) 왔다는 말은 그냥 꾸민 것이다. 모텔로 돌아온 이수연은 오늘 낮

유적지에서 만난 강정규를 떠올렸다. 난생처음 남자에게 먼저 말을 걸었다. 이혼이 사람을 변하게 만든 것 같다.

오후 8시 반, 강정규가 거처 근처의 강가에서 사내 하나하고 둘이 나란히 벤치에 앉아 있다. 폭이 10미터 정도의 이즈하라강에서 썩는 냄새가 맡아졌다. 가물어서 고인 물이 많았기 때문이다. 40대쯤의 사내도 등산복 차림으로 손에 등산 스틱까지 쥐었다. 사내가 옆에 앉은 강정규를 보았다.

"김필성 법인장이 포섭한 일본인들을 이곳으로 보낼 겁니다. 그래서 그들 이름으로 땅과 주택을 구입하는 것이지요."

강정규가 머리만 끄덕였고 사내의 말이 이어졌다.

"한국인도 구입할 수는 있지만 당국의 감시를 받게 될 테니까요, 자금은 얼마든지 대겠다고 하셨습니다."

사내는 그룹 기조실의 해외 부동산 투자부의 박경수 부장이다. 박경수는 지금 안학태의 지시를 전달하고 있다.

"대마도 부지 매입 및 관리는 모두 강 부장의 지휘 하에 이루어지는 겁니다. 곧 우리 투자부에서도 차장급 직원을 이곳에 파견해서 강 부장을 도와드릴 겁니다."

"알겠습니다."

머리를 끄덕인 강정규가 쓴웃음을 지었다.

"대마도를 찾는데 이런 방법도 있군요."

"일본이 실효지배를 하고 있다지만 땅 주인이 한국인이면 상황이 달라지겠지요."

따라 웃은 박경수가 자리에서 일어섰다. 그 말을 전하려고 관광단에

186

끼어 온 것이다.

9시 반이 되었을 때 방에 있는 전화벨이 울렸다. 모텔 방 안이다. 벽시계를 올려다본 이수연이 전화기를 들었다. 패키지여행의 가이드일 것이다.

"여보세요."

"이수연 씨?"

가이드는 여자다. 사내의 목소리를 듣는 순간 잠깐 눈을 깜박였던 이수연이 강정규를 떠올렸다. 모텔에 숙박하고 있다고는 했지만 이름은 알려주지 않았다. 그때 사내가 다시 말했다.

"나, 강정규입니다."

"어머, 웬일이세요? 여긴 어떻게 아시고……."

"그거야 찾기 쉽지요, 이름만 알면 바로 찾습니다."

"그런데 왜……."

"나, 지금 모텔 밖에 와 있습니다. 술이나 한잔 하시지요."

"늦은 시간인데요."

"여행 오셨는데, 더구나 9시 반은 늦은 시간이 아니죠."

"저, 피곤해요."

"시선이 자꾸 갔습니다."

강정규가 가라앉은 목소리로 말을 잇는다.

"보는 동안 마음이 차분하게 가라앉더니 목까지 메이더군요."

"……."

"이런 경우는 처음이어서요, 돌아와서 요즘의 환경 때문인가보다 하고 생각했지만 어쨌든 이런 감동을 놓치기가 싫었지요."

"저, 결혼했어요."

"한 달 전에 이혼하신 거 압니다."

숨을 들이켠 이수연에게 강정규가 말을 이었다.

"거짓말하지 맙시다. 나도 3년 전에 이혼했습니다. 일본에서 자랐고 몇 달 전까지만 해도 일본 자위대 소좌로 근무하던 군인이었습니다. 지금은 한국인이 되었지만요."

"……."

"미안합니다. 이수연 씨 이름을 조회했더니 바로 알 수가 있었습니다. 내가 요즘 한국 정부하고 관계가 있어서요, 주변 사람들을 체크해야 되기 때문에……."

"지금 어디 있어요?"

이수연이 불쑥 물었다.

모텔 앞 강가의 벤치에 이수연과 강정규가 나란히 앉아 있다. 이곳의 강폭은 조금 넓었고 물의 흐름이 빨라서 냄새는 나지 않는다. 넓다고 해야 15미터 정도로 다리 위에 서 있는 남녀가 아래를 내려다보고 있다. 가로등 빛이 비치고 있었지만 어둡다. 벤치 뒤쪽의 나무는 잎을 거의 떨어뜨려서 앙상한 가지만 뻗쳐졌다. 코트 깃을 세우고 앉은 이수연이 강정규 쪽으로 고개를 돌렸다. 강정규는 불러내놓고 이수연이 옆에 앉았어도 입을 열지 않았기 때문이다.

"일본 군인이었다고 하셨어요?"

"네."

앞쪽을 향한 채 강정규가 힘든 것처럼 대답했다.

"일본에서는 자위대라고 하죠."

"소좌요?"

"한국군 계급으로는 소령입니다."

"높아요?"

"중간쯤."

"근데 여긴 무슨 일예요? 정부 관계 일이라고 하신 것 같은데."

"한국 정부하고 관계가 있다고 했지요."

그러고는 다시 말이 끊겼다. 바람이 불어와 발밑의 나뭇잎을 강으로 떨어뜨렸다. 다리 위에 서 있던 남녀도 어느덧 사라져 보이지 않는다. 강 건너편 식당, 가게도 드문드문 불을 꺼서 더욱 적막해졌다. 이곳은 10시만 넘으면 적막강산이 된다.

"춥네요."

그때 어깨를 움츠리면서 이수연이 말했다.

"여긴 추위가 일찍 오나 봐요."

"……."

"주민들 대부분이 나이 들었어요, 한국의 시골처럼."

"……."

"젊은 사람들은 본토로 간 모양이지요?"

이수연이 물어보는 모양이 되었기 때문에 강정규가 입을 떼었다.

"어업도 부대시설이 잘 갖춰진 본토나 이끼섬으로 옮겨갔지요."

"산이 깊고 험해서 들어가기가 힘이 들겠어요."

강정규가 머리만 끄덕였고 이수연이 몸을 움츠렸다. 다시 정적이 덮여졌다. 다리 위를 오가는 사람도 뚝 끊겼다. 건너편 가게 하나가 문을 닫는다. 그때 우두커니 앞쪽을 보던 이수연은 점점 이 정적이 어색하게 느껴지지 않는다는 것을 깨달았다. 셔츠 위에 코트만 걸쳐서 춥지만 않으면 얼마든지 이렇게 앉아 있고 싶었다.

그때 강정규가 입고 있던 다운점퍼를 벗어 이수연의 몸을 감싸듯이 입혀 주었다. 이수연과 시선이 마주쳤지만 강정규는 무심한 표정이다. 갑자기 따뜻해졌기 때문에 이수연의 입에서 만족한 숨이 뱉어졌다. 이제는 이수연도 입을 열고 싶지 않았다.

그 시간에 혼다는 이즈하라병원 근처의 선술집에서 요시치와 세이쿠를 데리고 술을 마시고 있었는데 둘은 오후에 대마도에 도착한 심복이다. 요시치와 세이쿠가 데려온 부하는 14명, 혼다가 인솔해왔던 20명까지 합쳐서 30명이 넘는 병력이 이즈하라에 모인 셈이다.

한곳에 모여 있으면 금방 눈에 띌 것이기 때문에 5, 6명씩 낚시꾼 행세를 하거나 관광객으로 위장하여 모텔에 투숙했는데 고베에 있는 혼다의 부하는 절반 정도가 옮겨온 셈이다. 요시치가 입을 열었다.

"이번의 대마도 사건으로 한 달이 넘게 거래가 끊기는 바람에 자금 압박이 심해졌다고 합니다."

요시치가 얼굴을 찌푸리며 웃었다.

"태국에서는 계약한 대로 물품을 들여와야 했기 때문이죠."

"빌어먹을, 그 책임을 내가 지게 생겼구만."

투덜거린 혼다가 세이쿠를 보았다.

"세이쿠, 이번에 가져온 물량은 얼마나 되냐?"

"5킬로를 낚싯배에 싣고 왔는데 이번에는 순시선 그림자도 못 보았네요."

세이쿠가 대머리를 손바닥을 쓸면서 머리를 기웃거렸다.

"전에는 검문을 안 받았지만 배하고 인원 확인을 했는데 말입니다."

"여긴 엉망이 되었어."

혼다가 술잔을 들면서 말을 이었다.

"경찰은 상황을 알지만 입 밖으로 소문을 내지 못하고 있어, 히타카스의 414부대는 전멸을 당했다고 한다. 그러니 제대로 순시선이 돌아다니겠나?"

"여기서 대좌가 자살을 했지요?"

요시치가 묻자 혼다가 머리를 끄덕였다. 사이고 대좌는 부하를 잃은 책임을 통감하여 자살했다고 발표되었다. 그리고 나서 기동군 사령관 마사에몬 중장의 자살이 이어졌다. 한 모금 술을 삼킨 혼다가 말을 이었다.

"한국에 구입자는 얼마든지 있지만 서둘면 안 돼, 여기서 한국인 중개자하고 우리 측 둘이 당했다고."

"알고 있습니다."

어느덧 정색한 요시치와 세이쿠가 혼다를 보았다. 그중 선임인 요시치가 말을 이었다.

"리스타 놈들은 다 돌아간 것 아닙니까? 아사히 고문께서 그렇게 말씀하시던데요?"

"그 빌어먹을 쥐새끼!"

잇사이로 말한 혼다가 투덜거렸다.

"현장에 나와 보지도 않는 놈이 제멋대로 말하고 있어, 지난 전쟁도 리스타 놈들이 우리를 잡으려고 병력을 파견했다가 사건이 커진 것이라고, 그놈들이 우리하고는 아직 부딪치지 않았으니까 방심하고 있으면 안 돼."

선술집 안은 조용하다. 손님들이 다 빠져나간 것이다. 셋은 하나밖에 없는 방에 들어와 있었는데 주방에서도 인기척이 없다. 주방장 겸 주인도 쉬는 모양이다. 그때 혼다가 다시 투덜거렸다.

"대마도는 기분 나쁜 곳이야, 도무지 이곳은 일본 같지가 않아, 한국 분위기가 풍긴다고."

"대마도가 한국령이었다는 말도 있던데요, 오야붕?"

세이쿠가 술잔을 내려놓고 말했다.

"예전에 우리가 한국을 합방했을 때 대마도를 일본 역사에 포함시켰다고 하던데요."

"누가 그래?"

요시치가 묻자 세이쿠가 머리를 기울였다.

"누구한테 들었는지는 모르겠어."

"한국놈들이겠지."

"하긴 여기 대마도 신사(神社)가 모두 한국 쪽을 바라보고 지어졌더라."

혼다가 생각났다는 얼굴로 말했다.

"그리고 대마도가 한국하고 너무 가까워, 내 생각도 그런 것 같다."

"오무라가 자살했다는 소문이 있습니다."

안학태가 말했을 때는 오전 10시, 이광이 랜드의 공사 현장을 둘러보고 잠시 현장 사무실에서 쉬고 있을 때다. 고개만 든 이광에게 안학태가 말을 이었다.

"소문의 진원지는 총리실 정보팀입니다. 그곳에서 각 정부기관, 민간단체로 전해졌습니다."

"조작된 건가?"

"그건 알 수 없습니다만 정보팀이 오무라가 직접 관장하던 곳이어서요."

"오무라가 배후에서 조종했을 가능성도 있군."

"예, 그런데 마사에몬 중장처럼 청산가리를 먹고 자살했으며 시체는 측근 몇 명이 비밀리에 화장했다는 꽤 구체적인 소문이 났습니다."

"……."

"사망신고도 접수되었구요, 본적지인 오사카에서 접수되었습니다. 병원의 사망 확인서까지 첨부되어서요."

이광과 시선을 마주치자 안학태가 쓴웃음을 지었다.

"확인서는 위조되지 않았습니다. 다만 화장처는 모릅니다. 신고할 의무가 없으니까요."

"어쨌든 오무라는 공식석상에서 사라졌군."

"그렇습니다만, 오무라는 지금까지도 비공식으로 일을 해온 놈이어서요."

"안 실장은 오무라의 죽음을 믿지 않는 것 같군."

"예, 죽을 인간이 아닙니다."

"추적해보도록."

"예, 회장님."

"권철은 간첩선을 어떻게 처리하고 있나?"

이광이 화제를 바꾸었다. 이번 프랑스 유람선 마들렌호를 그렇게 부른 것이다.

"네 배후가 누군지 알아, 총리 비서실장 오무라지?"

권철이 물었지만 미셸은 외면한 채 대답하지 않았다. 수용소의 면회실 안, 권철과 미셸은 소파에 마주보고 앉아 있다. 수용소는 랜드 안 범

법자를 수용하는 감옥 역할이지만 시설이 좋다. 면회실은 더 좋아서 어지간한 호텔 커피숍 같다.

방 안에는 권철과 미셸 둘뿐이다. 권철이 손에 든 서류를 읽었다.

"미셸 아도니스, 31세, 파리 제7대학 심리학과 졸, 일본 로니전자 파리지사에 4년 근무, 그러다가 일본 스파이로 포섭되었군."

입맛을 다신 권철이 미셸을 보았다.

"남자 관계가 지저분하군, 마쓰다란 일본놈하고 1년 반 동거, 이놈은 직장 상사였군. 그리고 오까다라는 일본놈하고 2년 반 동거, 이놈은 은행원이고, 사까오토라는 파리 주재 일본영사하고 1년간 동거하다가 헤어졌는데 그놈한테 스파이로 포섭되었군."

그때 미셸이 머리를 들고 권철을 보았다.

"날 오래 잡아두지는 못할걸?"

권철의 시선을 받은 미셸이 빙그레 웃었다.

"여긴 인도네시아령이야, 임차지라고 너희들이 우리를 잡을 국제법상 조항이 없어, 일단 인도네시아 정부를 거쳐야 돼."

"……."

"우리가 이미 인도네시아 정부 측에 연락을 해놓았어, 곧 우리를 데리러 올 거야."

"……."

"너희들은 프랑스 선박을 억류하고 프랑스인을 불법 감금하고 있단 말야."

그때 권철이 천천히 머리를 끄덕였다.

"이년이 나를 모르는군."

자리에서 일어선 권철의 얼굴에도 웃음이 떠올랐다.

"네 말을 듣고 너희들의 처치 방법을 결정했다."

"떠나지 않으실 겁니까?"

가이드가 묻자 이수연이 머리를 끄덕였다.

"휴가가 이틀 더 남았거든요, 오늘 하루만 더 머물다가 가겠어요."

"알겠습니다."

선선히 승낙한 가이드가 이수연을 보았다.

"선박 티켓은 배가 출항하기 전에 가셔서 내일 자로 바꿔야 해요."

"그럴게요."

"여기 모텔에도 하루 더 묵는다고 이야기를 하시구요."

"알았습니다."

가이드가 방을 나가자 이수연이 손목시계를 보았다. 오전 9시 반, 패키지 여행단 일행은 오후 3시 배편으로 귀국할 예정이다. 그런데 이수연은 하룻밤 더 묵기로 한 것이다. 다시 침대로 다가간 이수연이 옷을 입은 채로 드러누웠다. 할 일은 없다. 구경할 곳도 더 이상 없다.

하루 반나절 동안이면 다 둘러볼 수 있는 곳이었다. 놀고 갈 작정이라면야 한 달이건 두 달이건 이곳저곳에서 빈둥거리며 놀겠지만 둘러보는 관광은 그 정도다. 물끄러미 천장을 바라보던 이수연이 손을 뻗쳐 전화기를 쥐었다.

김태규한테서 전화기를 받아든 강정규가 귀에 붙였다. 김태규가 몸을 돌리더니 방을 나갔다. 일부러 자리를 피해준 것이다.

"여보세요."

"저예요."

이수연이 주저하면서 말을 이었다.

"괜찮아요?"

"아, 그럼요."

강정규의 얼굴에 웃음이 떠올랐다. 어젯밤 벤치에 앉았다가만 헤어진 것이다. 강가의 벤치에 꽤 오래 앉아 있었지만 이야기를 나눈 것은 몇 토막 되지 않는다. 그것도 지나는 이야기여서 무슨 내용인지 생각도 안 난다.

한두 마디 하고 우두커니 어두운 강 건너편을 바라보며 앉아 있다가 돌아온 것이다. 그런데 그것이 조금도 지루하지 않았다. 이수연이 늦었다면서 일어섰을 때 서운해질 정도였다. 그때 이수연이 말했다.

"저, 오늘 떠나는 거 하루 연기했어요."

"……."

"저 혼자 남았어요."

"……."

"저 지금 혼자 모텔에 있어요, 다른 사람들은 다 나갔어요."

"……."

"이리 오실래요?"

강정규는 대답 대신 긴 숨소리를 내고 나서 전화기를 내려놓았다. 대답을 소리로 하지 않더라도 이수연은 알아차릴 것 같았다.

"인도네시아 주재 프랑스 대사관에서 항의가 왔다는 것입니다."

안학태가 보고했다.

"마들렌호를 랜드의 경비팀이 불법 억류를 하고 있다면서 풀어주지 않으면 프랑스 군함을 동원하겠다는데요."

"첫 사례가 되겠군."

이광이 커피잔을 내려놓으면서 말했다. 랜드의 이광 저택은 숲속에 임시로 지은 2층 목재 건물이다. 통나무로 엮어서 만든 구조라 단단했고 나무 냄새가 난다. 이광이 말을 이었다.

"권철은 어떻게 하겠다는 건가?"

"총감독한테 오늘 밤에 석방시키겠다고 했다는데요."

"권철한테 맡기도록."

"총감독도 맡긴다고 했습니다."

그때 이광이 고개를 들고 안학태를 보았다.

"강정규는 지금 잘 하고 있나?"

이광은 권철과 강정규를 항상 비교하는 버릇이 있다.

밤 8시 반, 마들렌호가 천천히 움직이더니 선수가 조금씩 바다 쪽으로 기울어졌다. 지금까지 배 측면이 부두에 딱 붙여져 있었기 때문이다. 미셸이 난간을 손으로 움켜쥐고는 숨을 들이켰다. 바다 냄새와 함께 맑은 공기가 폐 안에 가득 들어찼다. 그때 옆으로 사이또가 다가와 섰다.

사이또는 2등 항해사지만 미셸의 보좌역이다. 본래 업무는 정보원 관리, 사이또 휘하에 용병 5명이 고용되어 있다. 사이또가 어둠 속에서 흰 이를 드러내며 웃는다. 36세, 자위대 소좌, 육상 자위대의 정보본부 분석실 주임으로 근무하다가 이번 작전에 파견되었는데 미셸과 호흡이 맞는다.

"팀장, 자료는 빼앗겼지만 우리가 본 것만 해도 여기 온 가치는 충분합니다."

사이또가 떠들썩한 목소리로 말했을 때 선수가 완전히 바다 쪽으로 돌려졌다. 부두와 선미의 거리가 10미터쯤이 되더니 마들렌호는 요란한 엔진음을 내기 시작했다.

"이제 떠나는군요."

사이또가 웃음 띤 목소리로 말했다.

"병신 같은 놈들이 우리를 억류하더니만 프랑스 당국의 경고에 깜짝 놀란 것입니다."

그때 바다를 향해 마들렌호가 달려가기 시작했다. 바람에 머리칼이 날렸고 기분이 상쾌해진 미셸이 숨을 들이켰다. 뒤쪽으로 랜드의 불빛이 멀어지고 있다. 오후 5시가 되었을 때 감옥에 갇혀 있던 마들렌호의 승객, 승무원들은 모두 배로 돌아왔던 것이다. 그러고는 이제 출항 허가가 났는데 경비대원들은 그 이유는 한마디도 해주지 않았다.

모두 놓아주어서 분하다는 표정들이었기 때문에 이쪽은 그만큼 시원했다. 그때 미셸이 말했다.

"응접실로 간부들을 모이라고 하세요. 회의를 해야겠어요."

"알겠습니다."

"경비대에서 우리 신분을 파악했으니까 그에 대한 대비책도 세워놓아야 되겠어요."

"그래야지요."

서둘러 사이또가 갑판 아래로 들어가자 미셸은 다시 심호흡을 했다. 랜드에 억류되었던 사흘간이 꿈처럼 느껴졌다. 멀쩡한 맹장을 떼어낸 것에 대한 후회는 없다. 랜드에 온 값어치는 했기 때문이다. 두 눈으로 랜드 중심부와 건설 중인 도시까지 보고 나온 것이다.

다시 어젯밤의 벤치에 나란히 앉았을 때 이수연이 웃음 띤 얼굴로 말했다.

"이 벤치, 기억에 남겠어요."

강정규는 웃기만 했고 잠자코 앞쪽 강 건너편을 보았다. 밤 10시 반, 건너편의 가게는 대부분 불을 껐고 다리를 건너는 통행인도 없다. 오늘은 바람이 더 세어져 낙엽이 날아와 스치고 지나갔다. 바스락거리는 소리가 난다. 위쪽 나뭇가지가 흔들리면서 옅게 신음 같은 소음이 울린다. 벤치에 등을 붙인 이수연이 말했다.

"나, 지금 연애하나요?"

"그걸 나한테 물으면 어떻게 합니까?"

강정규가 정색하고 되묻자 이수연은 짧게 웃었다.

"그렇군요."

"그래요, 그 말을 나한테 물어봐요."

"아뇨, 내가 먼저 말하고."

숨을 들이켰던 이수연이 똑바로 강정규를 보았다.

"만난 지 이틀밖에 안 되었지만 강정규 씨가 좋아요."

"따라하는 말 같지만 내가 그래요."

강정규도 정색했다.

"이수연 씨하고 같이 있으면 편안해요."

"그것뿐인가요?"

"아니, 성욕을 느껴요, 강렬하게."

"나두 그래요."

이수연이 머리를 저었지만 시선을 떼지 않았다.

"그런데 부끄럽지가 않아요."

"밤이어서 그런가?"

"아니, 낮에도 그렇게 말했을 거 같아요."

"이런 감정은 처음입니다. 이수연 씨."

"변할까 두려워요."

"그럴 필요는 없지, 다 변하니까."

"나하고 같이 살래요?"

"같이 사는 거 좋아해요?"

"응, 혼자 자는 건 싫어요."

"나하고는 다른데."

"맞춰줘요."

이수연이 옆으로 바짝 붙어 앉았다. 그러고는 손을 뻗어 다운자켓 밑으로 강정규의 허리를 감아 안았다. 오늘 오전부터 둘은 대마도를 다시 한 바퀴 돌고 돌아온 참이다. 이수연이 강정규의 어깨에 머리를 기대면서 말했다.

"안아줘요."

"마들렌호의 임무는 끝났다고 봐야 돼요."

미셸이 둘러앉은 간부들에게 말했다. 간부들은 모두 6명, 프랑스인, 모로코인, 일본인까지 뒤섞여 있다. 미셸이 말을 이었다.

"우리 활동을 리스타 측이 다 파악했겠지만 다른 나라에서는 상관이 없죠. 어쨌든 우리 목표는 절반 이상 달성한 셈이죠, 일부 전송된 자료도 있으니까요."

"그럼 자카르타로 돌아가는 것이 낫지 않겠습니까?"

프랑스인 갑판장 겸 용병 알랑이 묻자 미셸이 머리를 끄덕였다. 본

래의 다음 목적지는 타이완이었던 것이다.

"그럽시다. 알랑, 당신이 2층으로 올라가서 마르텡과 마리한테 이야기를 해요."

"알았습니다."

쓴웃음을 지은 알랑이 자리에서 일어섰다. 석유상 마르텡과 그의 약혼자 마리는 요트의 임차인 행세를 했지만 미셀의 꼭두각시에 불과한 것이다. 이번에 랜드 경비원에게 구금되고 나서 가장 먼저 마들렌호의 임무를 자백한 주인공들이다.

배는 속력을 내어 달려가고 있었기 때문에 진동이 심했다. 마들렌호 최고 속력은 40노트(64km)나 된다.

"자, 회의를 끝내고 좀 쉽시다."

자리에서 일어선 미셀이 말했을 때다.

"꾸꽝!"

엄청난 폭음과 함께 300톤급 마들렌호가 번쩍 들리는 느낌이 들었기 때문에 미셀이 의자를 움켜쥐었다. 옆에 서 있던 알랑은 뭘 잡지를 못해서 앞으로 굴러 떨어졌다. 다음 순간.

"꾸꽈꽝!"

이번에는 더 엄청난 폭음이 울리더니 천장이 무너져 내렸고 전등이 꺼졌다. 어둠 속에서 두어 명이 비명을 질렀고 탄 냄새가 났다. 미셀은 그 순간 마들렌호가 옆으로 뒤집어지는 것을 느꼈다.

이수연은 빈틈없이 강정규의 몸에 밀착되어 있었는데 신음만 뱉을 뿐 말이 나오지 않았다. 가쁜 숨소리, 비명 같은 신음, 방 안의 불은 꺼놓아서 윤곽만 보였지만 강정규는 이수연의 속눈썹까지 다 보였다. 바로 한 치 앞에 있었기 때문이다. 깊은 밤, 열어놓은 창으로 바람이 몰려 들어와 커튼이 펄럭였다. 그때 이수연이 절정으로 오르기 시작했다. 땀이 배인 몸을 붙이면서 서두는 것 같은 몸짓을 한다. 숨이 더 가빠져서 금방이라도 끊어질 것 같다.

강정규는 이수연의 이마에 입을 맞췄다. 사랑스러웠기 때문이다. 만난 지 이틀밖에 되지 않았지만 긴 인연이 쌓여진 것 같았다. 전생(前生)의 인연이 진실로 존재하는가? 믿고 싶은 심정이 되었다. 그 순간 이수연이 폭발하면서 강정규를 끌어안았다. 엄청난 힘이다.

감동한 강정규가 이수연의 입을 맞췄다. 숨이 끊어질 듯 신음하면서도 이수연이 입을 맞춰준다.

"배가 온다!"

구명튜브를 쥐고 있던 알랑이 소리쳤다. 어둠 속에서 배 엔진 소리가 들려왔다. 깊은 밤, 바다 위로 드문드문 떠 있는 잔해에 매달린 인원은 6명, 나머지 10여 명은 배와 함께 바다 속으로 가라앉았다고 봐야 할 것이다. 배가 대폭발을 일으킨 이유는 아직 모른다. 가장 유력한 추측은 랜드 측에서 배에 폭발물을 장치해놓았다는 것, 미셸은 그렇게 믿고 있다.

갑자기 대폭발을 두 번 일으킨 마들렌호는 선체가 두 동강이가 나더니 5분도 안 되어서 바다 속으로 사라졌다. 이곳은 수심이 5천 미터나 되는 심해다. 마들렌호의 대폭발 이유는 영원히 미스테리로 남을 것이었다. 그때 엔진 소리가 점점 가까워졌으므로 누군가 소리쳤다.

"헬프!"

그때 미셸이 소리쳤다.

"잠깐만!"

바다가 잔잔해서 미셸의 목소리가 바로 울렸다. 입을 다문 사내 쪽을 향해 미셸이 다시 소리쳤다.

"소리치지 마! 좀 두고 보자고!"

"왜 그러는 거야!"

목소리의 주인공은 석유상 마르텡이다. 42세, 석유상이지만 지금은 빈털터리, 브로커 짓으로 먹고 사는데 이름은 좀 알려져서 이번에 이름 값으로 5만 불을 받고 6개월 여행에 투입시켰다. 놀고 있는 터라 마르텡은 얼씨구나 하고 제 애인 마리를 데리고 왔던 것이다. 그때 미셸이 맞받아 소리쳤다.

"갑자기 배가 나타난 것이 이상한 거야!"

그러자 주위가 조용해졌다. 미셸의 권위 때문이 아니라 실제로 그렇기 때문이다. 망망대해, 이곳은 리스타랜드에서 100킬로도 더 떨어진 바다 복판이다. 사방이 바다인 이곳으로 곧장 다가오는 배가 수상한 것이다. 요트는 5분도 안 되어서 침몰했기 때문에 구조 신호를 보내지도 못했다. 주위가 조용해지자 배의 엔진음이 더 커졌다. 가까이 다가오고 있는 것이다. 그러나 불빛은 보이지 않고 소리만 들린다.

"3킬로쯤 거리에 있습니다."

미셸 옆에서 선체 파편을 잡고 떠 있던 사이또가 말했다. 주위는 조용해서 물이 찰랑거리는 소리만 들린다. 별이 빛나는 밤이다. 바다는 잔잔해서 오히려 더 오싹했다. 물속에서 뭔가 솟아 나올 것 같다. 미셸은 옆에 떠 있는 사내들에게 소리쳤다.

"모두 기다려!"

"이 근처인데요."

4조장 이민웅이 레이더에서 고개를 들고 권철에게 말했다.

"2킬로쯤 앞쪽입니다. 레이다에 좌표가 그대로 남아 있어요."

권철이 레이더를 응시한 채 머리를 끄덕였다.

"천천히."

권철이 지시하자 선장이 바로 속력을 떨어뜨렸다. 100톤급 경비정을 40밀리 기관포 1정과 20밀리 기관총 3정으로 무장된 쾌속정이다. 시속 50노트(80km) 속력을 내는 것이다. 바다는 잔잔해서 검은 거울 위를 미끄러져 가는 것 같다. 별이 찬란하게 빛나는 밤이다. 앞쪽을 살피면서 권철이 입 끝을 비틀고 웃었다.

"이것들이 우리가 두 손 들고 풀어준 줄 알고 있었겠지."

그 말을 들은 이민웅이 따라 웃었다.

"배 밑바닥에서 폭발했을 테니 5분 안에 침몰했을 겁니다."

마들렌호의 배 밑바닥 바깥쪽에 장치된 폭탄은 1천 톤급도 박살을 낼 수 있는 분량이었던 것이다. 이민웅이 말을 이었다.

"생존자는 몇 명 안 될 겁니다."

그때 선장 옆에 서 있던 항해장이 소리쳤다.

"저기 있습니다!"

고개를 든 권철은 바다 위에 떠 있는 희끗한 부유물들을 보았다. 이곳은 어디로 숨을 곳도 없다. 물속으로 숨는 수밖에 없지만 그것도 잠깐이다.

"서치 라이트를."

권철이 지시하자 경비정 앞쪽의 서치라이트가 '번쩍' 켜졌다. 권철은 서치라이트에 비친 앞쪽의 부유물을 보았다. 사람이다. 100미터쯤 앞쪽에 한 무리의 사람이 부유물에 매달린 채 떠 있는 것이다. 경비정은 천천히 다가갔다. 사람들의 얼굴이 라이트에 비쳐 환하게 드러났다.

"6명입니다."

이민웅이 조타실로 들어와 보고했다.

"그중에 맹장 수술한 마타하리가 끼어 있습니다."

권철의 표정을 본 이민웅이 웃으려다가 말았다.

"일단 갑판 아래쪽 선실에 넣었고 담요와 갈아입을 옷을 주었습니다."

경비정은 선수를 돌려 랜드로 돌아가는 중이다. 경비정 선원은 12명, 랜드에는 6척의 경비정을 보유하고 있었는데 6개 해안경비 구역으로 나누었기 때문이다. 물론 해안경비와 경비정도 권철의 지휘를 받는다. 그때 권철이 이민웅과 선장을 번갈아 보면서 말했다.

"내가 조사를 해야겠으니까 하나씩 뒤쪽 갑판으로 데려와."

"예."

이민웅이 벌떡 일어났고 따라 나가면서 권철이 선장에게 주의를 주었다.

"내가 별도 지시를 할 때까지 배 속력을 반으로 줄이도록."

"예, 대장님."

영문을 모르는 선장이 대답했다.

"당신, 나와."

이민웅이 먼저 마르텡을 불렀다.

"조사할 일이 있어."

마르텡이 담요를 뒤집어쓴 채 이민웅을 따라 선실을 나가자 사이또가 미셸을 보았다. 그러나 입을 열지는 않았다. 구조된 인원은 6명, 그 중 둘은 팔과 다리에 상처를 입어서 임시로 붕대를 감아주었다. 그때 미셸이 혼잣소리처럼 말했다.

"다시 그놈의 섬으로 돌아가는군."

"다음 데리고 와."

선미에 의자를 갖다 놓고 앉아 있던 권철이 말했을 때 이민웅이 주위를 둘러보았다. 조금 전에 앞에 앉아 있던 마르텡이 보이지 않았기 때문이다. 그러나 옆쪽 통로를 통해 선실로 들어갔을 수도 있었기 때문에 몸을 돌렸다. 그때 권철이 이민웅의 등에 대고 말했다.

"마타하리는 맨 나중에."

"예, 대장님."

이민웅이 서둘러 계단을 내려갔다.

두 번째는 모로코인 용병이다. 권철 앞에 데려다주고 나서 심문이 끝날 때까지 앞쪽 식당에 가 있으려던 이민웅이 부르는 소리에 몸을 돌렸다. 용병을 데려다준 지 2분도 안 되었다. 다가갔더니 권철 혼자 앉아 있다.

"벌써 끝났습니까?"

"응, 다음."

"내려갔습니까?"

"응."

그때 머리를 기울였던 이민웅이 선실로 내려가 이번에는 사이또를 데리고 올라왔다. 사이또가 다가갔을 때 권철이 자리에서 일어섰다.

담요를 뒤집어쓴 사이또가 물끄러미 권철을 보았다. 그때 다가선 권철이 손을 뻗쳐 사이또의 어깨 위에 올려놓았다. 그러더니 발 하나를 슬쩍 사이또의 다리 사이에 넣으면서 그대로 밀어 넘어뜨렸다. 그 순간 홀떡 뒤로 넘어진 사이또가 배 난간을 넘어 바다 속으로 사라졌다. 떨어지는 소리도 들리지 않는다. 놀란 이민웅이 입을 쩍 벌렸을 때 권철이 말했다.

"다음."

혼자 남았다. 하나씩 불려간 생존자들이 나가서는 돌아오지 않고 미셸 혼자만 남은 것이다. 모두 다른 방으로 옮긴 것 같다. 일행을 기다리다가 깜박 잠이 들었던 미셸은 인기척에 눈을 떴다. 낯익은 사내 하나가 옆에 서 있었다. 조장급이다.

"일어나, 다 왔어."

사내가 초점이 흐려진 시선으로 미셸을 응시한 채 말했다. 경비정의 엔진음이 약해져 있다. 사내가 말을 이었다.

"자, 나가자구."

"내 일행은?"

두르고 있던 모포를 벗으며 미셸이 묻자 사내가 몸을 돌리면서 말했다.

"먼저 갔어."

미셸은 사내를 따라 선실을 나왔다. 깊은 밤이다. 앞쪽에 랜드의 불빛이 보인다. 부두로 다가오는 차량들도 보인다.

"또 시작할 기미가 보입니다."

김필성의 목소리가 수화구를 울렸다. 오전 8시 반, 안학태는 출근하자마자 일본 현지 법인장인 김필성의 전화를 받고 있다. 일본 현지 법인장은 상사, 투자, 유통을 포함한 일본 총괄사업단으로 해외법인 연합회 소속이지만 현지 상황에 따라 그룹 비서실에 직보를 하고 있는 것이다. 김필성이 말을 이었다.

"고베 야마구치가 대마도에 인력을 증원했고 마약을 보냈다는 정보를 입수했습니다."

"잘 됐군."

안학태가 대번에 그렇게 말을 받았다.

"이번 기회에 마무리를 해달라고 그쪽에서 요구한 셈이군."

"태국에서는 계약대로 들여왔는데 소진을 시키지 못해서 자금 압박을 받았다고 합니다."

"수고했어요, 김 사장."

통화를 끝낸 안학태가 바로 응접실로 들어가 이광에게 보고했다. 내용을 들은 이광의 얼굴에 웃음이 떠올랐다.

"욕심이 화근이야, 그렇지 않나?"

"그렇습니다. 엄청난 수입을 가져다주는 마약사업을 끊을 수가 없었던 것입니다."

이광이 고개를 끄덕였다. 이노우에 구니오 고베 야마구치조 조장은 62세, 조장이 된 지 18년이다. 이광이 만난 적은 없지만 야마구치 본가(本家)가 자주 조장이 바뀌는 것과는 반대로 고베 야마구치 분가(分家)는 이노우에의 장기 집권 체제다. 이제 본가가 40여 개로 쪼개진 연합체가 되자 고베 야마구치는 3,300명의 식구를 가진 최대 가문으로 부상했다. 안학태가 말을 이었다.

"야마구치 본가가 1만3,000명의 식구로 최대 조직이었을 때는 이노우에가 눈치를 살피면서 야마구치 이름을 내놓지 않으려고 했는데 지금은 달라졌다고 합니다."

안학태는 스미요시카이의 기요타 등으로부터도 정보를 받는 것이다. 이광이 입을 열었다.

"대마도는 강정규한테 맡기도록."

안학태의 시선을 받은 이광이 말을 이었다.

"강정규가 리스타의 대마도 총독이야."

"내일 오후에 온다는 거야?"

혼다가 묻자 요시치가 접혀진 쪽지를 꺼내 내밀었다.

"예, 변한수, 여기 사진이 있습니다."

쪽지에는 사진까지 붙여져 있다. 이력서처럼 밑에 경력과 나이, 만났을 때 암호까지 적혀져 있었기 때문에 혼다가 쪽지에서 시선을 떼었다.

"나, 이런 거 처음 보네, 이게 우리가 만날 놈이란 말이지?"

"예, 고 사장의 심복이라고 합니다."

오전 10시 반, 요시치는 부하들과 함께 이즈하라의 최익현 순국비 옆에서 서울의 고 사장이 보낸 전달자를 만난 것이다. 전달자는 마약거래를 할 인물 소개서를 가져온 셈이다.

"굉장히 신경을 쓰고 있는 것 같습니다. 경계도 철저하구요."

요시치가 말을 이었다.

"리스타유통이 조폭조직을 대부분 흡수해서 그놈들하고는 게임이 안 되거든요."

"고 사장은 신흥 세력이나 같아."

고재성은 대전 유성파 회장으로 재작년까지만 해도 직원 10여 명으로 건설 하청업을 했던 소규모 조폭이었다. 그러다가 작년부터 규모가 커진 것이다. 그 내막을 혼다는 안다. 고재성은 고베 야마구치 조장 이노우에 구니오의 양아들이 된 것이다.

작년에 은밀하게 고베로 들어와 측근 몇 명만 모아놓고 양아들 의식을 치렀는데 혼다도 초대받지 못했다. 37세의 고재성이 62세의 이노우에 구니오의 양아들이란 사실을 조직 안에서도 몇 사람만 안다. 혼다도 나중에야 알게 될 정도였다. 지금도 요시치나 세이쿠는 모르고 있다. 그만큼 기밀을 지키고 있기 때문이다. 이윽고 혼다가 입을 열었다.

"고 사장이 그만큼 철저하게 신경을 쓰니까 믿음직한 것 아니냐? 우리도 경계 철저히 해라, 리스타 놈들 정보원이 남아 있는지 모르니까."

"자, 그럼."

강정규가 이수연의 어깨에 두 손을 얹으면서 웃었다.

"여기서 헤어져."

"선착장에서 헤어지면 더 멋있을 텐데."

"내가 서울 가면 연락할게."

강정규가 이수연의 어깨를 당겨 가슴에 안았다. 이수연이 두 팔로 강정규의 목을 감아 안는다. 호텔 방 방문 앞에 둘이 그렇게 서 있다. 오전 11시, 둘은 지금까지 호텔 방에 머물고 있었던 것이다. 이수연의 이마에 입을 맞춘 강정규가 손을 떼었다. 이제 이수연은 1시에 출발하는 부산행 고속선을 타야만 한다.

"잘 가."

"꼭 연락해."

이수연이 반짝이는 눈으로 강정규를 올려다보았다.

"기다리고 있을 테니까."

"고맙다."

웃어 보인 강정규가 문을 열었다. 그러고는 복도로 나와서 문을 닫았다.

"저기요."

미셸이 부르자 경비원이 몸을 돌렸다. 다시 돌아온 수용소의 식당 안, 혼자서 아침을 먹던 미셸이 옆을 지나는 경비원을 부른 것이다. 경비원이 미셸에게 다가와 섰다.

"무슨 일이오?"

"저기, 우리 일행은 어디 있지요?"

"누구 일행 말이오?"

경비원이 눈을 가늘게 뜨더니 다시 물었다.

"당신 일행?"

"예, 다섯 명."

"어제 다 나갔잖아?"

"배가 폭파되어서 여섯 명이 살아서 돌아왔잖아요? 이곳에?"

"어젯밤에 온 건 당신 하나야."

경비원이 몸을 돌리면서 말했다.

"당신 혼자 살았어."

"무슨 말이야?"

"당신 혼자 돌아왔다고."

버럭 소리친 경비원이 몸을 돌리면서 투덜거렸다.

"배가 그렇게 되는 바람에 미친 것 같구만."

이광이 리스타랜드를 떠난 것은 오후 3시경이다. 전용기가 술라웨시 해상에 떠서 균형을 잡았을 때 앞쪽 이광의 방으로 안학태가 들어섰다. 비행기는 쿠웨이트를 향해 날아가는 중이다. 앞쪽 소파에 앉은 안학태가 입을 열었다.

"회장님, 어젯밤 마들렌호 침몰 사건에 대해서 보고 드리겠습니다."

안학태가 메모지도 읽지 않고 그냥 보고를 한다. 조금 굳어진 얼굴로 안학태가 말을 이었다.

"마들렌호는 랜드 동북방 130킬로 지점에서 갑자기 대폭발을 일으켜 순식간에 침몰되었습니다."

"……."

"구조 신호도 보낼 여유도 없이 침몰되었지만 랜드 경비정이 레이더에서 사라진 마들렌호를 추적, 현장에 접근할 수 있었습니다."

"……."

"6명을 구조했습니다, 회장님."

이광의 시선을 받은 안학태가 한숨을 쉬었다.

"그런데 지금은 미셸이라는 일본계 여자 혼자 남았습니다. 랜드에 억류 중이지요, 외부에는 살아 있다고 연락하지 않았습니다. 모두 죽은 것으로 되어 있지요."

외면한 안학태가 말을 이었다.

"권철한테서 직접 보고를 받았습니다. 권철이 6명을 구조해놓고 5명을 하나씩 물에 빠뜨려 죽였다는군요."

"……."

"사고사로 처리했다는 것입니다."

"……."

"여자는 랜드에 포로로 잡아놓고 자백할 때까지 기다리겠다는 것입니다."

"……."

"여자가 핵심인물이니까 다 털어놓게 하고 처리하겠다는군요."

"물에 빠뜨려 죽였다고?"

이광이 가라앉은 목소리로 묻더니 심호흡을 했다.

"그놈이 완전히 무법자구만."

이번에는 안학태가 대답하지 않았고 이광이 물었다.

"물론 권철이가 배를 침몰시켰지?"

"예, 회장님."

"그리고 확인 사살을 한 셈이구만."

"그렇습니다, 회장님."

오전 10시가 되었을 때부터 마들렌호 실종이 보도되기 시작했는데 인도네시아 경비정이 인근 해상을 수색 중이었다. 이광이 혼잣소리처럼 말했다.

"어떻게 결말을 내는지 두고 보자고."

고속선을 타고 온 김영곤은 기조실 투자부 차장이다. 해외부동산 투자담당으로 이번에 대마도 투자를 맡은 것이다. 오후 1시 반, 강정규에게 안내되어 온 김영곤이 머리를 숙여 절을 하더니 쓴웃음을 지었다. 김영곤은 40대 중반쯤으로 후줄근한 양복차림에 머리도 반쯤 벗겨져서 조그만 가게 주인 같은 분위기다.

"저, 내일부터 대마도 돌아다닐 텐데 안내역 한 명만 부탁드립니다."

"중요한 분이니까 둘을 붙여드리지."

강정규가 정색하고 말했다.

"겉은 평온하지만 전쟁이 끝난 지 얼마 되지 않는 데다 경찰이 감시할 테니까."

"제가 오기 전에 조사를 했는데 이곳 땅값이 요즘 오르고 있더군요, 한국 복부인들이 이곳까지 눈독을 들이는 것 같습니다."

"그래요? 난 복부인을 못 봤는데?"

그러자 김영곤이 이를 드러내고 웃었다.

"복부인이 직접 나다니지 않습니다. 사람을 보내는 것이지요."

"그런가?"

"땅값 오른 이유가 복부인 때문입니다. 작년보다 50퍼센트 가깝게 올랐어요."

"이곳 땅을 사서 뭐하려고 그런답니까?"

"아파트나 상가, 호텔 따위를 짓겠다지만 누가 여기로 놀러 오겠습니까? 일본 본토로 가겠지요."

김영곤이 말을 이었다.

"땅값을 올려서 되팔려는 복부인이 80퍼센트는 될 겁니다. 한국에서도 그 짓을 했으니까요."

강정규가 고개를 끄덕였다. 전문가의 말을 듣고 보니 머릿속이 환해지는 느낌이 든 것이다.

"그렇다면."

강정규가 눈을 치켜뜨고 옆에 앉은 김태규를 보았다.

"그 복부인들한테서 땅을 사면 일이 더 쉽겠구만."

영문을 모르는 김태규가 건성으로 고개를 끄덕이자 강정규가 말을 이었다.

"싸게 말야, 산 값의 반 정도로."

그 시간에 히타카스의 한국 전망대 계단을 내려온 사내에게 사내 하나가 물었다.

"담배 피우세요?"

"난 일본 담배만 피우는데요."

둘은 지금 일본어를 한다. 담배 피우냐고 물었던 사내가 일본 담배를 내밀면서 웃었다.

"변한수 씨?"

"하이."

대답한 사내가 담배를 받으면서 따라 웃었다.

"얼굴 비슷한 사람도 있으니까 이런 암호도 만들었겠죠."

"어쨌든 잘 오셨습니다."

먼저 다가간 사내는 혼다의 부하 요시치다.

"이즈하라로 가십시다."

앞장선 요시치가 말하자 변한수가 배낭을 고쳐 메고 뒤를 따르면서 물었다.

"오늘 세관을 나올 때 보니까 검색을 건성으로 하던데, 무슨 일 있어요?"

"경찰이나 세관 당국이 좀 정신이 나가서 그럴 겁니다."

주위를 둘러본 요시치가 말을 이었다.

"닷새 전만 해도 여기가 전쟁터였거든요."

"전쟁터요?"

"모르시지요?"

되물은 요시치가 목소리를 낮췄다.

"자위대군이 여기서 수백 명 죽었어요."

"아, 오폭 사고 말이죠? 신문, 방송 봤어요."

전망대 아래쪽에 주차된 승합차에 오른 요시치와 변한수가 나란히 앉았다. 따라온 요시치의 부하 둘이 차에 오르더니 곧 차는 언덕길을 내려가기 시작했다. 그때 요시치가 말을 이었다.

"오폭이 아닙니다. 한국군, 그러니까 리스타 용병대가 자위대군을 공격해서 전멸을 시킨 거죠."

변한수가 눈만 껌벅였고 요시치는 쓴웃음을 지었다.

"그것을 정부가 오폭이라고 둘러댄 겁니다. 그 사실을 이곳 경찰이나 세관, 자위대는 알죠. 그렇지만 입 다물고 있는 겁니다."

"……."

"수치니까."

"……."

"그래서 경찰, 세관이 공황 상태가 되어 있는 겁니다. 경찰, 세관 직원의 출근율이 80퍼센트밖에 안 된다는 겁니다. 직원 가족들이 본토로 피난을 가는 사람들이 많고."

"……."

"대마도에 살기 싫어졌다는 거죠."

"젠장, 잘 왔구만."

변한수가 익숙한 일본어로 말했다.

"사업하기 좋겠어."

216

6장
거대한 음모

"나 좀 봐요."

미셸이 부르자 권철은 걸음을 멈췄다. 오후 7시 반, 경비대 본부 식당 앞, 식사를 마친 미셸이 식당을 나오다가 앞을 지나는 권철을 본 것이다. 권철은 제복을 입은 조장급 간부 2명과 함께 있었는데 눈짓을 받은 둘이 제 갈 길을 갔다. 다가간 미셸이 권철에게 물었다.

"내 일행, 그러니까 살아남은 다섯은 지금 어디 있죠?"

어두워지기 시작하는 시간이다. 그러나 서쪽의 수평선 위쪽으로 뻗어 나간 붉은 기운이 이곳까지 비치고 있다. 서쪽 하늘이 붉은 것이다. 그 기운에 미셸의 얼굴도 물들었다. 권철이 붉게 물든 미셸의 얼굴을 똑바로 보았다. 거리는 1미터쯤 되어서 속눈썹까지 다 보인다. 그때 권철이 대답했다.

"당신, 국적이 일본인데도 한국말이 유창하네."

"말 딴 데로 돌리지 마시고."

"일본어, 프랑스어, 한국어, 영어까지 유창하다고 하더구만."

"살아남은 내 일행을 만나게 해줘요."

"누가 살았다고?"

"배가 폭발할 때 구조되었던 여섯, 나까지."

"난 하나밖에 구조 안 했어."

권철이 미셸을 응시한 채 말을 이었다.

"배가 침몰할 때 다 죽었나 봐."

"……."

"지금 방송에서는 다 죽었다고 나오더구만, 마들렌호의 생존자는 없다고."

"……."

"수색대는 오늘 오후 5시에 수색을 포기하고 돌아갔어. 인도네시아 정부는 예산 쓸 데가 많아."

"……."

"프랑스에서도 어쩔 수가 없나 봐."

"당신이 죽였지?"

미셸이 갈라진 목소리로 묻자 권철은 한숨부터 쉬었다.

"조금 후에 당신 거처를 옮길 거야, 섬 중심부에 있는 좀 고독한 곳이지."

그러고는 권철이 몸을 돌렸다.

쿠웨이트에 도착한 이광이 하사드의 영접을 받고 공항에서 시내로 돌아오고 있다. 리무진의 뒷좌석에는 이광과 안학태, 하사드가 마주보고 앉아 있다.

"쿠웨이트를 떠나려니 좀 섭섭합니다."

하사드가 웃음 띤 얼굴로 창밖을 둘러보면서 말했다.

"10년이 넘는 동안 이곳에서 제가 금융 공부를 한 곳인데요."

그동안 리스타투자가 자본금 500억 불의 투자사로 성장을 했다.

이광이 하사드의 말을 받았다.

"모두 네 덕분이야."

"아닙니다. 회장님이 전폭적으로 믿고 맡겨주셨기 때문입니다."

하사드가 화답했다. 바그다드에서 대학생으로 만난 하사드가 지금은 리스타그룹의 기반인 리스타투자의 CEO인 것이다. 하사드가 말을 이었다.

"준비는 다 끝났습니다. 이제 직원들만 옮겨가면 됩니다."

쿠웨이트에 본부를 두었던 리스타투자가 세계 금융가의 중심인 뉴욕으로 이전하는 것이다. 맨해튼에 20층짜리 빌딩을 매입하여 내부는 물론 외관까지 개조를 해놓고 다음 주에 떠날 예정이다. 이광은 파란 많았던 쿠웨이트 시절을 보내고 떠나는 리스타투자를 보려고 쿠웨이트에 들른 것이다. 이광이 말을 이었다.

"리스타그룹의 비즈니스는 이곳에서 시작했어, 이곳 시장에 리스타 상사 매장을 오픈한 것으로 시작이 된 거야."

이광이 창밖을 내다보면서 그때를 회상했다. 바로 위쪽 바그다드에서 전시장 일을 마치고 쿠웨이트로 날아와 시장에 매장을 차렸던 것이다. 그리고 나서 하사드 가족을 이곳으로 밀입국시켜 일을 배우게 했다. 이광의 눈앞에 마르카의 얼굴이 떠올랐다. 마르카도 파리에서 결혼해서 잘 산다. 그때 하사드가 지그시 이광을 보았다. 두 눈이 번들거리고 있다. 하사드도 같은 생각을 하는 것 같다.

밤 12시 반, 혼다가 전화기를 내려놓더니 변한수에게 말했다.

"계산 끝났소, 변 선생."

이즈하라의 안가(安家) 안이다. 방금 혼다는 고베의 아사히 고문에게 연락해서 마약대금을 받았다는 것을 확인한 것이다. 마약대금은 일본 현지에서 지급했기 때문에 이곳에서는 변한수가 마약을 갖고 떠나기만 하면 된다. 그때 변한수가 물었다.

"곧 떠날 수 있겠지요?"

"지금 사람을 보낼 테니까 준비하고 계시오."

혼다가 시원스럽게 말했다.

"대기하고 있었으니까 곧 떠날 수 있을 겁니다."

한국으로 돌아가는 배편은 야마구치 측에서 준비하기로 되어 있는 것이다.

그 시간에 도쿄의 김필성이 정보원의 전화를 받았다. 늦은 시간이었지만 김필성은 도쿄의 사무실 근처 안가에서 간부들과 회의 중이었다. 정보원이 말했다.

"사장님, 조금 전에 이노우에의 고문 아사히가 고베 이와나비 식당에서 돈 가방을 받았습니다."

김필성은 듣기만 했고 정보원의 말이 이어졌다.

"현금 가방입니다. 여행 가방 2개를 받았는데 현금 1억 엔이 들어 있었습니다."

1억 엔은 거금이다. 한화로 10억이 넘는다. 그동안 물가가 올랐지만 서울의 30평대 아파트가 5천만 원대였기 때문이다.

"건네준 놈은 누구냐?"

경찰 출신의 김필성이 추궁하듯 묻자 정보원이 대답했다.

"미행해서 조금 전에 잡았습니다. 집 앞에서 잡았는데 재일동포였습니다."

"……."

"반쯤 죽였더니 대전 유성파 고재성의 심부름이었다고 했습니다. 마약대금을 준 겁니다."

"그럼 대마도에서 오늘 밤 마약거래를 했군."

"그렇습니다."

"그놈 데리고 있어?"

"예, 사장님."

"그놈 잡은 거 눈치 채지 못하게 해."

"알았습니다."

"다시 연락하자."

서둘러 통화를 끝낸 김필성이 소리치듯 지시했다.

"대마도를 바꿔!"

정보원들을 고베에 집중적으로 풀어서 야마구치조 간부들을 미행시켰던 것이다.

김필성과 통화를 끝낸 강정규가 자리에서 일어섰다.

"오늘 밤이었어."

입맛을 다신 강정규가 옆에 선 김태규를 보았다. 얼굴에 쓴웃음이 떠올라 있다.

"벌써 마약거래가 끝났어."

"어디서 말입니까?"

"이곳, 이즈하라에서."

"이런."

숨을 들이켠 김태규가 벽시계를 보았다. 오전 1시 45분이다. 강정규가 김필성한테서 들은 이야기를 해주고는 방을 나왔다. 이곳은 거처인 민가다. 강정규가 말을 이었다.

"오늘 밤에 그놈이 약을 갖고 떠날 거야, 거래 대금을 받은 지 1시간도 안 되니까 이제 떠나게 할 것이라고."

"이쪽으로."

어둠 속에서 목소리가 울렸다. 바닷가, 먹물 속처럼 어두운 바닷가에서 바로 눈앞으로 파도 끝만 희게 드러났다가 사라진다. 이즈하라 남쪽 바위투성이의 바닷가다. 변한수가 검정색 알루미늄 가방을 단단히 움켜쥐고는 발을 떼었다. 뒤를 따르는 사내가 발이 미끄러졌는지 돌 구르는 소리가 났다.

오전 2시 40분, 변한수는 혼다의 부하 3명과 함께 바닷가로 나와 배를 타려는 참이다. 목소리를 따라 10미터쯤 더듬거리며 나아갔더니 앞쪽에 어른거리는 물체가 보였다. 사람, 그리고 배다. 길이가 5미터 정도의 작은 모터보트, 보트에는 두 사람이 타고 있고 혼다의 부하 둘이 보트의 난간을 움켜쥔 채 기다리는 중이다. 파도가 밀려오면서 배가 흔들린다. 변한수가 다가가자 혼다 부하 하나가 말했다.

"이 보트로 공해로 나가면 어선이 기다리고 있을 거요."

파도 소리가 커서 사내가 소리쳤다.

"한국 어선인데 다 이야기가 되어 있으니까 타기만 하면 돼요."

사내가 어둠 속에서 이를 드러내며 웃었다.

"30분만 달리면 어선을 만납니다."

손바닥만 한 배여서 불안했지만 변한수는 할 수 없이 보트에 올랐다.

"자, 그럼."

뒤를 따라온 사내까지 셋이 보트를 잡더니 바다 쪽으로 밀기 시작했다. 바위에 미끄러지면서 파도가 밀려날 때를 기다렸다가 힘껏 밀자 마침내 보트가 파도 위에 떴다. 그때 보트 엔진이 켜지자 주위가 울렸다. 어느새 바닷가 쪽 사내들은 보이지 않았다. 몰려온 파도에 뒤집힐 듯이 흔들리던 보트가 기우뚱거리다가 겨우 중심을 잡았다. 엔진이 꺼졌다가 다시 켜지면서 보트는 바다를 향해 선수를 돌렸다. 그때 핸들을 쥐고 있던 사내가 소리쳤다.

"꽉 잡아!"

그 순간 파도가 덮쳐왔다. 정면으로 물벼락을 맞은 변한수가 물을 흠뻑 뒤집어썼고 다음 순간 보트는 바다 쪽으로 파도와 함께 밀려갔다. 그때 조타수가 엔진을 켰다. 우렁찬 엔진음과 함께 보트가 잠깐 흔들리더니 바다를 향해 달려가기 시작했다. 이제 파도는 높지 않고 배는 점점 속력을 내었다.

보트 뒤쪽에 웅크리고 앉아 있던 변한수는 길게 숨을 뱉었다. 손에 단단히 움켜쥐고 있던 알루미늄 가방을 내려다본 변한수가 그때서야 다리를 앞으로 뻗었다.

"늦었어."

강정규가 탄식하듯 말했다.

"그놈에 대한 정보가 하나도 없고 혼다 위치도 파악하지 못한 상태야."

"마약거래가 끝나고 그놈이 떠났을까요?"

김태규가 묻자 강정규는 손목시계를 보았다. 야광침이 오전 3시 10분을 가리키고 있다.

"고베에서 대금 인수했다는 시간이 1시 20분이야, 거래는 그전에 끝났을 것이고 이미 1시간 반이 지났어."

강정규와 김태규는 이즈하라 북쪽 해안을 수색하는 중이다. 나머지 부하들은 남쪽을 맡았지만 모래밭에서 바늘 찾기다. 더구나 오늘은 별빛도 없는 흐린 밤이다. 정보가 아무것도 없는 상태에서 굴곡이 험한 바닷가를 헤매고 다니는 것이다. 걸음을 멈춘 강정규가 번들거리는 눈으로 김태규를 보았다. 바닷바람에 머리칼이 흩날렸고 옷은 이미 흠뻑 젖었다.

"이젠 이곳에 남아 있는 혼다 무리를 찾는 수밖에 없다."

혼다 조(組)가 이곳에 왔다는 정보는 있는 것이다.

쿠웨이트와 대마도는 6시간 시차가 난다. 오후 10시, 안학태가 응접실로 들어섰을 때 이광은 출발 준비를 갖춘 상태다. 바그다드로 떠나려는 것이다.

"회장님, 대마도 상황을 보고 드려야겠습니다."

다가선 안학태가 말을 이었다.

"방금 김필성 사장의 연락을 받았습니다."

대마도 상황을 김필성이 안학태에게 보고를 한 것이다. 안학태는 대마도의 강정규가 마약거래 현장을 찾지도 못한 상태에서 대금 지급까지 끝났다는 것을 보고했다. 정보 부족이다. 김필성의 정보원이 대금을 건네준 재일동포를 잡지 않았다면 그 사실도 모르고 지날 뻔한 사건이다. 다 듣고 난 이광이 안학태를 보았다.

"거래가 있었다는 사실을 안 것만 해도 다행이야."

"예, 그렇습니다."

안학태도 시인했다.

"강정규는 부동산 업무를 시작한 상황이었습니다. 야마구치의 움직임은 예상하지 못했습니다. 정보도 부족했구요."

"정보 조직을 강화시켜야겠다."

눈을 가늘게 떴던 이광이 말을 이었다.

"해밀턴 사장한테 연락해서 정보조직 강화를 부탁하도록."

"예, 회장님."

"그리고."

이광이 안학태를 보았다.

"유성파라고 했지?"

"예, 회장님."

"그건 유통의 오 사장한테 이야기해서 뿌리를 뽑도록 해야지."

"그렇습니다."

안학태가 고개를 커다랗게 끄덕였다.

"뿌리를 뽑아야 합니다."

오전 5시 반, 국제유통 사장 윤방철은 벨 소리에 잠에서 깨어났다. 벽시계를 본 윤방철이 이맛살을 찌푸렸다가 누운 채로 전화기를 집어 들었다.

"여보셔."

어젯밤에 마신 술이 아직 덜 깼기 때문에 목소리가 탁해졌고 말투가 거칠었다. 그때 수화구에서 사내 목소리가 울렸다.

"윤 사장, 나야."

그 순간 숨을 들이켠 윤방철이 벌떡 일어나 앉다가 옆에 누운 와이프를 건드렸다. 놀란 와이프가 상반신을 일으켰을 때 윤방철이 손을 들어 말을 막고 송화구에 입을 붙였다.

"예, 사장님."

오금봉이다. 오금봉이 전 세계 유통사업을 관리하는 그룹의 사장인 것이다. 그때 오금봉이 말했다.

"윤 사장, 대전 유성파 알지?"

대뜸 물었지만 윤방철이 정신을 차리고 대답했다.

"예, 압니다."

"어때?"

"뭐가 말씀입니까?"

"그쪽 관리가 안 되나?"

"저기, 그놈들은 요즘 들어서 열심히 사업을 늘리는 것 같습니다만 아직 규모가……."

"적단 말이지?"

"예, 건설회사 하나 차려놓고 지방공사 하청 받는 것 같은데요, 그런 놈들이 수백 명이라……."

"그놈, 유성파 사장이 고베 야마구치 조장 이노우에하고 부자(父子) 관계를 맺은 거 아냐?"

"모, 모르고 있었습니다만."

"그놈이 세 시간 전에 대마도에서 마약을 가져간 것도 모르겠구만?"

"어, 왔냐?"

변한수를 본 고재성이 이를 드러내고 웃었다. 고재성은 거구다. 1미터 85의 신장에 120킬로였으니 우선 체격으로 기선을 제압한다. 게다가 군살이 없는 몸이다. 팔 굵기가 어지간한 사내의 다리통만 했고 넓은 어깨, 짧은 목, 한눈에 봐도 한가락 하는 인간으로 보인다. 레슬링 헤비급 챔피언을 지냈다지만 그건 '뻥'일 것이고 지금도 샌드백을 치고 헬스에 다니는 터라 한가락 하는 것은 사실이다.

전과 2범, 학교를 두 번이나 갔다 왔기 때문에 군 면제, 전(前) 유성파 행동대장으로 뛰다가 유성파가 해체되자 3년간 종적을 감춘 후에 나타났다. 그때부터 조직원을 모아 새로 신(新) 유성파를 구성했는데 이제 신(新) 자를 없앴다.

유성파를 재건한 지 올해로 8년째, 유성종합건설을 기반으로 세력을 넓히는 중이지만 아직 명함을 내밀 정도는 못 된다. 대전 지역에는 국제유통 자매 조직인 충장로파, 도청파가 버티고 있는 데다 유성에도 유성온천파가 오랜 역사를 자랑하고 있기 때문이다.

조직원 수 125명, 작년부터 유성파의 세력이 커지기 시작했는데 자금력이 있었기 때문이다. 그때 변한수가 알루미늄 가방을 탁자 위에 놓았다. 오전 11시 반, 이곳은 유성 북쪽의 민가 안이다. 국도 안쪽으로 3백 미터쯤 골짜기를 타고 들어온 곳이라 첩첩산중이고 길도 일방통행로여서 차 한 대가 겨우 다닌다. 이곳이 고재성의 안가다. 주위에 둘러선 박영조, 오병천의 시선이 가방으로 옮겨졌다.

"진품입니다. 순도도 확인했습니다."

가방을 열면서 변한수가 생기 띤 얼굴로 말했다. 코카인이다. 1억 엔을 지급했지만 중간도매상한테 절반을 넘기고 나머지는 소매로 팔면 10배 가까운 장사가 되는 것이다.

"없애버려야 돼."

윤방철이 어깨를 부풀리면서 말했다.

"이건 갑자기 생겨난 암세포 같은 놈이야, 커지기 전에 잘라야 돼."

"앗다."

앞에 앉은 백갑상이 활짝 웃었다.

"윤 사장 말이 늘었어."

"말이 늘었다니?"

"그, 표현력이라고 하나? 전에는 이러지 않았잖아?"

"전에는 어땠는데?"

"그냥 욕부터 했잖아? 근데 이제는 암세포가 어쩌고 하면서 점잖게 나가는구만."

"당신 지금 비꼬는 거야?"

"칭찬이야."

"지금 내가 곤란한 입장인가?"

윤방철이 눈을 치켜떴다.

"내가 책임질 문제냐고?"

"아, 오 사장님이 당신한테 연락을 했지 않아?"

"그게 나 혼자 책임인가?"

으르렁거렸지만 둘은 그야말로 손발이 맞는 짝이다. 서울뿐만이 아니라 전국의 조직을 관리하는 입장이어서 수시로 만나 상의하는 사이다. 그때 윤방철이 눈을 가늘게 뜨고 말했다.

"거기, 제일유통에서 적당한 놈 없나? 보스급으로?"

"한가락 하는 놈들이야 많지."

이제는 백갑상도 정색하고 머리를 기울였다. 백갑상은 제일유통의 사장이다.

"그런데 그놈, 고재성이를 아주 없애버리는 일이란 말야, 죽여 묻든지 아니면 저기 중국으로 보내든지."

"중국?"

윤방철이 되물었다.

"거긴 안 돼."

"왜?"

"옛날 우리 회장이 홍콩으로 도망갔다가 다시 오려고 난리를 쳤어."

"그랬던가?"

"우리 회장님이 보냈는데 회장님 뒤통수를 치려고 했다가 갔지."

"지금 회장님?"

"글쎄, 그렇다니까."

"중국은 재수 없어서 안 되겠구나."

"죽여야 돼."

마침내 결정한 윤방철이 백갑상을 보았다. 눈동자에 초점이 잡혀져 있다.

"적임자를 찾았어."

통나무집이지만 2층 구조에 아래층에는 넓은 응접실도 갖춰졌다. 밀림 안, 나무가 빽빽해서 길 밖으로는 도무지 나갈 엄두도 나지 않는다. 통나무집 지붕 위로 손바닥만 하게 뚫린 하늘을 보고 아직 해가 지지 않았다는 것을 알 정도다. 응접실에 걸린 벽시계가 오후 4시를 가리키고 있다.

TV도 있고 냉장고에는 식품과 마실 것이 가득 쌓여져 있었지만 전화기는 없다. 좋게 말해서 외진 호텔이고 나쁘게 말하면 고급 감옥이다. 1층에 방이 1개, 응접실, 주방, 화장실이 갖춰졌고 2층은 베란다가 딸린 응접실에 방이 1개다. 미셸은 2층 응접실로 안내되었는데 안내한 경비원은 말도 없이 사라져 버렸다.

경비대장한테서 이야기를 들었기 때문에 예상은 했다. 그리고 죽이려면 당장 죽이거나 다른 방법도 있을 텐데 이런 곳에 감금시킨 것은 다른 목적이 있다는 생각도 들었다. 경비대장 눈이 번들거리는 것을 보면 제 욕심을 채우려는지도 모른다. 그쯤은 두렵지 않다. 잔인한 놈이지만 기회는 있을 것이라는 생각을 했다. 이것이 미셸의 성격이다.

"어쩌려는 거야?"

공사 총감독 랜드의 시장 격인 리스타 해외법인 연합회 사장 진남철이 묻자 권철이 심호흡부터 했다.

"죽이기에는 아까웠습니다."

"그래서?"

"살려놓고 그쪽 정보를 다 빼내보도록 하겠습니다."

"일본 여자라면서?"

진남철이 정색하고 권철을 보았다. 진남철은 대기업 출신으로 이광을 견제, 감시하는 역할을 맡았다가 심복이 된 인물이다. 지금 리스타 상사 사장인 곽영훈과 같다. 육사 출신으로 군 생활을 하다가 용병이 된 권철과는 다른 세상에서 살았다. 그때 권철이 대답했다.

"예, 그런데 한국말이 유창합니다. 일본계 프랑스 국적으로 일본놈들하고만 동거 생활을 오래했는데 한국말을 어떻게 배웠는지 알 수가 없습니다."

"어렸을 때 입양된 모양이군, 유럽으로 입양된 아이들이 많아."

"그냥 죽이기가 좀 그랬습니다."

마침내 권철이 진심을 털어놓았다. 진남철은 랜드의 시장인 것이다. 총사령관이나 같다. 권철이 말을 이었다.

"어렸을 때, 일본놈하고 동거 생활을 하기 전의 기록이 없습니다. 그래서 그것부터 조사해보려고 합니다."

그때 진남철이 쓴웃음을 지었다.

"이봐, 공사를 구분해서 일하라고."

전화기를 내려놓은 강정규가 김태규를 보았다.

"내가 잠깐 한국에 다녀와야겠어."

"그러시지요."

통화 내용을 대충 짐작한 김태규가 대답했다.

"여긴 김 차장 안내만 해주면 되니까요."

방금 강정규는 윤방철의 연락을 받은 것이다. 그때 강정규가 말했다.

"다른 지역 요원들은 그대로 놔두고 이곳은 김 차장 안내역으로 둘만 남겨두면 되겠지?"

"충분합니다."

"그럼 김 대위, 당신하고 노재섭이가 나하고 같이 가기로 하지."

"저도 갑니까?"

김태규의 얼굴에 생기가 떠올랐다.

"알겠습니다. 언제 출발입니까?"

"오늘 밤."

"준비를 하지요, 각 지역에는 어떻게 연락을 하지요?"

"당분간 지휘는 윤석한테 맡긴다고 해."

"알겠습니다."

"내가 윤석한테 연락을 할 테니까."

"다른 지역 조장들한테는 제가 연락하겠습니다."

김태규하고는 손발이 맞는다. 그래서 이번에 함께 가려는 것 같다.

"혼다를 계속 수색하도록, 그놈이 산속에 숨었을 리는 없고 마을이나 도시에 분산되어 있을 거라고."

강정규가 찌푸린 얼굴로 말했다. 지금까지 강정규 팀은 혼다조를 찾고 있었던 것이다.

이번 마약작전이 순조롭게 끝났기 때문에 혼다는 한숨 돌린 셈이었다. 대마도에서 리스타 잔당이 다 철수했다고는 믿지 않았던 혼다다. 그런데 이제는 리스타 무리도 대마도에 익숙해져서 마치 위장 곤충처럼 찾기가 힘든 상태였다. 그것은 혼다조도 마찬가지다. 이곳은 이즈하라의 안가(安家) 안, 혼다가 마루에 앉아서 요시치에게 잔소리를 하고 있다.

"대마도도 관광객이 늘어나는 바람에 찾기가 더 힘들다는 말은 핑계야, 이 자식아."

오후 3시 무렵, 안가 마당에는 부하 3명이 서성대고 있다가 긴장하고 있다. 혼다가 말을 이었다.

"모두 철수했을 리는 없어, 일부는 남아 있고 우리들의 거래를 눈치채고 있는지도 모른단 말이다. 곧 코카인이 한국에 퍼지면 그 출처를 찾게 될 것이고 다시 이곳을 주목하게 될 가능성이 있는 거야."

"손을 써놓았으니까 그때는 우리가 먼저 선수를 치는 거죠."

요시치가 대답하지 혼다의 얼굴에 쓴웃음이 번져졌다.

"자신하지마라, 요시치. 그러다가 오무라 짝 난다."

오무라란 말에 요시치는 어깨를 늘어뜨렸다. 총리 비서실장으로 막강한 힘을 자랑했던 오무라는 연기처럼 사라졌다. 언론에서도 전혀 언급하지 않았기 때문에 소문만 무성했다. 미국으로 갔다는 말도 있고 러시아에서 보았다는 소문도 떠돈다. 죽었다고 발표되었지만 아무도 안 믿는다.

오무라가 고베 야마구치의 배경이 되어 있었다는 것을 요시치는 아는 것이다. 그때 방에서 세이쿠가 서둘러 나왔다.

"오야붕, 전화 왔습니다."

혼다의 시선을 받은 세이쿠가 말을 이었다.

"고문님이십니다."

아사히다. 부하들 앞에서는 아사히를 쥐라고 욕을 해왔지만 대놓고 그랬다가는 손가락 자르는 것으로 끝나지 않을 것이다. 어깨를 부풀린 혼다가 방으로 들어갔다.

"혼다, 마쓰무라가 실종되었다."

아사히가 대뜸 말했기 때문에 혼다가 이맛살을 찌푸렸다. 옆에는 세이쿠가 서 있다.

"마쓰무라가 누굽니까?"

"그 자식 말이야."

숨을 고른 아사히가 말을 이었다.

"우리한테 돈 전달한 놈."

"그놈은 내가 모릅니다."

"누가 아느냐고 물었어?"

"아니, 고문님이 다짜고짜……."

"잘 들어, 혼다?"

"듣고 있지 않습니까?"

"마쓰무라가 실종되었다는 건 리스타 놈들한테 잡혔다는 말이야."

"그것도 내가 책임지는 겁니까?"

"닥쳐!"

"그래서요?"

"마쓰무라는 조센징 이름이 백기동이야. 리스타에 잡혔다면 고재성이 돈을 전달했다고 다 불었을 거다."

"그랬겠지요."

"그럼 한국 리스타가 고재성이를 가만두지 않겠지?"

"당연하지요."

"그놈들 정보력이 우리보다 낫다는 건 알지?"

"그놈이 잡힌 건 내 책임이 아니지요, 고문님?"

"고재성이 잡히면 이제 네가 위험해, 무슨 말인지 아나?"

"압니다."

"조심하란 말야!"

"알겠습니다, 고문님."

통화가 끝났을 때 혼다가 머리를 돌려 세이쿠에게 말했다.

"아무래도 안가를 모두 옮겨야겠다. 고문님 말씀대로 조심해야 돼."

혼다가 아사히를 쥐라고 부르지 않은 건 드문 경우다.

10분쯤 후에 고재성이 아사히의 전화를 받는다.

"웬일이십니까?"

놀란 고재성이 묻자 아사히가 바로 말했다.

"고 회장, 고베에서 마쓰무라, 아니, 백기동이가 실종되었소."

"예? 백기동이?"

"예, 우리한테 대금을 전해주고 나서 실종된 거요. 집 앞에 차가 세워진 것을 보면 집 앞에서 납치를 당한 것 같소."

"……."

"고베에서 그런 짓을 할 놈은 없소, 이것은……."

"리스타입니까?"

"그놈들 정보는 국가수준이니까."

"……."

"리스타 일본법인에서 움직인 것 같소."

"예상보다 빠르군요."

"고 회장, 대비를 하시오."

"고맙습니다, 고문님."

"내가 수시로 연락드릴 테니까 고 회장도……."

"알겠습니다."

전화기를 내려놓은 고재성의 얼굴에 쓴웃음이 떠올랐다.

리스타랜드의 밀림 안, 통나무집 2층 응접실 소파에 앉아서 미셀이 TV를 본다. 이곳에서는 인도네시아, 필리핀, 말레이시아, 홍콩 방송까지 나온다. 중국방송은 전파가 약해서 나오지 않는다. 홍콩 방송이 제일 볼 만했기 때문에 미셀은 지금 홍콩 드라마를 보고 있다.

영어 방송이다. 드라마는 다 그렇지만 식당에서 뭘 먹는 장면이 30

퍼센트는 된다. 오늘 TV에서는 중국식 요리가 펼쳐졌다. 드라마 내용 대신 음식만 보고 있는데 뒤에서 인기척이 났다. 놀라 머리를 돌렸더니 경비대장이 서서 TV를 바라보고 있다. 미셸의 뒤에 서서 보고 있는 것이다.

"뭐야?"

놀란 김에 꽥 소리쳤더니 그때서야 경비대장이 시선을 맞췄다. 그러더니 흐려진 시선으로 미셸을 보면서 말했다.

"저거 양장피야."

한국말인데 무슨 말인지 모르겠다.

"어, 왔나?"

지하 벙커 사무실은 새롭게 꾸며졌지만 아무리 단장을 해도 지하라는 선입견 때문에 답답한 느낌이 든다. 다가온 후세인이 이광의 양쪽 볼에 세 번 입을 맞추더니 팔을 끌고 소파에 함께 앉았다. 그러니 방안에 있던 육군 총사령관 카심 대장, 경호실장 모하메드 대장 등은 이광과 눈인사만 했을 뿐이다. 모두 자리 잡고 앉았을 때 후세인이 두꺼운 눈시울을 올리고 이광에게 물었다.

"어때? 리스타랜드는 잘 되어 가나?"

"예, 각하, 공정의 30퍼센트가 끝났습니다."

"거기 군대는 어때?"

"예, 약 5백 명으로……."

"면적이 동서 8km, 남북 14km라고 했지?"

그 순간 이광이 숨을 들이켰다. 그렇게 말해준 기억이 없기 때문이다. 후세인은 딴 데서 듣고 이광한테서 들은 것으로 착각하고 있다. 그러나 그것을 따질 필요는 없다.

"예, 그렇습니다. 각하."

"그곳은 싱가포르 같은 도시국가로 만들라고."

"예, 각하."

"내가 쓰다 남은 미사일을 줄 테니까 미사일로 무장시키고."

"예, 각하."

"그곳에 은행도 설립하겠지?"

"세계 유명은행들이 지점을 차린다고 이미 예약을 해놓았습니다."

"우리 정부 자금도 그쪽에 옮겨다 놓을 계획이니까 그렇게 알고 있어."

"알겠습니다, 각하."

"곧 이란과의 전쟁은 끝날 작정이거든."

불쑥 후세인이 말했을 때 이광은 숨을 죽였다. 10년 가깝게 끌었던 이란과의 전쟁이다. 그동안 휴전을 한다고 여러 번 말이 나왔지만 전쟁은 계속되었다. 일진일퇴를 하면서 양측 전력만 소모시키고 있었던 것이다. 그것이 10년이다. 후세인이 쓴웃음을 짓고 나서 말했다.

"5년쯤 전에 끝낼 수도 있었는데 그놈의 군수산업체놈들 때문에……."

이광의 시선을 받은 후세인이 말을 이었다.

"그놈의 군수업자들한테 미국 대통령도 꼼짝 못하고 끌려간 거야."

"……."

"그놈들의 로비는 당할 수가 없어. 전쟁을 계속하려고 정치인, 관리, 학자, 언론인에다 시민단체까지 이용한단 말야, 엄청난 로비자금을 뿌리는 거야."

후세인이 이를 드러내고 웃었다.

"리, 잘 들어."

"예, 각하."

"유능한 지도자는 군수산업체를 이용하는 자라네."

눈만 껌벅이는 이광을 향해 이번에는 후세인이 정색했다.

"그놈들과 함께 돈을 벌고, 흐름을 타는 지도자가 성공하는 지도자야."

"……."

"전장에서 죽는 군인, 폐허가 된 땅과 주민은 그들에게는 체스판의 졸일 뿐이야."

이광은 소리 죽여 숨을 뱉었다. 이란, 이라크 간 전쟁이 시작된 것은 1980년이다. 1979년 이란의 호메이니가 집권하자 위기를 느낀 이라크가 공격을 한 것이다. 그때 미국과 유럽 국가들이 이라크를 지원했다. 호메이니의 극단적인 이슬람주의에 위협을 느꼈기 때문이다.

개전 초에는 이라크가 압도적으로 우세했지만 전쟁이 장기화되면서 일진일퇴가 거듭되고 미국여론이 나빠졌다. 후세인 독재 체제에 대한 반감도 작용했기 때문이다. 그렇게 10년 가깝게 전쟁이 이어져 온 것이다. 그때 후세인이 말했다.

"다음 달에 정전 선포를 할 거야, 미스터 리."

"예, 각하."

"9년 동안 수천억 불의 전쟁비용이 들었어, 그 자금 대부분이 미국 군수산업체로 흘러들어갔다네."

이광이 다시 숨을 죽였다. 무기상 역할로 이광도 수십억 불을 벌었기 때문이다. 방안에 잠깐 무거운 정적이 덮여졌다. 전쟁 지역인 동부 군사령관 겸 육군총사령관이 된 카심 대장도 감개가 어린 표정이다. 다시 후세인이 말을 이었다.

"내가 그 말을 해주려고 오라고 했어."

"예, 각하."

"외부인사로서는 자네한테 처음 말해주는 거야."

"감사합니다, 각하."

"그리고."

숨을 고른 후세인이 지그시 이광을 보았다.

"후버한테 자네가 직접 이야기해주게."

"예, 각하."

긴장한 이광이 후세인을 보았다. 후버는 미국 CIA부장이다. 후세인이 말을 이었다.

"10년 전에 우리가 한 약속을 지켜주기 바란다고 하게."

"예, 각하."

"단둘이 있을 때 이야기해야 되네. 이 세상에서 후버하고 단둘이 독대할 인간이 몇 명 안 되지, 자네가 그중 하나야."

"감사합니다, 각하."

"누가 의심하지도 않을 것이고 자네는 리스타연합 일이나 이번 대마도 일로 할 이야기가 많을 테니까 말이네."

후세인의 입에서 대마도란 단어가 부드럽게 나왔기 때문에 이광은 감동했다. 대마 아일랜드라고 한 것이다.

"알겠습니다. 그렇게 말하고 대답만 듣고 오면 됩니까?"

이광이 묻자 후세인이 머리를 끄덕였다.

"그래, 부탁하네."

"무슨 약속일까?"

영빈관으로 돌아온 이광이 안학태에게 물었다. 오전 2시 반, 바그다드에서는 이 시간이 가장 활발하게 활동하는 시간대다. 시장에 가도 어둠 속에서 상인과 구매자들이 가득 차 있다. 10년 가까운 전쟁 동안 등화관제와 야간활동에 익숙해진 것이다. 안학태가 머리를 기울이면서 말했다.

"짐작도 안 갑니다만 국가 간의 빅딜이겠지요."

"그건 그래."

"어쨌든 각하께서 종전을 미리 말씀해주신 건 특혜올시다."

"그렇지."

종전이 되면 양국은 적극적으로 피해복구 사업을 일으킬 것이다. 전쟁이 끝난 터라 이제 주간 활동이 개시되고 모든 업무가 정상으로 돌아온다. 건설, 무역, 소비 경기가 솟아오르면서 엄청난 자원이 소요되는 것이다. 후세인은 리스타가 선발 주자로 나설 기회를 주었다. 안학태의 두 눈이 번들거리고 있다.

리스타가 시장을 선점할 기회를 잡게 된 것이다. 이제는 재건사업으로 수천억 불의 경기가 시작된다.

양장피가 뭔지 알 수 없었고 알 필요도 느끼지 않았다. 홍콩 드라마의 식탁에는 요리가 10여 가지나 놓여 있었기 때문이다. 다 맛있게 보였지만 권철이 나타나고 나서 입맛이 뚝 떨어졌다. 빈집이다. 도대체 이 인간이 갑자기, 난데없이 왜 나타났는가? 강간을 해도 당할 수밖에 없다. 그때는 눈 똑바로 뜨고 가만있을 것이라고 마음까지 먹고 있는 상태다.

TV 화면에서 남녀 주인공이 우연히 또 만나는 장면이 나왔다. 도대체 동양 TV 드라마는 왜 이러는가? 홍콩 인구가 얼마라고 수천만 불의 1의 확률이 30분 드라마에서 세 번째 겹치는가? 지겨워진 미셸이 머리를 돌렸을 때 숨을 들이켰다. 없다. 없어졌다. 이 귀신같은 놈은 또 왜 이러는가?

유성온천의 라베르타호텔은 특급호텔로 개업한 지 1년밖에 되지 않는다. 20층 건물 외벽은 진청색 유리벽으로 덮여져 있어서 흐릴 때, 비 올 때, 밝을 때에 갖가지 분위기를 연출했기 때문에 시골에서 일부러 구경 오는 사람도 많다.

17층의 비즈니스 룸은 침실이 2개, 응접실까지 딸려져 있었는데 방 값이 일반실의 3배다. 그 비즈니스 룸 2개를 빌려 강정규와 김태규, 노재섭이 투숙했다. 오후 4시 반, 오늘 새벽에 여수 근처의 바닷가에 내린 다음 유성으로 온 것이다.

"유성종합건설은 여기서 3백 미터쯤 떨어져 있습니다."

시내에 나갔다 온 노재섭이 소파에 앉아 있는 강정규에게 보고했다.

"3층 건물인데 건평이 2백 평쯤 되고 직원 수는 30명 정도입니다."

"그건 건설회사야."

옆에 앉은 김태규가 말했다.

"물론 영업부, 관리부에 이 사이에 낀 음식물처럼 고재성의 부하들이 끼어 있겠지만 모두 회사원으로 위장하고 있다고."

"사장실은 어디야?"

강정규가 묻자 노재섭이 대답했다.

"예, 3층입니다. 3층에는 사장실, 비서실, 회의실이 있습니다."

"엘리베이터는 없겠군."

"비상계단이 2개 있습니다. 중앙에 본 계단이 있구요."

"고재성이가 눈치를 채었을 거야."

소파에 등을 붙인 강정규가 말을 이었다.

"호텔이나 숙박시설도 체크하고 있을 걸?"

둘의 시선을 받은 강정규가 빙그레 웃었다.

"이또만 소좌나 강정규에 대한 기록은 오무라를 통해 고베 야마구치로 전해지고 다시 고재성이한테 넘겨졌을 수도 있겠지, 하지만 내가 윤덕수라는 이름으로 여기 와 있는 줄은 모를 거야."

"현대는 정보전이니까요."

김태규가 따라 웃었다. 이번에 유성에 오면서 강정규는 새 신분으로 위장했다. 만일의 경우에 대비해서 윤방철이 새 신분을 만들어준 것이다.

"코카인 5킬로면 엄청난 양이야."

최성윤이 한숨을 쉬고 나서 말을 이었다.

"내가 마약과장을 맡은 지 5년째지만 가장 큰 양이라고."

"과장님, 재작년에 태국에서 7킬로를 구입한 사건이 있었잖습니까? 대구의 오판준이가…."

계장 유재수가 말하자 최성윤이 고개부터 저었다.

"그땐 태국 수완나품공항에서 적발되었잖아? 한국으로 반입은 안 되었으니까 우리 사건이 아니야."

"대금 지급은 끝났어도 우리 사건이 아닌가요?"

"태국 사건이야."

"오판준이가 물에 빠져 죽은 건 자살이 아닙니다. 대구 도매상들이 죽인 겁니다."

"글쎄, 누가 모르나?"

젓가락을 내려놓은 최성윤이 정색했다.

"이봐, 우리가 오판준이 이야기할 때가 아냐."

서울 경찰청 구내식당 안이다. 오후 5시 반이어서 아직 저녁 시간이 일렀기 때문에 식당 안에는 그들 둘뿐이다. 최성윤이 어깨를 부풀리며 말했다.

"유성에 여섯 명 내려갔지?"

"반장까지 일곱입니다. 마약 3반은 2명만 사무실 근무로 남고 다 내려보냈습니다."

정색한 유재수가 말을 이었다.

"유성종합건설과 고재성이 감시를 집중적으로 시켰는데 금방 효과가 날 수는 없습니다."

"젠장."

"그렇다고 제보만 받고 덜컥 연행할 수도 없구요."

"그러면 망해."

"시간이 좀 필요합니다."

"그때는 코카인 5킬로가 다 퍼진다."

둘은 입을 다물었다. 코카인 제보는 국제유통 사장 윤방철한테서 받은 것이니 확실하다고 믿어도 될 것이다. 윤방철은 한때 국제그룹에서 이광의 심복이었던 인물이다. 그러나 섣불리 건드렸다가 꼬리만 잡고 놓치는 경우가 비일비재다.

더구나 이번 코카인 5킬로는 고베 야마구치와 유성파 간의 거래인 것이다. 일본의 야쿠자 조직과 연결되어 있는 대형 사건이다. 최성윤이 먹다 만 설렁탕 그릇을 보면서 신음과 같은 한숨 소리를 내었다.

"젠장, 서둘 수도 없고, 그렇다고 기다리기만 했다가 약 다 퍼질 것 같고, 환장하겠구만."

"차장님은 뭐라고 하십니까?"

"아직 청장께 보고 안 한 모양이야."

"왜요?"

"청장한테 보고하면 바로 장관, 대통령한테 올라갈 것 같으니까."

"그렇군요."

"높은 놈들은 위에 보고하는 것으로 제 책임을 벗어나는 것이라고."

"과장님도 그렇습니까?"

"위로 올라가나 멈춰 있거나 다 내 책임이다. 위로 올라가면 상관하는 놈들이 많아지는 대신으로 정치적으로 해결이 되지."

자리에서 일어선 최성윤이 말을 이었다.

"난 윤 회장 만나서 다시 한 번 이야기 들을 테니까 넌 유성에다 체크해 봐."

고재성이 눈을 가늘게 뜨고 다가오는 차를 보았다. 일방통행로인 데다 길이 좁아서 차 한 대가 겨우 다니는 차도다. 골짜기 안에 위치한 고재성의 안가다. 이곳은 골짜기 중턱이라 다가오는 차가 3백 미터 전방에서부터 보이는 것이다.

오후 6시가 되어가고 있어서 차는 라이트를 켰다. 이윽고 50미터쯤 앞에서 차가 멈추더니 차에서 두 사내가 내렸다. 두 사내는 기다리고 있던 고재성의 부하 셋의 안내를 받고 이쪽으로 다가온다. 민가 마루에 앉아서도 아래쪽이 다 내려다보였기 때문에 고재성은 옆에선 박영조에게 말했다.

"야, 술상 준비하라고 해라."

"예, 회장님."

박영조가 몸을 돌려 옆쪽 건물로 다가갔다. 건물은 본채와 부속채가 'ㄱ'자로 되어 있어서 부속채에는 부하 12명이 숙식을 하고 있다. 행동대였고 박영조가 행동대장이다. 잠시 후에 안내된 두 사내는 이준길과 전치용이다. 둘은 제각기 큰 가방을 들고 있었는데 고재성을 보더니 일제히 머리를 숙여 절을 했다.

"응, 잘 왔어."

"찾기 힘들었습니다."

앞장선 전치용이 말했다.

"위치가 아주 좋습니다."

이준길이 말을 받는다. 어두워지고 있었지만 민가는 어둠에 덮여져 있다. 불빛을 안에서 차단시킨 것이다. 집안의 창은 검정색 판자로 단단히 막아서 불빛이 전혀 새나가지 않는다. 방으로 들어온 둘은 박영조와 인사를 나누더니 가져온 가방을 탁자 위에서 펼쳤다. 가방 뚜껑을 연 것이다. 그러자 안에 든 총기가 드러났다. 권총과 기관총, 실탄과 수류탄까지 있다.

"파도가 높아서 혼났습니다."

이준길이 말하더니 얼굴을 펴고 웃었다.

"내가 이런 식으로 한국 땅에 오게 되는군요."

"여기서 일 끝나고 실컷 놀다 가."

마침 술상이 날라져 왔기 때문에 옆쪽으로 자리를 옮기면서 고재성이 말했다.

"내가 호강을 시켜줄 테니까."

이준길과 전치용은 재일교포로 이노우에가 보낸 무기를 가져온 것이다. 물론 둘도 모두 이노우에의 부하다. 그때 전치용이 술상 앞에 앉으면서 물었다.

"모두 총기 다루는 법을 알지요?"

"그럼요, 행동대 중에서 군대 갔다가 온 놈들만 데려왔습니다."

박영조가 대신 대답했다.

"한번 본격적으로 전쟁해봅시다."

둘은 총기에 익숙한 야쿠자다.

"야마구치가 고재성을 내세워서 대리전을 치르려는 것이죠."

김필성의 목소리가 수화구를 울렸다.

"리스타가 대마도에서 벌인 일에 대한 보복성 작전입니다."

오후 8시 반, 김필성은 지금 유통의 사장 오금봉과 통화를 하는 중이다. 이광과 안학태가 바그다드에 있었기 때문에 직보를 못 하고 유통 사장 오금봉의 지휘를 받는 것이다. 그때 오금봉이 물었다.

"야마구치의 배후는 있나?"

"아직 모릅니다."

김필성이 목소리를 낮췄다.

"마약대금 전달자인 백기동이 실종된 것을 알고 나서 바로 이렇게 나오고 있는 것을 보면 배경이 있는 것 같기도 합니다."

오금봉이 잠깐 말을 멈췄다. 그러나 이만큼이라도 상황 판단을 할 수 있는 것은 모두 김필성의 성과다. 김필성은 고베 야마구치에서 고재성에게 총기를 보냈다는 사실까지 알아낸 것이다. 이번에도 재일동포 야쿠자 둘을 시켜서 미군용 베레타 15정, 우지기관총 7정, 수류탄 25발과 실탄 2천 발을 고재성에게 전달한 것이다.

한국의 조직은 총기를 사용하지 않았다. 기껏 휘두르는 것이 칼과 쇠사슬, 망치나 야구배트 등인데 총기를 구입하지 못해서가 아니라 한국민의 정서가 원인이다. 한국은 수천 년 역사 동안 외국을 침략해본 적이 없다. 대신 수백 번 외침을 받았고 국토를 유린당한 적도 수천 번이다. 그런데도 불구하고 한민족은 다 받아들였다. 살상무기를 먼저 쥐지는 않는 것이다.

이번에 고재성의 유성파가 무기를 쥔다면 단숨에 한국 조직을 석권할 수도 있을 것이다. 그때 김필성이 말을 이었다.

"야마구치조는 얼마든지 무기를 구할 수 있습니다. 러시아나 미국에서 흘러들어온 무기가 많거든요."

"지금 강정규가 유성에 있지?"

"예, 사장님."

"무기는?"

"대마도에서 가져갔습니다."

"고베 야마구치가 제 명을 단축시키고 있구만."

혼잣소리처럼 말한 오금봉이 말을 이었다.

"이번에 김 사장의 정보가 없었다면 계속 끌려 다닐 뻔했어, 야마구치의 동향을 계속 주시해주기 바라네."

10분 후에 강정규가 오금봉의 전화를 받는다. 유성의 라베르타호텔 방안이다. 김필성한테서 들은 정보를 말해준 오금봉이 물었다.

"거기 경찰청 마약팀이 와 있을 거야, 고재성을 추적하고 있을 테니까 일단은 떨어져 있도록."

"예, 사장님."

"고재성 부하들이 총기로 무장한 상황이니까 경찰과 부딪칠 가능성이 많아, 그러니까 경찰에게 맡기는 게 낫겠다."

"알겠습니다."

"야마구치가 한국에서 고재성을 시켜 난동을 부리려는 것 같다. 놈들은 마약팀이 유성에 내려와 있다는 것을 아직 모르는 모양이야."

강정규는 입을 다물었다. 일이 커지고 있는 것이다. 이럴 때 경거망동하면 상황이 급변한다. 그때 오금봉이 말을 이었다.

"경찰에도 정보를 줄 테니까 기다려라, 한국 땅에서 벌어지는 작전인데 우리가 밀릴 수는 없지."

그 시간에 마약과장 최성윤이 윤방철의 전화를 받고 있다.

"아니, 윤 사장님, 이 시간에 웬일입니까?"

경찰청에서 최성윤은 퇴근도 못 하고 앉아 있는 참이다. 그래서 말이 비틀려 나갔다.

"누가 보면 내가 윤 사장님하고 연애하는 줄 알겠는데?"

"에이, 여보쇼."

연배가 어슷비슷했지만 서로 농담할 사이는 아니다. 윤방철이 불편한 기색으로 말을 잇는다.

"과장님은 동성 좋아허쇼? 그렇게 안 봤는데?"

"아니, 누가?"

허를 찔린 최성윤이 입맛을 다셨을 때 윤방철이 본론을 꺼냈다.

"또 정보를 알려드리지요, 일본에서 두 놈이 가방을 갖고 왔는데 조센징 야쿠자랍니다."

"왜 왔대요?"

"무기를 가져왔대요, 가방 2개에 가득."

"무기?"

"권총, 기관총, 수류탄, 이런 거."

기가 막힌 최성윤이 입만 벌렸고 윤방철의 말이 이어졌다.

"그 무기를 고재성이한테 전해줄 겁니다. 아마 지금쯤 전해줬겠지."

"아니, 그게, 왜……."

"왜라니? 우리가 눈치 챈 줄을 알고 놈들이 무장을 한 겁니다. 호락호락 당하지는 않겠다는 것이지요."

"아니, 잠깐만."

정신을 차린 최성윤이 전화기를 고쳐 쥐었다.

"방금 우리라고 하셨는데 그 우리가 누구요?"

"누구긴 누구요? 우리, 대한국민이지."

"대한국민?"

"우리나라 말요."

혀를 찬 윤방철이 되물었다.

"경찰하고 우리 국제유통을 말하는 줄 알았습니까?"

"아니, 그게 아니라……."

"그나저나 경찰이 그런 정보까지 우리한테 받다니, 좀 그러네요."

"아니, 여보쇼."

"자존심은 이따 세우고 그 무기 내역이 이렇습니다. 적으시든지."

다시 입을 다문 최성윤에게 무기 내역을 불러준 윤방철이 말을 이었다.

"조심하셔야 됩니다. 그놈들은 다짜고짜 쏠 테니까요, 마약반이 기동대 협조를 받든지 해야 되지 않겠습니까?"

그러더니 덧붙였다.

"그나저나 손바닥만 한 유성 땅에서 그놈들을 아직 못 찾았다니 정말 한심하네요."

바그다드에서 파리로 날아가는 전용기 안이다. 비행기가 순항고도에 올라 그냥 떠 있는 것 같은 느낌이 들었을 때 이광의 전용실로 안학태가 들어섰다.

"한국 상황을 말씀드리겠습니다."

앞쪽 소파에 앉은 안학태가 지금까지의 유성 주변에서 일어난 상황을 보고했다. 윤방철이 마약반장한테 다시 정보를 주었다는 것까지 보고를 마쳤을 때 이광이 물었다.

"강정규 여자가 있지?"

"예, 대마도에서 만난 중학교 교사입니다."

안학태가 바로 대답했다. 전에 보고를 했던 것이다. 이광이 다시 물었다.

"여자 근무지가 서울인가?"

"예, 그렇습니다."

"여자는 이혼 경력이 있고?"

"그렇습니다."

"그런데 권철이는 어때?"

갑자기 이광의 질문이 건너뛰었지만 안학태는 놀라지 않았다.

"여자 말씀입니까?"

"응, 밀림 속 안가에 가둬놓았다면서?"

"예, 총감독한테는 정보를 더 캐내겠다고 했다는군요."

그러자 이광의 얼굴에 웃음이 떠올랐다.

"두 놈이 여자관계도 대조적이군."

또 왔다. 숨을 들이켠 미셸이 몸을 굳혔다. 그러자 발자국 소리가 선명하게 들렸다. 아래층 마룻바닥을 걷는 발자국 소리다. 오후 5시 반, 열려진 베란다 쪽 창을 통해 숲을 훑고 들어온 바람에 커튼이 흔들렸다. 나무 냄새와 물 냄새가 맡아졌다.

잠깐 기다렸지만 2층 계단을 올라오는 기색은 보이지 않는다. 아래층 주방 옆 냉장고에 식품과 마실 것을 채워놓는 모양이다. 오늘까지 나흘째, 엊그제 뒤쪽에서 TV를 본 후부터 그놈은 2층으로 올라오지 않는다.

그때 발자국 소리가 그치더니 아래층이 조용해졌다. 저도 모르게 자리에서 일어선 미셸이 계단으로 다가가 1층으로 내려왔다. 예상대로 1층은 비었다. 문도 닫혀졌고 주방 쪽 탁자 위에는 비닐 백이 2개나 놓여져 있다. 식품과 마실 것이 들어 있을 것이다. 미셸은 주방 옆쪽 의자로 다가가 앉았다. 이곳은 밀림 복판이어서 아무나 들어오지 못한다.

혼자 겨우 걸을 수 있는 숲길이 뚫려 있었는데 50미터쯤 앞에는 그것도 끊겨졌다. 그리고 드문드문 감시 카메라가 설치되어 있었기 때문에 다 보일 것이다. 미셸은 50미터쯤 전진했다가 돌아와서 그 후부터는 집 밖으로 나가지 않았다.

도대체 그놈은 날 어떻게 할 작정인가? 머리를 기울인 미셸의 얼굴에 웃음이 떠올랐다. 승자는 뻔한 것이다. 그놈이다. 어제만 해도 위엄을 잃지 않는 패자의 위신을 세울 생각이 들었지만 오늘은 그것도 버렸다. 미셸은 자신이 기르는 개가 되어 가고 있다는 것을 자인했다. 얼마 지나면 그 생각도 잊혀지겠지, 그때는 생각 없는 개가 되는 것이다. 주인이 오면 꼬리를 치고 던져주는 먹이에 기뻐 날뛰는 개, 그놈은 지금 나를 그렇게 훈련시키는 것이다.

"어쩌실 겁니까?"

숲길 앞에서 기다리던 이민웅이 묻자 권철이 쓴웃음을 지었다.

"어쩌긴?"

"오늘로 닷새째가 됩니다."

길도 없는 숲을 앞장서 걸으면서 이민웅이 말했다. 둘은 밀림을 뚫고 나가고 있다.

"뭐, 그냥 침대로 끌고 가시지 그래요?"

"아, 그거야 언제든지."

"뜸들이시는 겁니까?"

"이 자식이."

눈을 부릅떴던 권철이 곧 픽, 웃었다.

"그런 면도 있다."

"지금쯤 불안해서 조바심을 칠 것입니다."

4조장 이민웅도 군 출신으로 권철보다 한 살 연하지만 군 경력은 더 길다. 18살 때 해병대에 자원입대했기 때문이다. 만날 권철한테 깨지면서도 성격이 적극적이어서 금방 접근해온다. 그러다가 자연스럽게 서로 의지하게 된 것이다. 밀림을 헤치고 나가면서 권철이 불쑥 물었다.

"조바심을 친다고?"

"예, 납치범 수기에서 읽어본 적이 있습니다."

"유명한 놈이야? 그 납치범 말야?"

"아니, 미국 소설인데요."

"소설?"

"실화를 배경으로 한."

"젠장."

"열흘쯤 놔두었더니 납치된 여자가 옷을 벗더라는 것입니다."

"갓댐."

"일리가 있었습니다."

"그래서 나도 그렇게 하라고?"

"그럴 계획이 아닙니까?"

"이 자식이."

"죄송합니다, 대장."

"내가 여자에 궁한 것 같으냐?"

"아닙니다. 다만……."

"다만 뭐?"

"대장께 대화상대로 저 여자가 적당하다는 생각이 들었기 때문에……."

"너, 오늘부터 해안선 야간순찰을 해."

"예, 대장님."

대답한 이민웅이 한숨을 쉬었다. 해안선 야간순찰은 밤을 새워야 하는 것이다.

이노우에는 지금까지 고베 밖으로 나간 적이 거의 없다. 일이 있으면 사람들이 고베로 찾아오게 만들었고 여행을 좋아하는 성격이 아니었기 때문이다. 골프를 좋아해서 이틀에 한 번 꼴로 골프장에 나가지만 꼭 가든골프장에 나간다. 가든골프장을 이노우에가 매입한 것도 그 때문이다.

새로운 것, 처음 보는 것을 싫어하고 음식도 양념이 다르면 화를 냈다. 그런데 한 가지 예외가 있다. 여자는 바꾸는 것이다. 여자는 예외다. 오늘도 이노우에는 20년 단골인 쇼와정에서 새로 온 아가씨를 대기시켜놓고 술을 마신다. 쇼와정은 한국의 룸살롱을 모방한 카페다.

동석한 사내는 고문인 아사히다. 술잔을 든 이노우에가 웃음 띤 얼굴로 말했다.

"마약에 고베 야마구치 상표가 붙은 것도 아니고 이제 한국에 간 마약은 고재성표야, 태국에서 마약 생산한다고 태국 정부가 마약에 대한 책임을 지나?"

"그건 아닙니다, 조장님."

아사히가 시선을 내린 채 대답했다. 마약은 가져간 놈이 책임을 지는 것이다. 가져가서 팔다가 산 놈들하고 같이 잡혀서 죽든지 살든지 상관할 것이 없다. 그때 이노우에가 말을 이었다.

"고재성이하고 돈 가방을 가져온 백기동이까지 덜컥덜컥 탄로가 나는 걸 보면 놈들의 정보망이 국가급이야, 그건 조심을 해야 돼."

"리스타연합이 그 역할을 합니다. 조장님."

"거기에 스미요시, 이나카와가 연대하고 있다면서?"

"그렇습니다."

"반역자들."

254

"기요타 씨 등은 조센징이니까요."

"내 조상도 조센징계야."

"그렇습니까?"

놀란 아사히가 눈을 크게 떴을 때 이노우에가 말을 이었다.

"백제계라고 아나?"

"모릅니다, 조장님."

"무식한 놈, 공부 좀 해라."

"예, 공부하겠습니다."

그때 문에서 작게 노크 소리가 들리더니 지배인이 머리부터 숙이고 들어왔다. 그러고는 시선을 내린 채로 묻는다.

"아가씨를 데려올까요?"

"그래."

이노우에가 선선히 대답하자 지배인이 물러갔다. 오후 8시 반, 문이 닫히자 밀실 안은 숨소리까지 들린다. 방음장치가 잘 되어서 밖에서 대포를 터뜨려도 이곳은 안 들린다. 그때 이노우에가 말을 이었다.

"백제계는 조선 땅에서 넘어온 백제인들을 말하는 거야."

"아, 그렇습니까?"

"백제인이 누군지 아나?"

"모릅니다."

"한반도 서쪽 지역에 살았던 백제라는 나라의 주민들이야."

"아아, 예."

"1,400년 전에 백제가 멸망하면서 그곳 주민들이 일본 땅으로 넘어와 왜국을 세운 거야, 지금 천왕폐하와 일본의 유력인사 대부분이 백제계다."

"조센징입니까?"

"조센징은 최근 몇십 년 사이에 일본으로 넘어온 놈들이고, 이 바보야."

어깨를 편 이노우에는 거드름을 피우면서 말했다.

"내 조상은 백제 귀족이었다. 그래서 이곳에 와서 영주가 되었지."

여권 사진을 훑어본 세관 직원이 다시 강정규를 보았다. 오후 5시 반, 고베공항의 세관 앞이다. 이윽고 윤덕수 이름의 여권을 내려다본 직원이 스탬프를 찍었다. 여권을 받은 강정규가 수하물 찾는 곳으로 나왔을 때 옆으로 김태규가 다가왔다. 김태규는 먼저 나와 있었던 것이다.

"대장, 간이 졸았습니다."

"내가 가진 윤덕수 이름의 여권은 한국 정부가 발행해준 거야, 난 한국인이라구."

웃음 띤 얼굴로 말한 강정규가 곧 짐가방을 찾아들었다.

"이놈들이 이또만 소좌하고 연결시킬 이유가 없다구."

앞장서 나오면서 강정규가 말을 이었다.

"다시 일본 땅을 밟다니, 감개무량하군."

그때 둘 앞으로 사내 둘이 다가오더니 강정규에게 말했다.

"모시러 왔습니다."

강정규와 김태규의 가방을 받아든 둘이 앞장을 섰다. 일본법인에서 온 직원들이다.

고베 기타노마치의 주택가 안, 단층 주택이었지만 정원이 넓고 방이

6개나 되어서 강정규와 김태규는 각각 방에 짐을 내려놓고 응접실로 나왔다. 이곳은 리스타 일본 법인장 김필성이 임대한 안가로 강정규의 임시숙소로 사용되고 있다. 응접실에서 기다리던 사내들이 탁자 위에 지도를 펼쳐놓고 말했다.

"이노우에의 동선을 체크해놓았습니다."

오국진이라고 소개한 사내가 말을 이었다.

"골프장, 식당, 룸살롱이 이노우에가 정기적으로 들르는 곳입니다."

강정규가 사내가 건네준 스케줄을 보았다. 이노우에의 동선이 시간대로 기록되어 있다. 스케줄에서 시선을 뗀 강정규가 물었다.

"무기는?"

그때 사내 하나가 탁자 밑에 놓은 알루미늄 가방을 들어 지도 위에 놓았다. 가방 뚜껑을 젖히자 안에 든 무기가 드러났다. 우선 드라구노프 AK-47 저격총이다. 분해되어 있었지만 묵직한 중량감이 풍겨 난다. 망원렌즈와 탄창에는 실탄이 채워져 있다. 그리고 미군용 베레타92F 2정과 소음기, 탄창이 12개, 우지 기관총이 2정, 30발들이 탄창이 6개다. 수류탄이 12발, 최루탄과 연막탄도 섞여져 있다. 무기를 훑어본 강정규가 머리를 끄덕이며 말했다.

"충분해."

"지금 고비에 있습니다."

윤방철이 오금봉에게 보고했다. 오후 7시 반, 윤방철은 사무실에서 LA에 와 있는 오금봉에게 전화를 하고 있다.

"유성에 경찰청 마약반이 내려와 있습니다. 오늘 1개 조가 더 추가되어서 2개 조가 현지 경찰의 지원을 받고 있는데 일단 우리가 한 발짝

물러나야 될 것 같아서요.”

“그건 잘했어.”

오금봉이 말을 이었다.

“경찰에 맡겨야지.”

“이번에 뿌리를 뽑을 겁니다.”

“그러고 나서 강정규는 다시 대마도로 돌려보내도록.”

“알겠습니다. 지금도 대마도 땅을 구입하고 있으니까요.”

통화를 끝낸 윤방철이 옆에 서 있는 비서에게 말했다.

“강정규가 보스들의 관심을 독차지하고 있구나.”

“강정규 부장이라고 아십니까?”

불쑥 이인웅이 물었기 때문에 스테이크를 씹던 권철이 시선만 주었다. 오후 12시 30분, 권철과 이인웅은 식당에서 점심을 먹는 중이다. 씹던 것을 삼킨 권철이 입을 열었다.

“이름은 들은 것 같다. 자위대 소좌 출신, 우리 회장님을 암살하려다가 잡히고 나서 지금은 대마도에 있다던가?”

“우리처럼 리스타 리비아법인 출신은 아니지만 같은 부류지요.”

“그런 셈이지.”

“유통에 소속되어 있구요.”

권철도 본적이 유통인 것이다. 용병의 산실인 리스타 리비아법인이 유통 소속이기 때문이다.

“그래서 어쨌단 말야?”

“예, 그분이 대마도에서 자위대를 해치웠다는군요, 우리 용병들을 지휘해서 말입니다.”

"들었어."

"제 동기들도 몇 명이 그분 부하가 되어 있는데 신임을 받고 있다는 겁니다."

"누구 신임 말야?"

"회장님이죠."

이인웅이 얼굴을 일그러뜨리면서 웃었다.

"회장님한테 로켓포를 쏜 인간이 지금은 신임을 받고 있다는 겁니다. 우습지요?"

"그럴 수도 있지."

"다시 포크를 든 권철이 따라 웃었다.

"너도 회장님 신임 받으려고 로켓포를 쏘지는 말아라."

권철이 강정규 이야기를 오늘 처음 하는 셈이다.

"골목은 막혔습니다. 그러니 옆집에서 옥상으로 건너가는 방법이 낫습니다."

김태규가 지도를 보면서 말했다.

"옆집이 3층인데 쇼와정은 2층입니다. 건너뛰면 소리가 날지 모르니까 알루미늄 사다리를 걸치면 한 발짝만 디디면 됩니다."

"그러자."

강정규가 머리를 끄덕였다. 김태규는 시가전 전문가다. 베이루트에서 반 년 동안 시가전을 치렀는데 미군 레인저 소속이었다고 했다. 오후 3시 반이다. 오늘은 이노우에가 쇼와정에 가는 날이다. 쇼와정에 갈때는 대개 고문 아사히와 비서실장 요시다를 대동하는데 손님을 한두명 대동하는 경우도 있다. 그러나 고정멤버는 셋, 경호원은 여섯, 차는

3대다. 앞뒤로 경호차가 호위하는 것이다. 김태규가 말을 이었다.

"저는 세 시간쯤 전에 옆집으로 가 있겠습니다."

1층 응접실로 들어선 권철이 앞에 서 있는 미셸을 보았다. 미셸은 권철을 기다리고 있었던 것이다. 보통 때는 2층에 있었는데 오늘은 아침부터 아래층에 내려와서 올라가지 않았다. 권철이 미셸의 시선을 받으면서 식품 꾸러미를 탁자 위에 올려놓았다. 오늘로 감금 7일째, 이제 TV에서는 실종된 마들렌호에 대한 보도는 하지 않는다. 탑승자 전원이 배와 함께 실종된 것으로 처리된 것이다.

"이야기 좀 해요."

미셸이 말했을 때 권철은 잠자코 소파에 앉았다. 오후 2시 반, 활짝 열린 창으로 바람이 몰려 들어왔다. 숲속이지만 지대가 높아서 통풍은 잘된다. 그때 미셸이 앞쪽 소파에 앉았다. 미셸은 원피스 차림으로 맨발에 샌들을 신었다. 화장기가 없는 얼굴이었지만 맑은 피부는 윤기가 났다. 미셸이 권철을 똑바로 보았다.

"나한테 원하는 게 뭐죠?"

권철은 잠자코 시선만 주었고 미셸이 다시 묻는다.

"이것도 심문하는 방법 같은데? 자, 당신이 이겼어요, 말해요?"

"……."

"내가 여기 온 목적? 내 신분? 어서 물어봐요?"

그때 권철이 자리에서 일어섰다.

"아직 멀었어."

몸을 돌린 권철이 말을 이었다.

"난 시간이 많아."

"사담은 건강하던가?"

후버가 묻자 이광의 얼굴에 웃음이 떠올랐다. 오후 9시 반, 몽마르뜨르의 주택가에 위치한 이광의 안가에 후버가 찾아온 것이다. 응접실 안에는 이광과 후버 둘뿐이다. 이광이 후버에게 연락했더니 하루 만에 전용비행기로 대서양을 건너왔던 것이다. 그리고 응접실로는 후버 혼자서 들어왔다. 현관에서 해외작전국장 겸 부장보 윌슨을 만나 인사를 했지만 응접실에는 후버 혼자서 들어온 것이다.

"예, 안부 전해달라고 하셨습니다."

이광의 대답을 들은 후버가 쓴웃음을 지었다.

"이젠 지쳤을 거야."

"예, 그런 것 같았습니다."

후버가 앞에 놓인 생수병을 들고 마개를 뜯으면서 다시 물었다.

"나한테 무슨 전갈을 하던가?"

"10년 전 약속 이야기를 하시더군요."

그러자 후버가 병째로 물을 두 모금 삼키고는 내려놓았다.

"그 말을 할 줄 알았어."

"그 대답을 듣고 싶다고 하셨습니다."

"환경이 많이 변했어."

"그렇게만 말하면 됩니까?"

"글쎄."

다시 한 모금 물을 삼킨 후버가 지그시 이광을 보았다.

"다른 이야기는 안 하던가?"

"못 들었습니다."

"전쟁을 끝낸다는 이야기는 안 하던가?"

"예."

그때 머리를 끄덕인 후버가 초점이 흐려진 눈으로 이광을 보았다.

"10년 전의 약속이 뭔지 아는가?"

"모릅니다."

"이라크가 이란을 점령하면 이란에 우리 미군이 들어가 친미 정권을 수립할 예정이었어."

"……."

"이라크는 이란에 친미정권을 복귀시켜주는 대가로 쿠웨이트를 합병하기로 했네."

"쿠, 쿠웨이트를 말씀입니까?"

놀란 이광이 말까지 더듬었다. 그러자 머릿속으로 생각이 스치고 지나갔다. 쿠웨이트 시장에 이광이 매장을 여는 것에 후세인은 적극적으로 협조해주었다. 하사드, 마르카 일족이 쿠웨이트로 망명하는데도 거부감을 느끼지 않았던 것이다. 그것이 쿠웨이트가 곧 이라크 영토가 될 것이라는 생각 때문이었는가? 그때 후버가 말을 이었다.

"그런데 전쟁이 지금도 교착상태인 데다가 이란에 친미 정권이 복귀할 가망이 없어졌어, 우리가 약속을 지키지 못할 것 같네."

이광이 숨을 골랐다. 호메이니가 1979년 집권하기 전의 팔레비왕정은 친미정권이었다. 레쟈샤 팔레비 왕은 1953년 미 CIA가 주도한 군 쿠데타에 의해 집권한 인물인 것이다. 그러다가 1979년에 호메이니에게 쫓겨나 망명길에 올랐다가 이집트에서 병사했다. 호메이니는 철저한 반미(反美)주의자인 것이다.

"알겠습니다. 그렇게 전하지요."

"다른 기회가 있을지도 모른다고도 말해주게."

"다른 기회라고 하셨습니까?"

"그렇지, 내가 적극 지원하겠다고."

"알겠습니다."

후세인은 믿지 않을 것이라는 생각이 들었지만 이광이 머리를 끄덕였다. 그때 후버가 지그시 이광을 보았다.

"이보게, 이 회장."

"예, 부장님."

"사담이 어떻게 나올 것 같은가?"

"글쎄요, 저는 잘 모르겠습니다."

"나는 조금 걱정이 되네."

"왜 그렇습니까?"

"혹시 사담이 다른 행동을 할까 봐서 말이네."

"어떤 행동 말씀입니까?"

"역사를 보면 국민들의 불만이 팽배했을 때 통치자는 외부의 적을 만들어 관심을 그쪽으로 돌리는 방법을 썼네."

"……."

"나는 사담이 그러지 말기를 바라네."

"……."

"지금 우리 대통령은 전형적인 카우보이야, 그리고 아주 인기도 높아. 우리 대통령이 사담의 그런 행태를 가만 놔두지 않을 거야, 그래서 내가 상황이 안 좋다고 한 거야."

"알겠습니다. 그렇게 전하지요."

"고맙네."

후버가 길게 숨을 뱉고 나서 말을 이었다.

"사담한테 이런 말을 전해줄 사람은 이 회장 자네뿐이야."

후세인한테도 그런 이야기를 들었다.

알루미늄 사다리를 걸친 김태규가 끝을 잡더니 강정규를 보았다. 강정규가 몸을 세우고는 알루미늄 사다리 중간 부분을 밟고 나서 다음 발은 옥상 끝의 시멘트 담장을 짚었다. 그때 몸이 아래로 휘청 늘어졌지만 곧 쇼와정 옥상으로 옮겨졌다.

밤 10시 10분, 주위는 짙은 어둠에 덮여졌고 아래쪽에서 울리는 작은 소음들이 울리고 있다. 이제는 강정규가 이쪽 사다리 끝을 잡고 고정시켰을 때 김태규가 저쪽에서 건너왔다. 저쪽은 3층 옥상이어서 사다리가 기울어져 있다.

양쪽 옥상과의 거리는 3미터 정도, 그냥 뛰어 건널 수도 있지만 충격음으로 옥상이 울릴 것이다. 김태규가 건너왔을 때 둘은 골 구석에 쪼그리고 앉아 무기를 점검했다. 둘 다 우지 기관총을 쥐고 허리춤에는 베레타를 찼다. 수류탄이 3발씩, 탄창이 3개씩이니 완전무장이다. 머리에 눈만 내놓은 마스크를 뒤집어쓰자 준비는 끝났다.

쇼와정은 1층에 주방이 있고 20평 정도의 홀에 사무실과 대기실이 2개, 그리고 2층에 방이 6개가 있는 고급 룸살롱이다. 예약 손님은 주로 2층에서 받고 이노우에는 2층 왼쪽 구석방인 특실을 차지하고 있다. 응접실 구조로 된 룸과 화장실, 침실까지 딸린 방이다.

오늘 이노우에는 아사히 고문과 요시다 비서실장 셋과 함께 왔는데 기분이 좋았다. 오후에 가든골프장 16번 홀에서 이글을 기록했기 때문이다. 이글은 생에 4번째다.

"다음 차례는 홀인원입니다."

요시다가 술잔을 두 손으로 들어 올리며 말했다.

"이제는 하실 때도 되었습니다."

"요즘은 공이 잘 맞는다."

술기운으로 얼굴이 붉어진 이노우에가 웃음 띤 얼굴로 말을 잇는다.

"가든골프장은 익숙해져서 프로하고 시합을 해도 될 것 같다."

"한번 해보시지요."

아사히가 거들었다.

"사사키 프로를 데리고 올까요?"

"야, 그놈은 아직 안 돼."

쓴웃음을 지은 이노우에가 술잔을 들었을 때다. 문이 열리는 기척이 났기 때문에 요시다가 먼저 머리를 돌렸다.

"앗!"

요시다의 입에서 놀란 외침이 터진 순간이다.

"두루루루룩."

소음기를 낀 우지 기관총에서 그런 발사음이 났다.

"으악."

빗발 같은 총탄을 맞은 이노우에가 두 팔을 흔들면서 쓰러졌는데 비명은 옆에 앉아 있던 아사히가 질렀다.

"두루루룩 두루루룩."

이어서 내갈긴 총탄이 아사히의 몸통을 벌집처럼 만든 순간 여자들이 비명을 지르면서 식탁 밑으로 엎드리거나 엉덩이를 이쪽으로 내밀고 웅크렸다.

"두루루루룩."

마지막 7, 8발의 총탄이 요시다의 몸통에 한 발도 빗나가지 않고 맞았을 때 쏘아 갈긴 복면의 사내가 방을 나갔다.

"그런 빅 딜이 있었군요.

긴장으로 굳어진 안학태가 말했다.

"정말 일반인들은 상상하지도 못할 빅딜입니다. 세계 역사가 이렇게 만들어졌다는 것을 실감합니다. 회장님."

"이봐."

이광이 입맛을 다셨다.

"감상에 젖을 때가 아냐, 이 사람아."

"예, 회장님, 제가 조금 충격을 받아서요."

뒷머리를 만진 안학태가 어깨를 움츠렸다.

"죄송합니다."

방금 이광은 안학태에게 후버와의 밀담 내용을 말해준 것이다. 밤 11시가 되어가고 있다. 이광이 말을 이었다.

"후버 부장한테는 후세인 대통령이 다음 달에 종전 선언을 할 것이라는 말은 전해주지 않았어."

"잘하셨습니다, 회장님."

"후버 부장은 예상하고 있는 것 같았지만 전해줄 필요는 없었어."

"후세인 대통령께서도 후버 부장한테 전해줘도 상관없다는 생각이셨을 것입니다."

"그렇다고 해도 전해주라는 말 외의 말을 할 필요는 없지."

"그렇습니다."

안학태가 머리를 끄덕이더니 말을 이었다.

266

"종전 준비는 각 사장한테 전하겠습니다."

"그래야지."

"후세인 대통령도 리스타에게는 우선권을 주실 테니까요."

이광은 대답하지 않았지만 그럴 것이었다. 종전이 되고 재건 사업이 시작되면 이제는 전(全) 업종과 연결이 된다. 전쟁 중에는 군수산업이 우선이었지만 이제는 건설에서부터 유통까지 경기가 살아나는 것이다. 이라크 같은 산유국에서는 수천억 불의 경기다. 그것은 이란도 마찬가지다.

"조치하겠습니다."

안학태가 서둘러 일어섰다. 이곳은 밤이지만 세계 다른 쪽은 낮이다. 세상은 쉬지 않고 돌아가고 있는 것이다.

"이노우에가?"

놀란 다까노가 눈을 치켜떴다가 숨을 골랐다. 전화기를 고쳐 쥔 다까노가 헛기침을 했다. 목소리를 가다듬으려는 것이다.

"쇼와정에서 말이지?"

"예, 회장님."

비서실장 요시노가 말을 이었다.

"고문 아사히, 비서실장 요시다하고 셋이 당했습니다. 기관총으로 각각 7, 8발씩 맞아서 모두 현장에서 사망했습니다."

오전 1시 반, 다까노는 저택에서 전화를 받고 있다. 숨을 고른 다까노가 물었다.

"몇 명이야?"

"둘입니다. 하나는 아래층에 있던 경호원 셋을 사살했습니다. 그러고는 둘이 옥상으로 올라가 이웃집 옥상으로 건너가 도주했습니다."

"……."

"지금 고베는 비상이 걸렸는데 경찰은 야마구치 본가(本家)하고의 알력 때문인 것 같다고 추측하고 있습니다."

"병신들, 리스타야. 이런 젠장, 야단났는데."

다까노가 뱉듯이 말했다.

"이노우에 그 영감이 제 분수도 몰랐고 세상 물정을 몰랐기 때문에 말년에 쓰레기처럼 디진 거지, 자업자득이야, 욕심을 너무 부렸어."

전화기를 내려놓은 다까노가 가쁜 숨을 고르고 있을 때 다시 전화벨이 울렸다. 주위가 조용한 새벽이다. 전화벨 소리가 넓은 응접실에 울려 퍼지고 있다.

"여보세요."

다까노가 응답하자 곧 사내의 목소리가 울렸다.

"다까노 회장, 오랜만입니다."

"아이구, 기요타 회장님."

깜짝 놀란 다까노가 상체를 세웠다. 스미요시회의 기요타 소간이다. 조센징으로 일본 제2의 스미요시카이의 지배자가 된 거물, 기요타는 '리스타 연합'의 회원이기도 하다.

"웬일이십니까?"

물었지만 이노우에의 피살사건 때문일 것이었다. 그때 기요타가 말했다.

"이노우에 씨가 당했습니다. 들으셨지요?"

"예, 방금."

"고베 경찰청은 야마구치조의 내분 같다고 발표를 했더군요."

"아, 예."

기요타가 전화를 해온 이유를 알 수 없었기 때문에 다까노는 조심하고 있다. 다까노는 기요타와 전화 통화를 하는 사이가 아닌 것이다. 그때 기요타가 말을 이었다.

"다까노 회장, 총리께 한 말씀 해주시지요?"

"뭐 말씀입니까?"

"이노우에 씨는 태국산 마약을 40킬로나 사서 쌓아놓고 있었습니다. 내가 그 위치도 알아요."

"……."

"그중 5킬로를 이번에 한국에 팔았는데 지금 대전 지역에 난리가 났습니다."

"……."

"한국 경찰청 마약반이 다 투입되어서 수사를 하고 있는 실정입니다. 거기에 있는 유성파란 조직이 마약을 구입한 것이지요."

"어떻게 그렇게 잘 아십니까?"

마침내 다까노가 묻자 기요타가 길게 숨 뱉는 소리를 내었다.

"다까노 회장, 이번 사건은 마약거래 때문에 생긴 겁니다. 만약 내막이 밝혀지면 야마구치조뿐만이 아니라 전체 야쿠자 조직에도 치명상이 될 겁니다."

"……."

"한국 측에서 유성파를 잡아 진상을 밝혀낸다면 일·한 간 관계도 악화될 것이 아닙니까?"

"그래서 내가 어쩌란 말입니까?"

다까노가 와락 목소리를 높였다.

"내가 이 일에 무슨 책임이 있어요?"

"다까노 회장, 당신은 리스타연합 회원 아니오?"

기요타의 목소리도 높아졌다.

"그리고 야마구치조의 후견인 아니었소?"

"내가 고베 야마구치하고는 별 인연이 없습니다."

"이노우에가 마약구입 대금으로 두 달 전에 4억 엔을 빌려갔던데, 맞지요?"

다까노가 숨만 들이켰고 기요타의 말이 이어졌다.

"그 차용증이 내 손에 있어요, 다까노 씨."

"……."

"야쿠자 세계는 잘 아시겠지만 오야붕이 죽으면 그 밑의 부하들이 제각기 살길을 찾지요, 그건 당연한 일입니다."

"……."

"돈을 받기 전까지 다까노 씨, 당신이 그 마약 25킬로를 당신 창고에 보관시켜놓고 있지요?"

"……."

"다까노 씨, 당신 큰일 났다는 생각은 안 합니까? 이노우에가 죽은 순간부터 당신은 큰일이 난 건데?"

그때 다까노가 헛기침을 했다.

"기요타 씨, 용건이 뭡니까?"

"이제야 대화가 되는군."

혀 차는 소리를 낸 기요타가 말을 이었다.

"아까 말하다가 말았는데, 총리께 한 말씀 하셔야겠습니다. 이번 이노우에 피살은 마약전쟁이니까 얼른 덮는 것이 낫겠다고 말요."

"그러구요?"

"우선 이번 일 끝나고 둘이 만납시다."

기요타가 그렇게 말을 맺는다.

핸더슨은 푸른 눈동자에 금발의 사내로 우울한 표정을 짓고 있었는데 환한 햇살과 야자수, 그리고 푸른 하늘이 펼쳐진 주변 분위기하고 어울리지 않았다. 랜드의 바닷가 제4경비대 구역에 위치한 야외 카페다. 권철과 이인웅이 다가갔을 때 핸더슨이 자리에서 일어섰다. 큰 키에 적당한 체격, 핸더슨은 리스타연합 소속이다.

"핸더슨 씨, 이곳이 마음에 드십니까?"

권철이 손을 내밀면서 묻자 핸더슨은 주위를 둘러보는 시늉을 했다. 처음 경치를 보는 것 같은 표정이다. 권철이 일부러 이곳을 만나는 장소로 정한 것이다.

"예, 좋군요."

겨우 그렇게 대답한 핸더슨이 이인웅과도 인사를 나누고는 앞자리에 앉았다. 젖가슴과 아래쪽만 가린 원주민 여자가 다가와 섰다.

"뭘 드실까요?"

한국어다. 놀란 핸더슨이 눈만 깜박였고 권철이 주문했다. 역시 한국어다.

"난 인삼차."

이인웅이 대답했다.

"나도."

그러자 여자가 핸더슨에게 물었다.

"아저씨는요?"

당황한 핸더슨이 우물거렸을 때 권철이 대신 대답했다.

"같이 가져와."

여자가 돌아갔을 때 권철이 영어로 말했다.

"여긴 한국어를 배워야 합니다. 영어는 제2외국어가 되지요."

"아, 예."

핸더슨의 얼굴에 쓴웃음이 떠올랐다.

"저도 배우는 중입니다."

"그럼 가져오신 정보를 들을까요?"

"예, 대장님."

핸더슨이 의자 밑에 둔 가방을 들더니 안에서 서류를 꺼내 탁자 위에 놓았다.

"미셸은 14살 때 한국에서 프랑스로 입양되었습니다. 비교적 성숙했을 때 입양한 경우지요."

"한국인이었군."

이인웅이 먼저 감탄했다.

"그래서 한국말을 그렇게 잘했던 겁니다."

권철에게 하는 한국말이다. 핸더슨이 말을 이었다.

"중학교, 고등학교, 대학을 다니는 동안 철저하게 한국인임을 속였다는 증거가 여러 개 있었습니다. 아마 한국에 있을 때 나쁜 경험이 있었던 것 같습니다."

이제는 이인웅도 입을 다물었고 서류를 펼친 핸더슨이 읽었다.

"대학을 졸업한 후에 일본인 회사에 취직한 후로 일본인 여러 명하고 동거생활을 합니다. 그러다가 일본인 국적을 취득하고 이곳에 오게되었는데요."

그것까지는 아는 사실이었기 때문에 권철이 머리를 끄덕였다.

"수고했어요, 핸더슨 씨."

"지금 감금 상태입니까?"

"외부에는 실종된 것으로 되어 있지요."

"앞으로 어떻게 할 생각이십니까?"

"두고 봐야지."

핸더슨의 시선을 받은 권철이 웃어 보였다.

"일본 측 누가 이곳에 보냈는가? 정보 전달 과정은 누구인가 등 캐낼 것이 좀 있으니까."

그것은 핸더슨 측 소관이 아닌 것이다.

도쿄 긴자의 작고 수수한 선술집 안, 주방 앞에 칸막이가 되어 있고 앞쪽에 의자가 놓여져서 술과 안주를 먹는 구조다. 의자라야 등받이도 없는 긴 판자 의자인데 7, 8명이 앉으면 꽉 찬다. 그러나 주방에서 풍기는 안주 냄새에 저절로 술맛이 나오는 선술집이다. 도쿄의 번화가에도 골목에는 이런 선술집이 있는 것이다. 강정규가 술잔을 들고 김태규를 보았다.

"어떠냐? 마음에 들어?"

"아, 좋습니다."

한국말이어서 김태규가 낮게 말했다. 술 손님은 그들까지 넷, 두 명은 옆쪽을 조금 떨어져 있다. 오뎅과 생선회를 시켜놓고 일본 소주를 마시는 중이다.

"내가 자주 다녔던 곳이야."

술잔을 쥔 강정규가 주위를 둘러보며 말했다.

"그런데 주인은 바뀌었군."

"그렇습니까? 대장이 이런 곳을 좋아하시는군요, 나하고 취향이 맞습니다."

"정말이냐?"

"그럼요, 한국에서는 포장마차라고 하지요."

"나도 가보았는데 이런 식은 아니었어."

"그렇군요."

고베에서 일을 끝내고 바로 안가에 들른 다음에 새벽차로 도쿄에 온 것이다. 그때 뒤쪽에서 인기척이 들리더니 사내 하나가 강정규 옆에 섰다. 강정규의 시선을 받은 사내가 빙그레 웃었다. '일본법인장' 김필성이다.

"아이구, 사장님."

자리에서 일어선 강정규와 김태규의 손을 차례로 쥔 김필성이 자리에 앉으면서 웃었다.

"미팅 장소로 적당하군."

장소는 강정규가 정한 것이다.

"죄송합니다. 아는 곳이 적어서."

"됐어, 오히려 안전해."

빈 술잔을 든 김필성이 강정규와 김태규를 번갈아 보면서 말했다.

"됐다. 공항으로 나가도 별 문제가 없겠다. 고베 사건은 야마구치 내부 전쟁으로 결론이 났어."

김필성의 얼굴에 쓴웃음이 떠올랐다.

"우리 리스타연합 회원인 일본 유력자 하나가 손을 썼지."

그것이 다까노인 것은 강정규가 몰라도 된다.

대답을 듣고 오라는 부탁이었기 때문에 이광은 다시 전용기를 타고 바그다드를 향해 날아갔다. 바그다드 공항에 도착했을 때는 오전 1시 반, 대통령 집무실에 들어섰을 때는 2시 10분이 조금 지났다. 공항에서부터 승용차는 한 번도 속력을 늦추지 않고 달려온 것이다.

　"어, 만났나?"

　이광을 안고 볼에 세 번이나 입을 맞춘 후세인이 어깨를 끌어안은 채 소파로 다가가며 물었다. 방안에는 카심 대장과 경호실장 모하메드 대장 둘이 있었지만 이번에도 이광은 눈인사만 했다. 자리 잡고 앉았을 때 이광이 먼저 입을 열었다.

　"후버 부장은 약속을 지키지 못할 것 같다고 했습니다. 상황이 변해서 어렵다는군요."

　"예상했었어."

　후세인이 웃음 띤 얼굴로 물었다.

　"다른 말을 했을 텐데, 그자가?"

　"예, 종전 이야기를 묻길래 모른다고 대답했습니다, 각하."

　"하지만 그쪽도 예상하고 있을 거야."

　"쿠웨이트 이야기를 해주더군요."

　"그렇겠지."

　"다른 기회가 있을지도 모르는데 그때는 적극 지원해주겠다고 했습니다."

　"흥."

　"각하께서 다른 행동을 하실까 봐서 조금 걱정이 된다고 했습니다."

　"웃기네."

　"역사를 보면 국민 불만이 팽배했을 때 통치자가 외부의 적을 만드는 경향이 있다면서요."

"후버는 통치자 감이 아냐, 참모형이야."

"미국 대통령이 카우보이 스타일이라 그런 행태에 가만있지 않을 거라고 했습니다."

"레이건은 그런 인간이긴 해."

"제가 들은 말씀은 그것입니다, 각하."

들은 대로 다 전해주었다. 그때 후세인이 지그시 이광을 보았다.

"고맙네, 이 회장."

"저는 전달만 해드렸을 뿐입니다."

"아냐, 엄청난 도움이 되었어."

후세인의 얼굴에 웃음이 떠올랐다.

"이제 결정했네."

이광은 숨을 들이켰다. 이 사람들끼리 통하는 암호가 있단 말인가?

7장
대야망

1층 응접실 소파에 앉아 있던 권철이 다가선 미셸을 보았다. 오후 2시 반, 밀림의 별장생활 9일째, 어제는 권철이 다녀가지 않았다. 권철 오른쪽에 멈춰선 미셸이 입을 열었다.

"밖으로 나가는 길을 찾았어요."

권철은 시선만 주었고 미셸이 말을 이었다.

"위쪽으로 주욱 숲을 뚫고 가니까 개울이 나오더군요, 그 개울을 따라서 상류로 가니까 바닷가가 나왔어요."

"……."

"물론 바닷가가 보이는 지점에서 돌아왔지만 3시간 반이 걸렸어요."

"……."

"CCTV가 여러 곳에 설치되었으니까 어제 내 행동이 체크되었겠지요."

"……."

"그냥 놔둔 건 돌아다녀도 좋다는 표시인가요?"

그렇게 물었을 때 권철이 미셸의 시선을 받았다.

"네 한국 이름이 김연희지?"

"그래요."

바로 대답한 미셸의 얼굴에 웃음이 떠올랐다.

"김씨 성은 고아원 원장의 성을 붙였죠."

"끈질기게 일본인 행세를 해왔더군."

"내 마음이니까."

"그건 상관없어, 너 같은 게 한국인이 되어야 득 될 것도 없으니까."

"그러시겠지."

미셸은 여전히 웃는 얼굴이다.

"리스타가 한국의 국위 선양을 많이 하고 있더구만요."

"그것이 너한테는 눈에 거슬렸겠지."

"날 살려준 이유가 뭐야?"

정색한 미셸이 똑바로 권철을 보았다. 권철도 시선을 맞받았고 3초쯤 정적이 흘러갔다. 그때 권철이 말했다.

"네 정체는 이미 알았다. 네가 오무라 총리 비서실장의 지시를 받고 움직였다는 것."

"……."

"오무라가 현재는 사망한 상태로 되어 있지만 네가 살아 있는 줄 안다면 너한테 연락을 해올 가능성이 있지, 넌 오무라의 특임 정보원이니까."

"……."

"그것 때문에 널 살려준 게 아냐."

권철이 미셸을 응시한 채 머리를 기울였다.

"너한테 끌렸다고 할까? 뭔가 당기는 느낌 때문이야. 그것이 성욕 같기도 하고 어떤 인연 같기도 해서 관찰하고 생각 중이다."

"……."

"이런 감정이 처음이거든."

권철의 얼굴에 쓴웃음이 떠올랐다.

"상관한테는 더 조사할 것이 있다고 했지만 그냥 없애도 됐어."

"……."

"내가 아직도 이런 감정이 남아 있다는 것이 신기하기도 해서 이 분위기를 즐기는 느낌도 있어."

그러고는 권철이 자리에서 일어섰다.

"내 이 감정이 사라질 때가 오겠지, 그때는 너는 죽는 목숨이야."

"병신."

미셸이 웃음 띤 얼굴로 권철을 보았다.

"처음 본 장난감을 갖게 된 아이 수준이군, 그냥 날 갖고 나서 끝내. 갖고 나면 다 분위기가 달라지니까 말야, 성욕도 해소되고."

그러나 권철은 잠자코 몸을 돌렸다.

오후 7시 반, 아파트 모퉁이를 돌았던 이수연은 앞쪽 놀이터의 벤치에 앉아 있는 사내를 보았다. 주위는 이미 어두웠지만 위쪽에 가로등이 켜져 있어서 사내의 모습이 드러났다. 그 순간 이수연이 활짝 웃었다. 강정규였기 때문이다. 이수연이 강정규를 향해 달려갔다.

벤치에서 일어난 강정규가 달려온 이수연의 허리를 두 팔로 안고 불끈 들어 올렸다. 이수연이 강정규의 목을 감아 안는다. 말은 서로 뱉지 않았다. 둘 다 웃는 얼굴, 가쁜 숨결, 그리고 끌어안는 동작만으로 충분했다. 지나던 여자 둘이 그들을 보고는 흐뭇하게 웃는다. 초겨울 날씨였지만 이곳은 포근한 분위기다.

그 시간에 이광은 트리폴리의 대통령궁에서 리비아의 국가원수 카다피 국가평의회 의장과 점심을 먹는 중이다. 이곳은 서울과 7시간 시차가 있어서 오후 12시 40분이다. 티 한 점 없이 푸른 잔디가 깔린 정원에는 분수가 치솟고 있다. 위쪽 하늘은 구름 한 점 없이 맑다.

철권통치자 무하마드 카다피의 심기를 거스르지 않으려는 것 같다. 원탁에 둘러앉은 사람은 다섯, 카다피와 이광, 그리고 비서실장 하타, 정보국장 무바라크, 이광의 비서실장 안학태도 참석했다.

식탁에 앉았지만 메뉴는 오늘도 삶은 어린 양 고기다. 원탁에 놓인 양고기를 뜯고 쌀밥을 뭉쳐서 손으로 입에 넣어 먹는다. 이광이 양고기를 씹으면서 카다피가 갑자기 연락을 해온 이유를 생각하고 있다.

어제 아침에 다시 파리로 돌아온 이광에게 카다피의 비서실장 하타가 연락을 해온 것이다. 국가원수께서 할 이야기가 있으시다는 전갈이었는데 내용도 말하지 않았다. 안학태는 여러 가지 예상을 정리해주었지만 궁금했다. 그때 카다피가 입을 열었다.

"리, 그동안 우리가 리스타 리비아의 신세를 졌어. 고맙게 생각하고 있네."

"아닙니다, 각하."

이광이 긴장했다. 리스타 리비아법인은 리비아에 용병을 공급해준 것이 주업무다. 리비아가 챠드 내전에 개입하여 1978년부터 1987년까지 전쟁을 치렀기 때문이다. 리비아군이 게릴라군 체제로 챠드 영토에 투입, 반란군을 지원한 전쟁이었는데 리비아 법인의 용병이 맹활약을 해준 것이다. 그러나 챠드 내전은 성과 없이 끝내고 용병단과 리비아군은 철수했다. 그때 카다피가 손을 그릇에 담긴 물로 씻으면서 이광을 보았다.

"리, CIA가 나를 제거하려고 쿠데타 모의를 했었어?"

숨을 들이켠 이광이 몸을 굳혔고 카다피가 쓴웃음을 지었다.

"군 고위층, 트리폴리 북방의 기갑군단, 그리고 대통령궁 경호대 간부 몇 명까지 가담한 쿠데타지."

"……"

"실패한 쿠데타라고 해야겠지, 그놈들이 모두 체포되었으니까."

그때 이광이 어깨를 늘어뜨렸다. 식탁 주위에서는 숨소리도 들리지 않는다. 카다피가 웃음 띤 얼굴로 말을 이었다.

"놈들이 자백을 했어, 기갑군단장 놈은 후버의 심복 해외작전국장 윌슨을 직접 만나기도 했네. 경호대의 대령 두 놈은 쿠데타 성공 시에 현금 1천만 불씩을 받게 되어 있더구만."

윌슨이라니, 이광의 눈앞에 해밀턴의 후임인 윌슨의 얼굴이 떠올랐다. 윌슨을 만난 지도 얼마 되지 않는다. 그나저나 후버, 그 영감은 어디까지 음모를 펴고 있는가? 그때 카다피의 말이 귓속으로 파고들었다.

"이번에 후세인의 부탁으로 후버를 만나고 왔지? 이제는 내 부탁으로 그 영감을 만나주게, 리."

"예, 각하, 만나겠습니다."

이광이 바로 대답했다. 다른 사람들은 카다피, 후세인이 독재자이며 살인마, 피도 눈물도 없는 전쟁광이라고 하지만 이광에게는 아니다. 그들은 인간적이며, 배려심도 있고 강력한 통치력으로 국민 생활을 안정시켰다. 일장일단이 있는 것이다. 이광이 똑바로 카다피를 보았다.

"말씀하시지요, 각하, 후버 씨한테 뭐라고 전할까요?"

"고베 야마구치는 분해되었습니다."

기요타가 웃음 띤 얼굴로 말하고는 술잔을 들었다.

"조직원이 3,300명으로 야마구치 본가에 이어서 제3의 야쿠자 조직으로 명성을 떨쳤지만 이번에는 조장의 욕심이 화근이 되었네요."

앞에 앉은 다까노는 묵묵히 듣기만 한다. 긴자의 요정 하루에 안이다. 밤 10시 반, 둘은 게이샤의 시중을 받으면서 술을 마시는 중이었는데 무거운 분위기는 아니다. 둘 다 술기운으로 얼굴이 붉고 미소를 짓고 있다. 오늘은 기요타가 다까노를 초대한 것이다. 술을 삼킨 기요타가 말을 이었다.

"야마구치 본가가 충신장 멤버처럼 47개 조로 쪼개져서 동네 조폭이 되더니 고베 야마구치도 또 47개로 나눠졌더군요."

기요타가 이를 드러내고 웃었다.

"이건 진짜 동네 양아치 수준이 된 겁니다. 이노우에의 장례식에는 그중에서 열세 놈밖에 참석하지 않았다고 합니다."

물론 장례식에는 기요타는 물론이고 다까노도 참석하지 않았다. 가을비가 내리는 장례식장은 을씨년스러웠다고 했다. 그때 기요타가 불쑥 물었다.

"다까노 씨, 대마도를 어떻게 생각하시오?"

"대마도라니요?"

마약 이야기를 언제 꺼낼까하고 기다렸던 다까노는 긴장했다. 다까노의 시선을 받은 기요타가 말을 잇는다.

"지난번 대마도 사건을 말하는 게 아니오, 대마도라는 땅이 본래부터 일본령이라고 생각하시오?"

"그거야 당연한 말 아닙니까?"

이번에는 다까노도 정색했다.

"기요타 씨, 말도 안 되는 소리는 그만두십시다."

"종전이 되고 대한민국 정부가 수립되었을 때 말입니다."

게이샤가 따라주는 술잔을 받으면서 기요타가 말을 이었다.

"초대 한국 대통령이었던 이승만이 일본 요시다 수상한테 대마도를
돌려달라고 끈질기게 요구한 사실을 압니까?"

"처음 들어요."

"당시 미군 사령관 맥아더가 이승만한테 시달려서 요시다를 만나게
해주었더니 요시다가 다음에 상의하자고 해놓고는 질질 끌다가 6.25가
일어난 것이지요."

"6.25가 뭐요?"

"한국전쟁 말입니다. 북한이 6월 25일 일요일에 기습남침을 했던 날."

"그렇군."

"그놈의 전쟁 때문에 대마도 이야기가 쏙 들어가서 지금까지 온 것
이지요."

"갑자기 그 이야기를 꺼낸 이유가 뭡니까?"

"일본이 대마도를 한국에 넘겨주는 게 낫지 않을까 해서요."

"뭐요?"

다까노가 눈을 치켜떴다가 곧 쓴웃음을 지었다. 상대가 야쿠자 2대
(代) 조직인 스미요시카이의 회장이지만 다까노는 누구인가? 전일본경
제인연합회 회장이며 전(全) 야쿠자 조직의 대리인 역할로 일본 정계와
경제계를 연결시켜 온 거물 중의 거물이다. 다까노가 지그시 기요타를

보았다.

"기요타 씨, 그것이 리스타의 입장이오?"

"다까노 씨, 당신도 리스타 회원 아닙니까?"

기요타가 되묻자 다까노는 쓴웃음을 지었다.

"나는 리스타 회원이기 전에 일본인이오."

"나도 그렇소, 다까노 씨."

"기요타 씨는 조선인인 줄 알고 있었는데요."

"다까노 씨 선조는 순수한 왜(倭人)입니까?"

"그건 왜 묻습니까?"

"죽은 이노우에 씨는 자신이 백제계라고 자랑하고 다녔답니다."

"백제계라니?"

"한반도에서 넘어온 백제 유민의 자손이란 말씀이오, 천황폐하께서
도 백제계 아니십니까?"

"내가 어떻게 압니까?"

"조상에 대해서는 잘 모르시는구만."

혀를 찬 기요타가 등받이에 등을 붙였다. 일본인은 대부분 족보가
없다. 5대조 이상은 모르는 것이 보통이다. 한국인처럼 문중에서 족보
를 만드는 작업을 하지 않는다. 그때 기요타가 물었다.

"그러면 대마도를 한국에 넘겨주는 게 낫다는 이유나 들어봅시다."

"대마도가 한국 땅이었기 때문인 것이 첫 번째 이유이고."

"두 번째는?"

"한국과 일본은 통일이 되어야 한다고 생각하기 때문이오."

"뭐요? 통일?"

"아니, 합병이라고 해야 맞겠군."

284

어깨를 편 기요타가 말을 이었다.

"대마도를 시작으로 죠슈, 이어서 동쪽으로……."

"가만."

다까노가 손을 들어 기요타의 말을 막았다.

"내 머리가 어지러우니까 그 이야기는 그만합시다."

"그러면."

기요타가 눈썹을 모으고 다까노를 보았다.

"빌려준 돈 대신 보관하고 있던 코카인 25킬로는 어떻게 하시겠소? 내다 팔 거요?"

"왜 묻습니까?"

"나한테 넘기시면 내가 2억 엔을 드리지."

"기요타 회장이?"

"난 마약 장사가 아니오."

"옳지, 리스타에서."

"다른 곳에 정상적으로 넘기는 것이지."

"그것 때문에 만나자고 하셨군."

"겸사겸사."

"기요타 씨, 당신은 겁이 나는 사람이오."

"그래서 내가 스미요시회를 넘어뜨리지 않고 이어가는 중이오."

"2억 엔은 반값인데……."

"당신은 큰 손해는 안 봤을 텐데."

"좋습니다."

마침내 다까노가 정색하고 말했다.

"넘겨드리지요."

아래층에서 인기척이 뚝 끊기더니 집안이 조용해졌다. 오후 10시 반, 미셸은 숨소리도 죽이고 앉아 있다. 이 시간에 창문을 열어놓으면 벌레들이 몰려들기 때문에 문을 닫아야 한다. 미셸은 소리죽여 숨을 뱉었다. 경비대장이 1층에 와있는 것이다. 오후 8시쯤 들어오는 기척이 나더니 나가지 않는다. 현관문은 닫히는 소리가 나서 표시가 났고 정원에 자갈이 깔려 있어서 자갈 밟는 소리가 나는 것이다.

경비대장이 오늘 밤에는 이곳에서 묵는다. 지금까지 한 번도 없었던 일이다. 10일간이다. 어제 대장은 심중을 고백했다. 끌렸기 때문이라는 말에 실감이 안 났지만 시간이 흐르면서 기분이 이상해졌다.

첫째로 대장에 대한 적개심, 또는 증오가 무디어지는 느낌이다. 시간이 지날수록 무디어지기는 했다. 무감각한 상태가 되어간 것이다. 그런데 뭐라고? 인연 같다고? 맞다. 이놈은 새 장난감을 요리조리 살펴보다가 오늘은 움직여보려고 온 것 같다. 뭐? 감정? 개도 감정이 있기는 하지, 성내고 짖는 개, 배고프다고 낑낑대는 개, 돼지도 마찬가지, 최소한의 감정은 있다. 성욕도 마찬가지.

미셸은 자리에서 일어섰다. 벽에 붙여진 거울 앞에 선 미셸이 자신의 몸을 보았다. 흰 실크 가운을 입은 몸매가 거울에 드러났다. 젖가슴과 허리, 엉덩이 윤곽이 뚜렷했고 젖꼭지도 솟아올랐다.

미셸은 발을 떼었다. 맨발로 계단을 내려가면서 미셸은 심장 박동이 거칠어지는 것을 느끼고 있다. 몸이 달아올랐고 두 뺨이 화끈거리는 중이다. 그래, 나도 짐승이다. 저놈을 기다리면서 며칠 전부터는 성욕을 느꼈다. 이를 악물고 생각을 끊었지만 어느덧 다리 사이가 젖어 있는 것을 느끼고는 얼굴이 붉어졌던 것이다. 그래, 저놈이 이겼다.

286

침대에 누워 있던 권철이 다가오는 미셀을 보았다. 방의 불은 켜져 있어서 미셀의 전신이 환하게 드러났다. 권철이 상반신을 일으켜 침상 끝에 등을 붙였고 미셀이 다가와 섰다. 공기가 흔들리면서 향내가 맡아 졌다. 미셀의 체취와 향수 냄새가 뒤섞여져 있다. 권철의 시선을 받은 미셀이 시선을 준 채로 입을 열었다.

"거부할 거야?"

"내가 그런 인간 같으냐?"

권철이 시선을 받은 채 대답했다.

"선물은 받는다."

"미끼는 아냐."

"들어오라고 말하기를 기다리나?"

"억지로라도 싫다고 한다면 가려고 했어."

침상 위로 오르기 전에 미셀이 가운을 흘러 떨어뜨렸다. 그 순간 미셀의 나신이 드러났다. 불빛이 위에서 비추고 있어서 권철에게는 미셀의 몸 윤곽이 선으로 그은 듯이 뚜렷하게 드러났다. 미셀의 몸에서 시선을 떼지 않은 채 권철이 한숨을 쉬었다. 그때 미셀이 시트를 젖히면서 권철의 옆으로 몸을 붙였다.

뜨거운 몸이다. 강정규가 땀으로 끈적이는 이수연의 몸을 끌어안고 이마에 입술을 붙였다.

"너하고 있으면 꿈을 꾸는 것 같아."

"아휴, 몸이 가라앉고 있어."

강정규의 가슴에 볼을 붙인 이수연이 가쁜 숨을 뱉으면서 말했다.

"뜨거운 물속으로."

"내가 그래."

강정규가 이수연의 엉덩이를 손으로 움켜쥐었다. 새벽 2시 반이다. 인사동의 모텔 방 안, 이곳은 한식 모텔이어서 둘은 방바닥에 요를 깐 위에서 엉켜져 있다.

"내일 떠날 거야?"

이수연이 묻자 강정규가 머리끝에 턱을 붙이고 대답했다.

"이제 오늘 밤이 되겠네."

"그렇구나."

이수연이 뱉은 숨이 강정규의 가슴을 훑고 지나갔다.

"어디로 가? 대마도?"

"응."

"대마도에서 무슨 일을 해?"

"중요한 일이야."

"말하기 싫구나."

"응, 회사 비밀이라."

강정규는 이수연에게 리스타 사원이라고만 말해주었다. 그때 이수연이 강정규의 가슴에서 얼굴을 떼었다.

"나하고 살아."

"살아?"

되물었던 강정규의 얼굴에 웃음이 떠올랐다.

"같이?"

"응, 결혼식 올리자고 안 할게."

"왜?"

"그냥 살면 됐지, 결혼식은 무슨?"

"부모님한테는 말씀드려야지."

강정규가 이수연의 허리를 당겨 안았다.

"대마도 일 끝나고 와서 상의하자."

"응."

이수연이 다시 하반신을 딱 붙였다. 다시 강정규의 몸이 뜨거워졌기 때문이다.

"말씀하시겠습니까?"

안학태가 묻자 이광이 쓴웃음을 지었다.

"나중에."

전용기는 지금 사막 위를 날아가고 있다. 이집트를 횡단하고 있는 것이다. 이집트를 지나 동쪽으로 날아가는 중이다. 이광이 입을 열 었다.

"내가 카다피를 만나고 온 것을 CIA는 이미 파악하고 있을 거야."

"당연하지요."

"보고를 받은 후버가 어떻게 나올 것 같나?"

"궁금하겠지요, 아마 회장님께서 연락을 해올까 기다리고 있을지도 모릅니다."

"카다피를 제거하려고 쿠데타를 기획했던 CIA야, 그것이 무산되고 나서 날 불렀으니까 당연하겠지."

"두바이로 찾아오지 않을까요?"

그들은 지금 두바이로 날아가고 있는 것이다. 두바이는 이제 중 동 제1의 시장이 되어서 쿠웨이트를 능가하고 있다. UAE(United Arab Emirates)의 상업수도인 두바이는 리스타그룹의 중심 시장이기도 하다.

리스타는 두바이에 2개의 백화점, 3개의 대형 아울렛, 대형빌딩 6개를 소유한 리스타 두바이법인이 있는 것이다. 리스타 두바이의 사장은 유성상사에서 한 계단씩 출세한 배선희다. 그때 이광이 말했다.

"후버가 대통령 모르게 일을 꾸몄는지도 몰라."

"설마 그렇게 했겠습니까?"

안학태가 되물었지만 곧 입을 다물었다. 안학태도 후세인한테서 직접 들었기 때문이다. 후세인은 후버에게 전하라는 말은 이것이었다.

"미국 정부에 엄중하고 강력한 항의를 할 것이다."

였던 것이다. 얼핏 들으면 의례적인 수사였지만 내막을 알수록 위협적이다. 그러나 그 방법은 카디피만 알 것이다. 한동안 창밖의 하늘을 내다보던 이광이 입을 열었다.

"그래서 놔둔 거야, 급한 놈이 날 찾겠지."

공항에 마중 나온 배선희는 요염했다. 30대 중반의 나이였지만 배선희는 아직 미혼이다. 대놓고 싱글녀로 일생을 마치겠다고 선언한 데다 이광이 오면 거침없이 부인 행세를 해서 중동지역에는 소문이 다 난 상태다. 리스타의 고위층도 다 아는 처지여서 그저 모르는 체했지만 배선희는 의연했다. 전혀 주위 눈치를 의식하지 않는 것이다.

오늘도 배선희는 리무진을 가져왔는데 이광 옆자리에 앉았다. 안학태는 다른 차에 탔기 때문에 운전석과 칸막이가 된 뒷좌석은 침실 같다.

"내년 두바이법인 실적은 올해의 2배가 될 것입니다."

배선희가 반짝이는 눈으로 이광을 보면서 말했다. 옆에 붙어 앉았기 때문에 입에서 박하 향이 맡아졌다. 분홍색 루즈를 칠한 입이 반쯤 벌려졌고 흰 이가 드러났다. 육감적인 입이다. 이광의 머리끝에 열기가 솟는 느낌이 들었다. 고혹적이다.

이광의 시선을 받은 배선희가 어깨를 조금 붙였다. 물컹한 촉감이 느껴지면서 다시 향내가 맡아졌다. 그때 배선희가 얼굴을 조금 앞으로 내놓으면서 눈을 반쯤 감았다.

벌려진 입에서 숨결이 뻗어 나와 이광의 턱을 간지럽혔다. 이윽고 이광이 손을 뻗어 배선희의 허리를 당겨 안았다. 배선희가 허물어지듯이 이광의 가슴에 안기면서 얼굴을 더 쳐들었다. 두 손이 자연스럽게 이광의 목을 감아 안는다. 이광이 배선희의 입술 전체를 입 안에 넣었다. 곧 배선희의 혀가 빠져나오면서 이광의 입 안으로 들어왔다. 이광이 배선희의 혀를 빨고는 곧 어깨를 밀어 바로 앉혔다. 이광의 얼굴에 웃음이 떠올랐다.

"너, 더 익숙해졌구나."

"리스타하고 끝까지 같이 갈 거예요."

배선희가 흐려진 눈으로 이광을 바라보며 말했다.

"난 내 일에 만족하고 회장님을 존경해요."

"존경?"

이광이 환하게 웃었다. 그러나 여기서 감정적인 말을 뱉는다면 기억에 남게 될 것이었다. 그것까지 배선희가 아는 것이다.

"고맙다."

마침내 이광이 배선희의 손을 끌어 쥐면서 말했다.

"그리고 미안하다."

"다 갖출 수는 없으니까요."

깍지 낀 손을 마주 쥐면서 배선희가 대답했다.

"배신하지 않을게요."

이광은 옆에서 흔드는 바람에 눈을 떴다. 배선희다. 방의 불은 침대 옆 스탠드 하나만 켜놓아서 배선희의 얼굴 윤곽이 흐리다. 배선희가 말했다.

"전화 왔어요."

그때 침대 위에 놓인 전화가 낮게 울렸다. 벨소리를 줄여서 이광은 듣지 못했던 것이다. 침대에서 일어선 이광이 벽시계를 보았다. 오전 3시가 되어가고 있다. 이 전화는 이광의 직통 전화다. 외부에서 이 전화로 연락해올 사람은 안학태와 배선희뿐이다. 이광이 송수화기를 집어 들고 소파에 앉았다.

"여보세요."

응답했더니 곧 사내의 목소리가 울렸다.

"회장님, 접니다."

해밀턴이다.

"아, 해밀턴."

이광의 목소리에 생기가 띠어졌다. 긴장했기 때문이다. 그때 가운만 걸친 배선희가 헝클어진 머리를 쓸어 올리면서 다가와 옆에 앉았다. 해밀턴의 목소리가 송화구에서 울렸다.

"회장님, 카다피 만나고 오셨지요?"

"아, 그런데 웬일이오?"

그렇게 물었지만 짐작은 간다. CIA의 연락을 받았을 것이다. 해밀턴이 웃음 띤 목소리로 대답했다.

"지금 뉴욕은 오후 7시입니다, 회장님."

"그렇겠구만."

"방금 윌슨을 만났습니다."

CIA 해외작전국장 겸 부국장이다. 해밀턴의 후임이기도 하다. 해밀턴이 말을 이었다.

"CIA는 회장님이 카다피의 연락을 받고 트리폴리에 다녀오신 줄 알고 있습니다."

"알고 있겠지."

"카다피의 전언이 있는지 알고 싶다는데요?"

"그럼 직접 물어볼 것이지."

"직접 여쭙기가 어렵다고 했습니다."

"언제부터 CIA가 위아래 가렸나?"

"윌슨이 직접 회장님께 연락을 드릴 위치는 아니지요."

"해밀턴 당신도 아부가 늘었구만."

"회장님은 제 고용인이십니다. 당연한 예의지요."

"마침 연락을 잘 해줬어, 해밀턴."

"제가 말씀입니까?"

"그래요, 당신이 이곳으로 와줘야겠어, 해밀턴."

"알겠습니다. 지금 바로 출발하겠습니다."

"기다리지."

통화를 끝낸 이광이 전화기를 귀에서 떼었을 때 배선희가 받아서 내려놓았다. 배선희의 벌려진 가운 사이로 젖가슴이 드러났다. 이광의 시선을 받은 배선희가 가운 깃을 여미면서 일어섰다.

"해밀턴 씨가 이곳으로 오세요?"

옆에서 다 들은 것이다. 따라 일어선 이광이 배선희의 허리를 당겨

293

안았다. 아직 창밖은 어둡다. 둘은 다시 침대로 다가갔다.

눈을 뜬 권철이 커피 냄새를 맡았다. 눈을 뜨기 전에 냄새를 맡았던 것이다. 머리를 돌린 권철이 이쪽에 등을 보이고 탁자 위를 정리하는 미셸을 보았다. 미셸은 어느새 반바지에 셔츠 차림이다. 마룻바닥을 딛고 선 맨다리가 날씬했다. 슬리퍼도 신지 않은 맨발이다. 권철의 시선을 느꼈는지 머리를 돌린 미셸과 시선이 마주쳤다.

"커피 마실 거야?"

미셸이 한국어로 그렇게 물었지만 목소리는 부드럽다. 반말이 미셸에게는 자연스럽게 느껴졌다. 외국인에게는 반말 존댓말 구분이 모호하다는 의식 때문이다. 오전 7시 반이다. 숲속의 별장이지만 나뭇가지 사이로 비스듬히 들어오는 햇살이 밝다. 창을 열어놓아서 베란다에서 몰려오는 바람에 짙은 숲 냄새가 맡아졌다. 그때 권철이 말했다.

"침대로 들어와."

"또?"

미셸이 이맛살을 찡그렸지만 입술 끝은 웃었다.

"그걸 어떻게 지금까지 참았어?"

"계속 지껄이고만 있을 거냐?"

"알았어."

커피잔을 뒤쪽으로 밀어놓은 미셸이 다가오면서 셔츠를 벗었다. 그러자 브래지어도 차지 않은 젖가슴이 드러났다. 침대 앞에서 멈춰선 미셸이 반바지를 벗으면서 웃었다. 얼굴이 상기되었고 두 눈은 반짝였다.

"벗고 서 있을까?"

권철은 대답하지 않았다.

그 시간에 한국 유성 시내의 유성 자동차공업사 사무실에는 10여 명의 사내가 둘러앉아 있다. 그 중심에 앉은 사내가 서울에서 내려온 경찰청 마약과장 최성윤, 그 옆에는 계장 유재수가 앉았고 2개 반 반장과 간부들까지 모두 모인 자리다. 벽시계가 오전 9시 반을 가리키고 있다. 최성윤이 입을 열었다.

"경찰 특공대를 투입시킬 수는 없게 되었어, 특공대가 오려면 절차가 복잡할 뿐만 아니라 언론에 노출되어서 보도가 될지 모른다는 거야."

모두 찜찜한 표정이었고 최성윤의 말이 이어졌다.

"고재성이가 중무장을 하고 죽기 살기로 해볼 작정이란 건 확인이 되었다. 이놈들은 우리가 맡아야 돼."

"군대는 안 됩니까?"

불쑥 1조장 안병선이 묻자 최성윤의 눈썹이 곤두섰다.

"야, 이 새꺄, 농담해?"

"아닙니다."

놀란 안병선이 부정부터 해놓고 입을 열려고 할 때 최성윤이 때려박듯이 말했다.

"입 닥쳐, 새꺄."

"예, 과장님."

모두 얼어붙었다. 마약부는 온갖 험한 일을 겪는 부서다. 강력부나 살인사건 전담반보다도 더 험하다. 마약 조직은 조폭보다도 더 악질적이며 필사적인 것이다. 총기 휴대도 보통이어서 수류탄을 쥐고 덤비는 놈들도 있다. 더구나 마약쟁이들은 더 흉악한 것이다.

마약을 먹고 덤비면 천하장사도 못 당한다. 그런 놈들을 상대하다 보니 모두 거칠어져 있는 것이다. 최성윤이 어깨를 부풀리며 말했다.

"군을 움직이면 최악이야, 대통령까지 나서야하고 그땐 비상사태다. 그땐 장관이 현장 책임자가 된단 말이다. 이 병신아."

안병선은 잔뜩 위축되었고 최성윤의 말이 이어졌다.

"청장님한테서 지시가 내려왔어, 우리 주도로 처리하라는 거다. 저 놈들을 다 없애도 돼, 무기는 특공대 무기를 지급받게 될 거다."

"……."

"병력은 우리 12명에 대전에서 차출 받은 15명, 모두 27명인데……."

모두 입을 다물고 있다. 고재성의 위치가 파악된 것은 오늘 아침이다. 두 시간 전인 것이다. 안양 북쪽 산골짜기의 안가에 잠복해있는 고재성 일당은 모두 18명, 모두 중무장한 군대나 같다. 그때 유재수가 최성윤에게 물었다.

"과장님, 오전 12시에 차장님이 내려오시면 작전 시작입니까?"

"아니, 그때까지 작전 보류야."

최성윤이 말을 이었다.

"감시는 철저히 하도록."

이미 골짜기 입구와 뒤쪽 산 아래쪽까지 위장한 요원들이 잠복하고 있는 것이다. 최성윤의 얼굴에 쓴웃음이 번져졌다. 고재성 일당의 안가를 찾아낸 것이 경찰 측 정보원이 아닌 것이다. 정보는 오늘 새벽에 경찰청 차장 박기영을 통해 전해졌는데 정확했다. 박기영은 그 정보를 어디에서 받았는지 아직 알려주지 않은 것이다.

경부고속도로를 달려가는 승용차 안이다. 차 뒷좌석에는 조백진과 강정규가 앉아 있었는데 오전 11시 반이 되어가고 있다. 강정규는 아직도 긴장한 상태다. 리비아 법인장 겸 용병대장인 조백진이 갑자기 서울로 나타나 만나자고 했던 것이다. 조백진을 만난 것은 30분쯤 전이다. 대마도로 떠날 준비를 하고 있던 강정규는 조백진을 만나고 나서 처리해야 할 작업 이야기를 들었다. 바로 강정규가 대마도에서 마무리를 하지 못 한 일이었다. 강정규가 맡아야 할 일이기도 하다. 창밖을 내다보던 조백진이 입을 열었다.

"지금 경찰청 차장이 유성에 가 있을 거야. 현장에서 지휘하려고."

강정규의 시선을 받은 조백진이 말을 이었다.

"현재 마약반 2개 조가 유성에 있지만 고재성 일당이 중무장하고 있다는 정보를 받고는 주춤한 상태야."

조백진의 얼굴에 쓴웃음이 번져졌다.

"마약반이 거친 팀이라곤 하지만 총격전에는 익숙하지 않거든."

"……."

"그렇다고 경찰특공대를 동원하면 언론이 떠들썩하게 보도를 할 테니 그땐 국민들이 불안하게 여길 것이고, 고위층의 판단이야."

"그럼 이 사건은 누구까지 압니까?"

"경찰청장."

조백진이 쓴웃음을 짓고 나서 말을 이었다.

"아마 비공식으로 내무장관한테까지는 이야기를 했겠지, 문제가 일어났을 경우에는 경찰청장이 책임지기로."

조백진이 가슴 주머니에서 지도를 꺼내 앞에 펼쳤다.

"여기가 놈들의 안가다. 국토에서 300미터쯤 떨어진 골짜기야."

손끝으로 지도 한 부분을 짚은 조백진이 말을 이었다.

"유성에서 4명이 기다리고 있다. 내가 고른 특공대 출신들이지. 월남전, 차드에서 게릴라전까지 치른 정예야, 네가 지휘해서 그놈들을 소탕해."

마침내 강정규에게 정확한 지시가 내려졌다.

그 시간에 경찰청 차장 박기영이 앞에 앉은 마약과장 최성윤, 계장 유재수를 바라보고 있다. 옆쪽에는 정보국장 이필수가 앉아 있었는데 모두 긴장으로 굳어져 있다. 이윽고 박기영이 입을 열었다.

"이 일은 전문가한테 맡기기로 했어, 그러니까 당신들은 뒷수습만 하면 돼."

최성윤이 입을 벌렸다가 닫았다. 아직 박기영의 말이 끝나지 않았을 것 같았기 때문이다. 그때 박기영이 말을 이었다.

"당신들도 알겠지만 경찰특공대나 군대를 동원하면 곤란해, 그래서 용병을 데려오기로 했어."

놀란 최성윤, 유재수가 입만 딱 벌렸을 때 박기영의 눈짓을 받은 이 필수가 말을 받았다.

"어디서 데려왔는지 알 필요는 없고 월남전 등을 거친 전문가들이야, 그들이 오늘 밤에 저놈들을 기습해서 섬멸하기로 했으니까."

"작전이 끝나면 바로 현장으로 들어가 시체나 수습하고 장물을 찾아 오도록."

"오늘 밤 몇 시에 작전을 합니까?"

최성윤이 겨우 물었을 때 대답은 박기영이 했다.

"12시야, 끝나면 통보해줄 테니까 대기하고 있도록."

응접실로 들어선 해밀턴은 활짝 웃는 얼굴이다.

"회장님, 오랜만에 뵙습니다."

자리에서 일어난 이광이 해밀턴의 손을 잡았다. 응접실에는 안학태도 기다리고 있었기 때문에 곧 셋이 둘러앉았다. 이곳은 두바이 교외주택가에 위치한 이광의 별장이다. 흰색의 2층 저택이지만 넓어서 응접실은 1백 평도 더 된다. 유리벽 밖의 마당은 잔디가 깔려 있었는데 물뿌리개가 쉴 새 없이 돌아가며 물을 뿜는다. 밖은 섭씨 45도가 넘는 땡볕이지만 응접실 안은 서늘하다, 하인이 다가와 셋 앞에 진홍색 차를 내려놓고 돌아갔다. 그때 해밀턴이 입을 열었다.

"회장님, 윌슨 주도로 쿠데타 시도를 했던 것은 맞습니다."

해밀턴의 얼굴에 쓴웃음이 번져졌다.

"윌슨이 제 입으로 털어놓았습니다. 카다피의 조직력이 예상 외로 치밀하고 견고하다고 했습니다."

"그래서 지금은 불안한 상태인가?"

"카다피가 그런 짓을 했기 때문입니다."

이광의 시선을 받은 해밀턴이 말을 이었다.

"팔레스타인 테러단을 비밀리에 지원해주고 있는 데다……."

"또 있소?"

"핵무기를 개발하고 있거든요."

"핵을 말이오?"

놀란 이광이 해밀턴을 노려보았다.

"핵은 누구한테 쓰게?"

"자위용이라지만 핵을 개발한다는 건 엄청난 도박이지요, 미국은 말할 것도 없고 소련, 아랍의 다른 나라도 놔두지 않을 겁니다. 특히 이스라엘은 핵시설을 공격할 것이 틀림없지요."

"엄청난 일이구만."

"회장님은 눈치 채지 못하셨습니까?"

"카다피가 그런 걸 나한테 눈치 채게 할 사람이오?"

"하긴 그렇습니다."

"이건 보통 일이 아닌데……."

"카다피 반응이 어떻습니까?"

"그대로 표현하면 미국 정부에 엄중하고 강력한 항의를 할 것이라고 했소."

"그것이 어떤 방법일지 예상이 되십니까?"

"모르겠는데."

"그대로 전해드리지요."

길게 숨을 뱉은 해밀턴이 말을 이었다.

"제가 후버 부장한테 직접 전하기로 했습니다."

"내가 또 후버 부장 전갈을 카다피 의장한테 전해야 되는 것 아니오?"

"그럴 가능성도 있지요."

쓴웃음을 지은 해밀턴이 말을 이었다.

"후세인과 카다피하고 가장 가까운 분이 바로 회장님이시거든요?"

"미국은 리비아뿐만 아니라 이라크에도 신의를 지키지 않았소."

정색한 이광이 해밀턴을 보았다.

"9년 전, 이라크군이 이란을 기습 공격하기 전에 후버 부장이 후세인 대통령에게 무슨 약속을 했는지 아시오?"

"쿠웨이트를 넘겨준다는 약속 아닙니까?"

"알고 있었군."

"제가 그때는 CIA해외작전국장 시절이거든요."

"그렇게 약속해놓고 지금은 군수산업체 로비에 밀려 전쟁을 이어가라고만 하는 실정이오, 그 약속은 지키지 못할 것 같다면서 말이오?"

"그런 일이 어디 한두 가지인가요?"

해밀턴이 웃음 띤 얼굴로 이광을 보았다.

"대신 다른 걸 주든가 그러지 못할 때는 아예 약속한 상대를 없애버리지요."

그러고는 해밀턴이 길게 숨을 뱉었다.

"이긴 자가 정의입니다. 승자가 역사를 쓰게 되는 것이구요."

<끝>